rororo

Janwillem van de Wetering, geboren 1931 in Rotterdam, reiste fünfzehn Jahre lang durch die Welt und verbrachte davon achtzehn Monate in einem buddhistischen Kloster in Japan. Anschließend verdiente er sein Geld als Kaufmann. Zum Kriminalschriftsteller wurde er eher zufällig. Durch die Lektüre von Simenon wollte er sein Französisch auffrischen und beschloss, es besser zu machen als der Altmeister. Mit seinen Romanen um de Gier, Grijpstra und den Commissaris eroberte er die Leser in aller Welt. Er lebt jetzt mit seiner Familie in Maine/USA.

JANWILLEM
VAN DE WETERING

Outsider in Amsterdam

Roman

Deutsch von
Hubert Deymann

Rowohlt Taschenbuch Verlag

Neuausgabe November 2002

Deutsche Erstausgabe
Veröffentlicht im Rowohlt Taschenbuch Verlag GmbH,
Reinbek bei Hamburg, Mai 1977

Die Originalausgabe erschien bei Houghton Mifflin Company, Boston,
unter dem Titel «Outsider in Amsterdam»

Redaktion Brigitte Fock
Umschlaggestaltung any.way, Barbara Hanke/Cordula Schmidt
(Foto: Corbis/Stockmarket)
Satz Aldus PostScript, PageMaker
Pinkuin Satz und Datentechnik, Berlin
Druck und Bindung Clausen & Bosse, Leck
Printed in Germany
ISBN 3 499 23329 0

Die Schreibweise entspricht den Regeln
der neuen Rechtschreibung.

Vorwort

Als ich noch klein war, fragten mich meine Eltern wohl mal, was ich einmal werden wollte. Ich gab immer die gleiche Antwort. Ich wollte Indianer werden und in meiner Freizeit Cowboy.

Als mich das Schicksal, das nach buddhistischem Glauben das Ergebnis früherer Taten ist, nach langer Reise durch viele Länder wieder nach Amsterdam gebracht hatte, erhielt ich einen Brief vom Verteidigungsministerium. In dem Brief waren eine Adresse, ein Name und ein Datum angegeben. Ich fand eine Dame in mittleren Jahren hinter einem Schreibtisch, die mir sagte, ich müsse Soldat werden. Ich wies sie darauf hin, dass ich über dreißig Jahre alt sei, aber das schien sie wenig zu kümmern.

Kurze Zeit darauf erhielt ich einen weiteren Brief vom Ministerium. Darin wurde mir mitgeteilt, dass ich mich als im «außerordentlichen Dienst» stehend betrachten müsse. Ich sah mir den Brief eine Weile an und legte ihn in eine Schublade. Was «Dienst» war, begriff ich nicht ganz, was «außerordentlich» war, verstand ich überhaupt nicht.

Aber die Instanzen gaben nicht nach. Die folgende Aufforderung kam von der Behörde für Bevölkerungsschutz, und als ich wiederum zu einer Dame sagte, dass ich dort nicht hineinwolle, was es auch sein möge, gab sie mir den Rat, Dienst bei der Polizei zu tun. «Ich habe schon eine Arbeit», sagte ich. «In Ihrer Freizeit», sagte die Dame.

Der Gedanke verblüffte mich. Ich hatte nicht gewusst, dass man in seiner Freizeit Polizist sein kann.

Aber man kann. Und seit mehreren Jahren bin ich Mitglied der Amsterdamer Sondertruppe der Polizei und diene der Königin in der Uniform eines Polizisten. Die Abenteuer, die ich in der Innenstadt von Amsterdam erlebte, haben mich inspiriert, diese Geschichte zu schreiben. Hier und da ist die Phantasie mit mir durchgegangen, und das Resultat ist, dass die Polizeiroutine, wie ich sie beschreibe, nicht immer mit der Wirklichkeit übereinstimmt.

Und die Helden und ihre Gegenspieler habe ich erfunden. Sie leben in Wirklichkeit nicht, obwohl ich manchmal denke, dass sie mir an der nächsten Straßenecke entgegenkommen müssten.

Eins

Der Volkswagen war auf dem breiten Fußweg der Haarlemmer Houttuinen in Höhe der Hausnummer 5 abgestellt, und zwar völlig vorschriftswidrig.

Der Brigadier hatte den Motor ausgeschaltet.

Der Adjudant zögerte.

Haarlemmer Houttuinen Nummer 5 war das Ziel dieser Dienstfahrt. In dem hohen, schmalen Haus, das er jetzt mit Abneigung betrachtete, befand sich eine Leiche, eine an einem Seil aufgehängte Leiche. Sie drehte sich wahrscheinlich langsam um die eigene Achse, denn Leichen an einem Seil hängen nie ganz bewegungslos.

Der Adjudant saß lustlos auf dem Beifahrersitz. Er hatte keine Lust, auszusteigen und durch den Regen zu laufen, und er hatte keine Lust, eine Leiche an einem Seil baumeln zu sehen.

«Heh», rief Brigadier de Gier, der neben Adjudant Grijpstra am Steuer saß. Der Brigadier hatte auch zu nichts Lust, aber das Gefühl, dass etwas geschehen müsse.

«Was?», fragte Grijpstra.

De Gier machte eine hilflose Geste. Grijpstra konnte sich die Bewegung des Arms mit der schlaffen Hand nach Belieben auslegen. Er rührte sich immer noch nicht, und Adjudant und Brigadier lauschten einträchtig auf die dicken Regentropfen, die vom schweren, saftigen Frühlingshimmel auf das Blechdach des Volkswagens trommelten.

«Ja», sagte der Adjudant und stieg aus. De Gier hatte den Wagen links auf dem Rand des Fußwegs geparkt, und Grijpstra war gezwungen, von seinem Platz aus auf die stark befahrene

Einbahnstraße zu treten. Der breite amerikanische Wagen, der kreischend aus der Kurve geschossen kam, konnte nur eben noch der sich plötzlich öffnenden Tür ausweichen. Der Fahrer hupte.

De Gier lachte und stieg ebenfalls aus. Er schloss die Tür sorgfältig ab, während ihm der kalte Regen in den Nacken peitschte. In Amsterdam ist nichts sicher, auch ein Polizeifahrzeug nicht, und schon gar nicht, wenn es nicht als solches gekennzeichnet ist. Selbst ein Experte würde diesen VW nicht sofort als Transportmittel für Kriminalbeamte erkennen. Das Funkgerät war unter dem Armaturenbrett verborgen, und die Antenne oben auf dem Dach war wie bei einem gewöhnlichen Radio. Unter dem Rücksitz lag gut versteckt ein Karabiner mit sechs Patronenhaltern, alles ordentlich in eine Decke gewickelt. Und vorn im Kofferraum war alles zu finden, was Polizeibeamte zur gesetzmäßigen Ausübung ihres Dienstes für nötig erachten, darunter eine ziemlich vollständige Sammlung von Einbrecherwerkzeugen, ein starker Scheinwerfer, ein Abschleppseil mit Haken, Gasmasken und ein Tonbandgerät.

Aber das war alles nicht zu sehen, und auch an den beiden Kriminalbeamten war nicht viel zu sehen. Grijpstra ist ein dicker Mann und de Gier ein dünner, aber von denen gibt es ja wohl mehrere in der Hauptstadt. Grijpstra trug einen schlecht sitzenden Anzug aus teurem, gestreiftem englischem Stoff, ein weißes Oberhemd und eine blaue einfarbige Krawatte, de Gier einen Maßanzug aus Jeansmaterial, ein blaues Oberhemd und einen bunten Schal, den er ordentlich um den Hals geschlungen hatte. Grijpstra hat kurzes Bürstenhaar und de Gier einen Fassonschnitt, über die Ohren gekämmt und im Nacken gekräuselt, gepflegt, viele Male gebürstet und gekämmt, und wenn sein Hinterteil etwas dicker gewesen wäre, hätte man ihn – von hinten gesehen – für eine Frau halten können.

Ein gewöhnlicher Wagen parkte auf dem Fußweg, und zwei gewöhnliche Männer rannten durch den Regen zum Haus Nummer 5 und standen keuchend nebeneinander im überdachten Hauseingang.

Sie standen jetzt im Trocknen und verfielen wieder ins Nichtstun.

«Bah», sagte Grijpstra und las das Schild an der Tür.

HINDISTISCHE GESELLSCHAFT stand auf dem Schild. Tür und Schild sahen ordentlich aus. Die Worte waren mit etwas verschnörkelten Buchstaben geschrieben, so als hätte der Schriftkünstler versucht, eine geheimnisvolle Atmosphäre zu schaffen. Die Buchstaben sahen aus, als seien sie flüchtig aufgepinselt worden; das Resultat war entfernt chinesisch, aber sehr weit entfernt.

De Gier holte einen Kamm heraus und ordnete seine Nackenkräusel, während er sich umschaute.

Das Portal war sehr alt und sehr imponierend. Es war im 17. Jahrhundert für einen Kaufmann entworfen worden, der sich auf teures Holz spezialisiert hatte, importiert aus Afrika und dem Fernen Osten. Er hatte es in den drei unteren Stockwerken gelagert, während er selbst die oberen drei bewohnte, von wo aus er den Hafen und die großen Bestände von gewöhnlichem Holz sehen konnte, das auf einem rund einen Quadratkilometer großen Gelände gestapelt war. Aber das war lange her, und jetzt war der Steinfußboden im Portal geborsten und ein wenig abgesackt. Aber das gut gebaute Haus hatte viel von seiner ursprünglichen Schönheit bewahrt, und der gegenwärtige Besitzer hatte es in vernünftigem Zustand erhalten.

Rechts im Portal war ein kleines Fenster ausgespart, und de Gier sah eine Auslage von Stöpselflaschen, gefüllt mit Gesundheitsgetreide und verschiedenen Sorten von braunem und grünem Tee, garniert mit einem Zeug, das getrocknetem

Seetang glich. Ein Schild im Schaufenster erzählte dem Besucher mit den gleichen, fernöstlich anmutenden Buchstaben, dass die Gesellschaft verschiedenen Aktivitäten nachging.

Grijpstra stand jetzt neben de Gier und las laut:

«Laden geöffnet von 9 bis 16 Uhr.

Restaurant geöffnet von 18 bis 21 Uhr.

Bar geöffnet von 19 bis 24 Uhr.»

Grijpstra sah de Gier an, aber der sagte nichts. Gemeinsam betrachteten sie die Schächtelchen mit Weihrauch und die kleine vergoldete Buddhastatue; er saß auf seinem Piedestal und starrte unentwegt vor sich hin. Er hatte einen spitz auslaufenden Kopf.

«Ein Spitzkopf», sagte Grijpstra. «Kriegt man den vom Meditieren?»

«Das ist kein Spitzkopf», sagte de Gier in dem belehrenden Ton, den er monatlich einmal abends annahm, wenn er die jungen Beamten der Bereitschaftsabteilung in die Anfänge der Verbrechensermittlung einführte. «Das ist ein Himmelskopf. Die Spitze zeigt nach oben, wo der Himmel ist. Je mehr man meditiert, desto dünner wird die Atmosphäre, in der man sich befindet.»

«Aha», sagte Grijpstra, «ein Himmelskopf.»

«Klingle mal», sagte Grijpstra. «Du hast einen so hübschen Zeigefinger.»

De Gier knickte in der Hüfte ein und klingelte. Er hatte wirklich einen hübschen Zeigefinger, lang und dünn mit einem schönen, mit der Feile bearbeiteten Nagel.

Grijpstra hatte die Hände tief in die Tasche geschoben, als wolle er jedem Vergleich ausweichen.

Die Tür wurde sofort geöffnet; man hatte sie erwartet.

«Vermutlich Selbstmord», war über Polizeifunk vor einigen

Minuten gemeldet worden. «Ein Mann hat sich erhängt. Anscheinend ist er schon tot.» Das war die Meldung gewesen, gefolgt von der Adresse.

Grijpstra hatte die Adresse wiederholt und gesagt, sie würden hinfahren. Und jetzt waren sie eingetroffen. Aber sie wussten nur, was ihnen über Funk gesagt worden war.

Und jetzt würde es große Aufregung geben. Durcheinander redende Menschen. Weiße Gesichter. Ängstliche Blicke. Vielleicht Geschrei und Getöse. Gewalt ruft bei den Menschen Reaktionen hervor.

Aber das Gesicht, das sie aus dem soeben geöffneten Eingang mit der monumentalen, dicken grünen Holztür anschaute, war nicht weiß, sondern schwarz, und es war nicht aufgeregt, sondern ruhig.

Die Kriminalbeamten musterten den Mann im Türeingang.

Ein Neger, dachte Grijpstra, ein kleiner hindistischer Neger. Was soll das?

De Gier hatte noch keine Schlussfolgerung gezogen. Auch er hatte schwarz mit «Neger» assoziiert, aber er zweifelte schon wieder. Der Mann war kein Neger. Wer ist sonst noch schwarz?, überlegte de Gier, aber sein logischer Gedankenfluss wurde durch den wartenden Gesichtsausdruck des dunklen Mannes unterbrochen.

«Polizei», sagte Grijpstra und holte seine Brieftasche heraus, eine große lederne Brieftasche mit mehreren Fächern auf der einen Seite, einem Notizblock in der Mitte und einem ausfaltbaren Plastikfach auf der anderen Seite. Er schüttelte sie und ließ den Mann seinen Ausweis sehen.

Der kleine Mann trat einen Schritt vor und betrachtete aufmerksam das Dokument, das vor seiner Nase baumelte.

«Das ist eine Kreditkarte der Algemeene Bank der Nederlanden», sagte der kleine Mann.

De Gier lachte leise, und Grijpstra sah seinen Kollegen still, traurig und vorwurfsvoll an.

«Verzeihung», sagte de Gier.

Grijpstra steckte seine eckigen, dicken Finger in die Brieftasche und fand den Polizeiausweis mit den blauen und roten Streifen und dem Passfoto.

Der kleine dunkle Mann betrachtete die Karte.

«H. F. Grijpstra», las er klar und deutlich, «Adjudant. Städtische Polizei Amsterdam.»

Er machte eine Pause.

«Ich habe ihn gesehen. Kommen Sie herein.»

Sonderbar, sonderbar, dachte de Gier. Der Mann hat sich die Karte wirklich angesehen. Das kommt sonst nie vor. Grijpstra zeigte immer seine Kreditkarte, und bis jetzt hatte noch nie jemand etwas gemerkt. Aber dieser kleine Mann sah, was man ihm vor die Nase hielt.

«Wer sind Sie?», sagte Grijpstra.

«Jan Karel van Meteren», sagte das Männchen.

Sie befanden sich jetzt in einem Korridor mit drei Türen aus schwerer Eiche. Eine stand offen, und de Gier sah mehrere langhaarige junge Männer und einen älteren Mann mit kahlem Kopf an einer Bar. Alle tranken Bier. Er warf einen flüchtigen Blick auf einen anderen jungen Mann hinter der Bar, der ein weißes T-Shirt trug und um den Hals eine Kette aus bunten Steinen hängen hatte. Van Meteren war vorausgegangen, und sie folgten ihm gehorsam. Am Ende des Korridors war eine Treppe, eine hölzerne Wendeltreppe, die erst vor kurzem gebohnert worden war. Neben der Treppe sah Grijpstra eine Nische mit einer stehenden, vermutlich indischen Statue, die segnend die rechte Hand erhoben hatte. Die Skulptur war mannshoch und aus Bronze.

Sie gingen die Treppe hinauf und kamen in einen großen

offenen Raum mit hoher Decke, die mit einer weiß gestrichenen Stuckgirlande geschmückt war, deren Blüten in Gold hervorgehoben wurden. Dies schien hier das Restaurant zu sein, das die ganze Fläche einnahm. De Gier zählte zehn Tische, sechs für vier Personen und vier für sechs Personen. Fast alle Stühle waren besetzt.

Grijpstra war stehen geblieben, während ihr Führer geduldig wartete. Er bewunderte eine zierliche Statue auf einem weißen Steinsockel, die ziemlich hoch an der Wand befestigt war. Die Statue stellte eine Frau in Tanzhaltung dar. Der edle Kopf auf dem schlanken Hals schien auf den ersten Blick schlecht zu den wollüstigen Brüsten und der frivolen Haltung des angehobenen Fußes zu passen, und Grijpstra war erstaunt, dass diese nackte, sexuell erregende Gestalt göttlich sein sollte, absolut göttlich, ruhig und mächtig und frei. Vor allem frei. Der Gedanke ging ihm schnell durch den Kopf und verschwand wieder, als er weiterging.

De Gier, der ebenfalls gezwungen war, stehen zu bleiben, hatte die Statue nur flüchtig angesehen. Er schaute nach den essenden Gästen und ließ seinen Blick schnell herumwandern, wobei er keinem direkt ins Gesicht sah. Ein direkter Blick ist immer aggressiv und fordert Aufmerksamkeit heraus. Er wollte jedoch nicht auffallen und tat es auch nicht. Die Gäste sahen in den beiden Kriminalbeamten nur andere Gäste, die soeben gekommen waren, um einen Happen zu essen. Ein Mann nahm einladend seine Aktentasche und seinen Hut von einem Stuhl. De Gier schüttelte freundlich ablehnend den Kopf. Ihm fiel auf, dass schweigend gegessen wurde. Vielleicht lauschte man der Musik, die aus mehreren Stereolautsprechern kam. Ihm gefiel die Musik, und er erinnerte sich, dass er dergleichen schon einmal im Tropenmuseum gehört hatte. Die schweren rhythmischen Akkorde schrieb er einer Bassgitarre und das trockene, harte Ticken einem Satz von Trommeln zu. Die schwingenden hohen Töne kamen wohl aus einer Flöte, wahrscheinlich einer Bambusflöte.

Sie hatten sich wieder in Bewegung gesetzt, und van Meteren ging ihnen weiterhin voraus. Sie durchquerten das ganze Restaurant und kamen in eine lange, schmale Küche mit einem Fenster, durch das man einen Blick auf den Garten mit blühenden Rhododendren werfen konnte. Zwei Mädchen in strammen Blue Jeans mit Hosenträgern rührten fleißig in Töpfen. In der Küche hing ein scharfer, nicht unangenehmer Geruch von einer Mischung fernöstlicher Kräuter. Ein Mädchen wollte etwas sagen, überlegte es sich aber, als es sah, dass die Beamten in Begleitung von van Meteren waren.

Noch eine Treppe hinauf und noch ein Korridor. Weiße Wände und eine Tür mit einem Schild und der Aufschrift *Tempel*. Ein langer, niedriger, enger Korridor. Sie gingen an drei Türen vorbei; van Meteren öffnete die vierte und letzte.

Von der Musik aus dem Restaurant, ein Stockwerk tiefer, war hier nichts zu hören. Grijpstra ging in das Zimmer und seufzte. Er sah die Leiche, und sie bewegte sich, genau wie er es erwartet hatte. Erhängte drehen sich immer ein wenig, wegen der Zugluft. De Gier stand schweigend neben seinem Vorgesetzten und schaute ebenfalls. Er sah die kleinen nackten Füße, mit den zum Boden gerichteten Zehen. Dann schaute er nach oben und sah die ausgestreckte Zunge und die weit offenen, hervortretenden blauen Augen. Eine kleine Leiche, ein Mann von höchstens ein Meter sechzig, ein schlanker Mann, ordentlich gekleidet in einer beigefarbenen Hose aus gutem Stoff mit scharfer Bügelfalte und einem gestreiften, frisch gewaschenen Oberhemd. Ein Mann von etwa vierzig Jahren. Langes, schimmerndes dunkelrotes Haar und ein voller, herabhängender Schnurrbart. De Gier ging einen Schritt näher heran und betrachtete die Armbanduhr. Er stieß einen leisen Pfiff aus. Die Uhr war bestimmt 1000 Gulden wert, wenn nicht noch mehr. Er hatte selten ein so breites und dickes goldenes Uhrarmband gesehen.

Die Kriminalbeamten hatten beide die Hände auf dem Rücken. Sie würden vorläufig nichts anfassen, sondern nur schauen.

Grijpstra sah sich um. Ein großes Zimmer mit ebenfalls hoher Decke, aber diesmal ohne Stuckverzierung. Er ließ seine Augen über die dicken Balken aus Fichtenholz wandern. An den Wänden Bücherschränke, gut gefüllt, nur hier und da war etwas Platz gelassen für eine Vase oder eine Schüssel. Er sah ein Telefon neben einem Fernsehgerät und einer kompletten Enzyklopädie. Ein Tisch mit niedrigen Stühlen. Bestickte Kissen. Auf dem Tisch eine Schreibmaschine mit einem eingespannten Bogen. Er beugte sich vor. *Meine Herren, in Beantwortung Ihres Briefes vom 10. dieses Monats muss ich Ihnen mitteilen …* Weiter nichts. Der Briefkopf bestand aus den Worten HINDISTISCHE GESELLSCHAFT, dazu Adresse und Telefonnummer; das Briefpapier sah teuer aus.

Ein umgefallener Schemel neben den Füßen der Leiche, wahrscheinlich umgestoßen. Ein Plattenspieler mit einem Stapel Platten. Ein niedriges Bett mit einem gebatikten Tuch bedeckt. Die gewebten Vorhänge waren geschlossen, ließen aber noch genug Licht herein, um alle Einzelheiten im Zimmer erkennen zu können.

«Was ist das?», fragte Grijpstra und zeigte auf einen anderen niedrigen Tisch, rot lackiert, auf dem die hölzerne Statue eines dicken, kahlköpfigen Mannes mit untergeschlagenen Beinen thronte, der sie mit seinen Glasaugen anstarrte.

«Eine Art von Altar», antwortete de Gier nach einigem Nachdenken. «Die mit Sand gefüllte Kupferschale muss zum

Verbrennen von Weihrauch dienen, und die braunen Flecken im Sand sind verbrannte Weihrauchstäbchen.»

Grijpstra zog eine Augenbraue hoch. «Du weißt eine ganze Menge.»

«Ich besuche Museen», sagte de Gier.

Grijpstra schnupperte. «Weihrauch?», fragte er.

De Gier nickte. Von der schweren, schwülen Luft bekam er Kopfschmerzen.

«Haben Sie die Leiche entdeckt?», fragte er den kleinen dunklen Mann.

«Ja, Mijnheer», sagte van Meteren. «Ich musste Piet etwas fragen, und als er nicht ‹herein› oder ‹ja› rief, nachdem ich geklopft hatte, bin ich wieder gegangen. Die Mädchen in der Küche sagten, sie hätten ihn nach oben gehen sehen. Es gibt nur die eine Treppe nach oben, und ich musste ihn unbedingt sprechen. Ich habe im Zimmer seiner Mutter, das an diesem Korridor liegt, und im Tempel nachgesehen, aber dort war er auch nicht. Ich dachte, er wäre vielleicht eingeschlafen, und habe noch einmal geklopft und dann die Tür geöffnet. Und da hing er. Ich habe sofort die Polizei angerufen und unten auf Sie gewartet. Die anderen wissen noch nichts.»

«Warum haben Sie ihn nicht abgeschnitten?», fragte de Gier.

«Er war schon tot», sagte van Meteren.

«Woher wussten Sie das?»

Van Meteren gab keine Antwort.

«Sind Sie Arzt?», fragte Grijpstra.

«Nein», sagte van Meteren. «Aber ich habe schon viele Tote gesehen. Piet ist tot. Tot ist tot. Ich konnte es spüren. Von seinem Körper ging kein Gefühl mehr aus.»

«Haben Sie ihn berührt?»

Van Meteren zuckte die Achseln. «Ich brauche einen Körper nicht zu berühren, um zu wissen, dass er tot ist.»

«Warum haben Sie ihn also nicht losgeschnitten?», fragte de Gier noch einmal.

«Allein hätte ich es nicht geschafft», sagte van Meteren. «Jemand hätte mir helfen müssen, die Leiche festzuhalten. Außerdem wollte ich, dass Sie ihn so vorfinden. Vielleicht sehen Sie etwas, das Ihnen hilft.»

De Gier sah sich die Leiche noch einmal an. Er hatte das Gefühl, dass er den Mann schon mal gesehen hatte, und er suchte in seinem Gedächtnis. De Gier hatte ein gutes Gedächtnis, und er kannte sich in seinen Akten aus. Nach einer Weile wusste er, ihm war der Mann nicht bekannt, aber das Gesicht mit glatt rasiertem Kinn und Wangen und dem schweren Schnurrbart erinnerte ihn an ein Gemälde, das er in Den Haag gesehen hatte. Es war das Porträt eines Kriegers, eines Statthalters zu Pferde, auf dem Weg in die Schlacht. Der Herrscherblick war ihm damals aufgefallen. Dieser tote Mann musste auch ein Herrscher gewesen sein, vielleicht heute Mittag noch. Ein Boss oder ein kleiner Boss. Ein disziplinierter Boss, dachte de Gier. Er sieht ordentlich aus; dieses Zimmer ist aufgeräumt und sauber; das ganze Haus ist sauber. Die Mädchen in der Küche machen einen netten Eindruck. Auch van Meteren, der irgendwie ein Untergebener des toten Mannes gewesen sein muss, ist kein unordentlicher Mensch. Warum fällt mir das auf?, fragte sich de Gier. Die Antwort kam sofort. Er hatte beim Lesen der Worte HINDISTISCHE GESELLSCHAFT an der Haustür ein Drecksnest erwartet. Und warum?, fragte er sich. Hindistisch ist etwas Östliches, aus dem Osten kommt die neue Wahrheit, die neue Atmosphäre. Aber die Anhänger des neuen Gedankens, der jetzt von verschiedenen Seiten in die Gesellschaft gebracht wird, bringen Unordnung. Diese schmutzigen, verdächtigen Gestalten, die er wegen kleiner Vergehen regelmäßig verhören musste. Er erinnerte sich an den Inhalt ihrer Taschen, der beim Durchsuchen zum Vorschein gekommen war, an die Bilder indischer Heiliger, die gefalteten und verschmutzten Fotos alter nackter Männer mit dickem, verfilztem Haar, die Yogis sein sollten oder Gurus, an die Meister des Alten, jetzt wiederum Meister des Neuen. Er hatte das Wort «hindistisch» zuerst mit «hinduistisch», dann mit «Weisheit des Ostens» und danach mit «Schmiererei» verbunden, doch alles, was er bis jetzt in diesem Haus gesehen hatte, sprach von Ordnung und Sauberkeit.

De Giers Gedanken hatten nur wenige Sekunden beansprucht, und inzwischen hatte Grijpstra wieder geseufzt. Der Mann, der vor ihm hing, war zweifellos tot, aber nur ein Arzt kann den Tod feststellen. Er würde ihn losschneiden müssen.

Er warf einen Blick über die Schulter und nickte de Gier zu.

«Ruf mal eben an.»

Aber er hätte nichts zu sagen brauchen. De Gier stand am Telefon und hatte die erste 2 bereits gewählt. Ein paar Worte genügten. Im Präsidium brauchten sie nur noch auf Knöpfe zu drücken, um direkte Verbindung zum Polizeiarzt, zur Fotoabteilung und zu den Fingerabdruckexperten herzustellen. Innerhalb weniger Minuten würden alle auf dem Weg sein.

Während de Gier telefonierte, hatte Grijpstra den Schemel aufgestellt und war darauf gestiegen. Er durchschnitt das Seil mit seinem Stilett, das er vorschriftswidrig immer als Waffe bei sich trug. Das Seil war nicht dick und die Klinge sehr scharf. De Gier wollte die Leiche auffangen, aber van Meteren war schneller. Er legte die Leiche vorsichtig auf das Bett. Niemand dachte, dass Piet wieder zu atmen beginnen würde.

Er tat es auch nicht.

Grijpstra beugte sich herunter und sah auf das tote Gesicht. «Schau mal.»

De Gier sah hin. «Ach, ach», sagte er.

Van Meteren sah ebenfalls hin.

«Ein blauer Fleck an der Schläfe», sagte van Meteren, «und eine kleine Beule.»

«Das haben Sie aber sehr schnell gesehen», sagte de Gier.

«Ein Schlag», sagte van Meteren, der immer noch vornübergebeugt hinschaute. «Mit einem Stock oder vielleicht auch mit der Faust. Oder vielleicht auch nicht. Der Arzt wird es wohl wissen.»

«Haben Sie hier im Haus etwas zu sagen?», fragte de Gier.

Van Meteren hatte sich wieder aufrecht hingestellt und hielt die Hände auf dem Rücken. Er dachte nach. Er runzelte die niedrige Stirn über der breiten, platten Nase. Und jetzt wusste de Gier, dass dieser Mann ein Papua sein musste. Er sah das Foto aus seinem Geographiebuch wieder vor sich, ein Papua, der am Strand sitzt und seine Speerspitze schleift. Aber dieser kleine Mann war kein reinrassiger Papua, die Nase war nicht platt genug, und da war irgendwas mit seiner Gesichtsform. Vielleicht zu drei Vierteln Papua, dachte de Gier, oder zu sieben Achteln. Daher auch der holländische Name. Das reine Niederländisch, das van Meteren sprach, hatte einen leichten Akzent, aber nicht den der Surinamer oder den der Indonesier, die er häufig in seiner Umgebung sprechen hörte. Diese Stimme kam tiefer aus der Kehle, sie war irgendwie schwerer.

«Nein», sagte van Meteren jetzt, «ich habe hier nichts zu sagen. Piet war der Chef. Ich wohne hier nur. Ich habe keine Funktion in dieser Gesellschaft. Ich denke, dass die Mädchen hier jetzt übernehmen werden sowie Johan und Eduard. Aber Johan ist in der Bar und weiß von nichts, und Eduard hat heute frei.»

«Dann gehe ich wohl besser nach unten», sagte de Gier. «Vorläufig darf niemand das Haus verlassen. Die Wagen vom

Präsidium können jeden Augenblick hier sein. Die werden Kriminalbeamte schicken und vermutlich auch uniformierte Polizisten, die die Tür bewachen. Es wird der übliche Klamauk werden.»

De Gier lief die Treppe hinunter. Klamauk war das richtige Wort. Tag für Tag hatten sie nichts anderes zu tun, als herumzufahren und sich ein wenig umzusehen – und jetzt plötzlich zwei Leichen an einem Abend. Sie hatten die erste Leiche am frühen Abend gefunden, oder sie hatten vielmehr gesehen, wie aus einem Menschen eine Leiche wurde. Die Frau lebte noch, als sie sie fanden, nackt und blutend in dem schäbigen Bordell an der Gracht. Mit einem Messerstich im Bauch. Sie starb in den Armen des Arztes, der nach dem Anruf de Giers gleich gekommen war. Sie hatte den Täter noch deutlich beschreiben können, während sie die Hände auf den Bauch presste, um das Blut zu stillen. Eine alternde Hure, ein liebenswürdiger Mensch sozusagen. De Gier hatte den jungen Mann unter einem Baum gefunden, direkt gegenüber dem Bordell. Der Junge saß mit dem Rücken an einer dicken Ulme und starrte ins Wasser, das Messer hielt er noch in der Hand. Er gestand sofort. Ein netter Junge, aber mit Messern und älteren Frauen nicht zu trauen, die ihn an seine Mutter erinnern. Sie hatten ihn mitgenommen und eingesperrt und ein kurzes Protokoll aufgenommen. Arbeit für den städtischen Psychiater. Vielleicht würde man den Jungen nicht einmal vor Gericht stellen, sondern «auf Anordnung der Regierung» direkt in eine Anstalt stecken. Und das konnte viele Jahre dauern, auf Anordnung einer unbegreifbaren Macht, die ihn Pillen schlucken und Filzpuppen machen oder mit bunter Kreide kritzeln ließ. Und vielleicht würde man ihn nach ein paar Jahren wieder auf die Straße lassen, damit er sich in einem Haushaltswarengeschäft ein Messer kaufen und mit dem Geld von der Sozialfürsorge eine billige Hure finden konnte. Und vielleicht auch nicht.

Die ganze Sache mit der toten Hure hatte sie nur anderthalb Stunden gekostet, die Polizeiwache war um die Ecke, die Zelle leer, die Schreibmaschine bereit und der Verdächtige geständig. Und jetzt wieder dies.

De Gier ging ins Restaurant. Er fand den Verstärker des Plattenspielers und drehte den Lautstärkeknopf in die falsche Richtung. Die Lautsprecher kreischten auf. Er drehte den Knopf wieder zurück und schaute in ein Meer erschrocken fragender Gesichter. Eines von ihnen wurde böse. Ein großer, schwerer Mann mit einem Bart, der ihm bis an die Augen wuchs, stand auf und ging auf de Gier zu.

«Was soll das? Würden Sie die Musik wohl wieder anstellen? Was soll das hier?»

De Gier legte dem Mann eine Hand auf die Schulter und sah ihn freundlich und gelassen an.

«Nun mal ruhig. Ich bin von der Polizei. Ich muss Sie bitten zu bleiben. Sie und die anderen auch.»

Er hob die Stimme.

«Hier ist etwas Unangenehmes geschehen. Meine Kollegen sind schon unterwegs. Es ist nur eine Formalität, aber ich muss Sie ersuchen, sitzen zu bleiben, und zwar bis Sie von uns hören, dass Sie gehen können. Wir werden Sie nicht lange aufhalten. Falls jemand etwas darüber weiß, was dort oben geschehen ist, kann er sich melden.»

Es begann ein allgemeines Gemurmel. Niemand meldete sich. Die beiden Mädchen waren aus der Küche gekommen und standen direkt vor de Gier.

«Was ist passiert?», fragte die Ältere, ein hübsches Mädchen von Anfang zwanzig mit Zöpfen und großen grünen Augen.

«Das werden Sie noch erfahren», sagte de Gier.

«Ist etwas mit dem Geld, das in Piets Zimmer war?»

«Ist Geld gestohlen worden?», fragte de Gier.

«Das weiß ich nicht», sagte das Mädchen, «aber Piet hat uns heute Nachmittag gefragt, ob wir in seinem Zimmer gewesen seien. Johan hatte das Geld aus dem Laden um vier Uhr nach oben gebracht, und es mussten rund dreihundert Gulden auf dem Tisch liegen, aber Piet behauptete, es sei weniger. Ich denke, dass Johan nicht richtig gezählt hat. Geht es darum?»

«Nein», sagte de Gier leise. «Piet ist tot. Er hing tot am Balken.»

«Oh», sagte das Mädchen und hielt sich die Hand vor den Mund. Das andere Mädchen, eine kleine Dicke mit Brille, fing an zu weinen.

«Nur ruhig bleiben», sagte de Gier. «Daran ist nichts mehr zu ändern. Sie beide sind nicht in seinem Zimmer gewesen?»

Die Mädchen schüttelten den Kopf.

«Nein», sagte das dicke Mädchen.

«Nein», sagte das hübsche Mädchen, «nicht nach fünf Uhr. Ich habe das Geld auf dem Tisch gesehen, weil ich noch eben mit Piet nach oben gegangen bin. Wir haben gemeinsam das Geld gezählt, und dann bin ich wieder in die Küche gegangen. Er hält nichts davon, wenn wir in seinem Zimmer herumstehen, und er müsse Briefe schreiben, sagte er.»

«Er ist der Chef hier, nicht wahr?», fragte de Gier.

«Ja», sagte das dicke Mädchen, «er ist der Direktor der Gesellschaft. Eigentlich gehört uns allen die Gesellschaft, aber er hat alles bestimmt. Und jetzt ist er tot?»

De Gier gab ihr sein Taschentuch, und sie rieb sich die Augen.

Er sah missmutig die schwarzen Streifen von der Wimperntusche, die bei der Wäsche nicht ganz herausgehen würden; das Taschentuch konnte er wegwerfen.

Ihre Tränen beeindruckten ihn nicht. Ihm schien es, als finde das Mädchen das Ereignis spannend. Der Tod ist immer ein großes Erlebnis.

Es klingelte. Als de Gier die Tür öffnete, standen außer seinem noch vier weitere Wagen auf dem Fußweg. Die Kollegen waren ohne Sirene und Blaulicht gekommen. Dies waren die Fachleute, die nie in wilder Eile waren.

Er schüttelte ein paar Hände und sprach kurz mit dem Fingerabdruckexperten, den er gut kannte. Er zeigte allen den Weg. Den Arzt und die Experten brachte er in das Zimmer des Toten, die Kriminalbeamten ins Restaurant und in die Bar, wo sie sofort mit den Verhören begannen. In diesem Stadium brauchten sie nur Namen und Adressen. De Gier sagte ihnen, sie sollten sich mit den beiden Mädchen und dem Barmann Johan etwas mehr befassen und van Meteren nicht beachten, den er für sich reserviert habe.

«Ach, ja», sagte er zu dem älteren Beamten, «wenn du eine ältere Dame siehst, lass sie ebenfalls zufrieden. Sie ist die Mutter des Toten. Wir werden uns später um sie kümmern.»

«Wer ist ‹wir›?», fragte der Beamte.

«Grijpstra und ich», sagte de Gier.

Der Kriminalbeamte sah beeindruckt aus, und de Gier lächelte ihn an.

«Du bist ein Komiker», sagte er.

De Gier hörte die Türklingel und ging wieder, um zu öffnen. Er sah den Hoofdinspecteur und begrüßte ihn etwas aufmerksamer als die anderen.

«Selbstmord?», fragte der Hoofdinspecteur.

«Könnte sein», sagte de Gier, «aber er hat auch einen Schlag an den Kopf gekriegt.»

«Hm», sagte der Hoofdinspecteur und ging nach oben.

Der Hoofdinspecteur ging auch als Erster. Er hatte sich ein wenig umgesehen und gebrummt.

Nach einer Stunde war die Ruhe wieder eingekehrt.

Grijpstra und de Gier saßen an einem Tisch im Restaurant, rauchten und sahen einander an.

«Zwei an einem Tag», sagte Grijpstra.

«Das ist zu viel», sagte de Gier, «aber was ist es jetzt? Mord oder kein Mord?»

Grijpstra blies den Rauch durch die weit geöffneten Nasenlöcher; de Gier sah, wie die feinen Härchen darin zitterten.

«Beides ist möglich», sagte Grijpstra, «aber es wird wohl Mord gewesen sein. Ein Schlag gegen die Schläfe, einfach mit der Faust, denn ich habe keine Waffe oder mögliche Waffe gesehen, und der blaue Fleck und die Beule sind nicht sehr ernst. Bam! Piet liegt auf dem Boden, bewusstlos oder auch nur ein wenig beduselt. Das Seil liegt bereit. Das Seil um den Hals. Piet angehoben und auf den Schemel gestellt, das andere Seilende an den Haken, der bereits im Balken ist, ein Tritt gegen den Schemel und hopp! Zur Tür hinaus. Die Arbeit einer Minute, einer halben Minute.»

«Für einen oder zwei Mann?»

Grijpstra schüttelte gereizt den schweren Kopf.

«Warum nun wieder zwei Männer oder zwei Frauen oder eine Frau und ein Mann oder ein Mann und eine Frau? Warum so kompliziert? Ein Mörder, keine zwei oder drei. Es gibt fast keine Mörder in Amsterdam, warum sollte jetzt plötzlich eine ganze Gruppe auftauchen?»

«Aber es ist doch eine ziemliche Arbeit», sagte de Gier vorsichtig. «Er hat sich mit Piet abgerackert und ihn auf den Schemel gebracht. Das ist vielleicht doch wohl ein wenig mühsam, wenn man allein ist?»

Grijpstra stand auf.

«Komm mit. Wir werden uns abrackern.»

Sie waren für eine Weile beschäftigt. De Gier legte sich auf den Boden und entspannte sich. Grijpstra hob ihn mit Leichtigkeit hoch und stellte ihn auf den Schemel, wobei er ihn mit dem einen Arm umfasste und mit der freien Hand ein imaginäres Seil um seinen Hals legte.

Sie probierten es einige Male.

«Siehst du?», sagte Grijpstra. «Es ist ganz einfach. Du wiegst auch nicht viel, noch keine fünfundsiebzig Kilo, würde ich sagen, aber dieser Piet wiegt noch weniger. Vielleicht zwischen fünfzig und sechzig, das genaue Gewicht werden wir noch erfahren. Ein kleines, schwaches Kerlchen. Fast jeder, der kein Zwerg ist, hätte das schaffen können.»

«Ja, ja», sagte de Gier.

Aber etwas später, als sie wieder unten im Restaurant saßen und rauchten und gähnten, dachte de Gier wieder anders.

«So war es nicht», sagte de Gier. «Pass auf.»

«Ich passe auf», sagte Grijpstra und wedelte den Rauch seiner Zigarette zur Seite.

«Dieser Piet ist schwermütig. Er will den Tod. Das Leben ist nicht gut, meint er. Er sitzt in einem alten Haus in der Haarlemmer Houttuinen als Direktor einer Gesellschaft für dummes Zeug, die nicht floriert und nur Schulden macht. Und er überlegt, dass er über vierzig ist und bald ein alter, hoffnungsloser Mann sein wird. Obendrein ist er ein ganz kleines Kerlchen, und die haben es immer schwer. Hier sitzt er, mutterseelenallein, umringt und bestürmt von seinen eigenen Ideen, an die er nicht mehr glaubt, vor denen er sich fürchtet, und er will fort. Er will durch die weiße Pforte, und er hat den silbernen Schlüssel.»

«Was?», fragte Grijpstra.

«Sinnbilder», sagte de Gier. «Sinnbilder des Ostens. Habe

ich irgendwo gelesen. Der Tod ist die weiße Pforte, und jeder hat den silbernen Schlüssel.»

«Pardon», sagte Grijpstra, «ich bin ungebildet. Aber jetzt verstehe ich. Piet will fort. Durch die Pforte. Durch den Tunnel. Durch den dunklen Tunnel, der zum Unbegreifbaren führt. Aber was passiert? In deiner Geschichte sitzt er immer noch da und überlegt.»

De Gier stand auf und schlenderte zwischen den Tischen im Restaurant hin und her. «Er fasst einen Beschluss. Aber es ist nicht so einfach, einen so schwerwiegenden Beschluss zu fassen. Normalerweise fasst ein Mensch überhaupt keine Beschlüsse, er tut kaum etwas, das Leben schleift ihn mit, die Umstände haben ihn am Kragen. Aber unser Piet fasst einen Beschluss. Aber das tut er nicht einfach so. Er trinkt dabei ein Schnäpschen. Er wird ein wenig betrunken. Er trinkt weiter. Er wird stinkbetrunken. Er will die Schlinge an den Balken hängen. Er steigt dazu auf den Schemel, aber er ist so besoffen, dass er fällt und sich den Kopf stößt. Vielleicht auch kurz das Bewusstsein verliert. Aber er kommt wieder zu sich und hängt sich auf.»

Grijpstra schwieg. De Gier wanderte immer noch auf und ab.

«Er roch nicht sehr nach Alkohol», sagte Grijpstra. «Höchstens nach einem Bier oder einem Sherry, schnell in der Bar weggekippt. In seinem Zimmer habe ich keine Getränke gefunden, nicht einmal ein Glas. Und es lagen keine Scherben auf der Straße, also hat er die Flasche auch nicht zum Fenster hinausgeworfen. Er schien mir dafür auch viel zu ordentlich zu sein. Übrigens sah er mir auch viel zu ordentlich aus, umso etwas Unordentliches zu tun, wie Selbstmord zu verüben. Oder verüben ordentliche Menschen mit Bügelfalten in der Hose und gekämmtem Schnurrbart ebenfalls Selbstmord?»

De Gier betrachtete die Statue der tanzenden indischen Göttin. «Ja», sagte er. «Selbstmörder verlieren ihre Haltung. Sie rasieren sich unregelmäßig und essen, wann es ihnen gerade passt. Daran erinnere ich mich noch von den Psychologievorlesungen. Aber es ist nicht ganz ausgeschlossen, dass sich ein ordentlicher, sauberer Mann an einem guten Stück Seil und einem soliden Haken aufhängt, der fest in den Balken geschraubt ist.»

Grijpstra schüttelte den Kopf.

«Na schön. Wie du meinst. Und wenn er nicht betrunken war, wie wir glauben, kann er vielleicht Rauschgift genommen haben. Heroin vielleicht, aber er hatte keine Einstiche an Armen oder Beinen. Er kann Kokain geschnupft oder eine Opiumpille geschluckt haben. Das werden wir ja hören. Er hatte nicht geraucht, dort war kein Aschenbecher und keine Asche im Papierkorb. Ich habe die Mädchen gefragt; sie sagten, er hat überhaupt nicht geraucht. Seltsam, ich hatte den Eindruck, dass sie lügen. Warum sollte man wegen des Rauchens lügen?»

«Haschisch», sagte de Gier. «Er hat vermutlich Hasch geraucht und sie auch, und sie wollten nicht, dass wir es erfahren.»

«Von Hasch fällt man nicht um und holt sich eine Beule», sagte Grijpstra.

De Gier zuckte die Achseln. «Warten wir bis morgen. Wir müssen nicht heute Abend schon alles lösen. Wir müssen noch mit van Meteren sprechen, er wartet oben in seinem Zimmer auf uns. Die Mädchen habe ich ins Bett geschickt, die kommen morgen an die Reihe.»

«Ja», sagte Grijpstra, «dann müssen wir nochmal nach dem Geld fragen, obwohl ich nicht glaube, dass einer heutzutage jemanden wegen ein paar hundert Gulden aufhängt.»

Zwei

«Möchten Sie eine Tasse Tee?», fragte van Meteren.

«Kaffee», sagten de Gier und Grijpstra gleichzeitig. Sie saßen ihm auf einem niedrigen Bett gegenüber, den Kopf an die Wand gelehnt. Es war Mitternacht, und vor allem de Gier fühlte sich erschöpft. Er hatte allmählich die Nase voll von diesem alten Kaufmannshaus mit seinen langen, engen Korridoren und Treppen und der imitierten Atmosphäre des Ostens, aber er musste zugeben, dass van Meterens Zimmer eine gewisse Ruhe ausstrahlte. Es war groß mit weißen Wänden und einem schönen, wenn auch etwas verschlissenen persischen Teppich auf dem Fußboden. Auf einem Regal entlang der ganzen Wandbreite hatte van Meteren eine Sammlung von Gegenständen ausgestellt, seltsam geformte Steine, allerlei Muscheln, getrocknete Blumen in Töpfen und Flaschen und den Schädel eines großen Tiers, wahrscheinlich eines Wildschweins. Van Meteren saß auf einem dicken Kissen auf dem Boden, die Beine untergeschlagen, entspannt und geduldig. Eine Stehlampe vor ihm warf den Schatten seines von Kraushaar umrahmten Kopfes auf die weiße Wand.

Van Meteren verzog den Mund.

«Hier im Zimmer habe ich keinen Kaffee. Es ist jetzt zu spät, um noch welchen aus der Bar zu holen; nur dort wird Kaffee ausgeschenkt. Eigentlich ist Kaffee gegen die Regeln dieses Hauses. Piet sagte immer, Kaffee regt auf.»

Van Meteren goss den Tee aus einer mit chinesischen Schriftzeichen verzierten Thermosflasche in kleine henkellose Tassen. Die beiden Kriminalbeamten nahmen ihre Tasse in die Hand, schlürften den kochend heißen Tee und verzogen das Gesicht. Van Meteren lachte. «Sie werden sich wahrscheinlich noch daran gewöhnen. Tee zu trinken, das ist eine

Kunst, und Tee ist ein heiliges Getränk. Er aktiviert und entspannt zugleich. Sie trinken jetzt grünen Tee, er ist zwar etwas bitter, aber die edelste Sorte, die hier zu haben ist. Sie werden davon wach und nehmen Abstand.»

«Abstand wovon?», fragte Grijpstra.

Van Meteren wedelte mit seiner kleinen schwarzen Hand.

«Von allem. Von sich selbst. Von Ihren Sorgen, von dem, was man mit sich herumschleppt.»

«Das ist gut», sagte Grijpstra. «Hörst du das?»

«Ja», sagte de Gier, «ich höre es. Und ich habe mich schon an den Tee gewöhnt. Ich möchte wohl noch eine Tasse.»

Van Meteren schenkte nach.

«Und nun erzählen Sie mal», sagte Grijpstra. «Was tun Sie hier? Wer sind Sie? Was ist das hier eigentlich? Und wer war Piet?»

«Ja», sagte de Gier. «Und mögen Sie selbst auch keinen Kaffee? Oder haben Sie nur keinen hier, weil Piet es nicht wollte?»

Van Meteren sah sie ruhig an.

«Das sind eine ganze Menge Fragen. Wo soll ich anfangen?»

«Irgendwo», sagte Grijpstra väterlich. De Gier nickte zufrieden. Dies war ihre übliche Taktik. Den Verdächtigen verwirren. Bei Verhören tauschten sie gelegentlich auch ihre Rollen aus. Manchmal wurde Grijpstra aggressiv, während de Gier den Verdächtigen zu trösten schien, und manchmal war es umgekehrt. Danach verhörte einer von ihnen den Verdächtigen, sodass er sich beklagen und Unterstützung suchen und seinem Herzen Luft machen konnte; damit er redete, vor allem redete. Und die Verdächtigen redeten dann auch, viel mehr, als sie vorher gewollt hatten. Und beim Reden kam das Geständnis oder die Zeugenaussage. Und dann konnten sie nach Hause gehen, ihre Arbeit war erledigt.

Aber dieser Fall war anders, dachte de Gier. Er fühlte sich müde und unzufrieden, und van Meteren war wie die Ruhe selbst. Und er sagte nichts. De Gier musterte sein Gegenüber. Eine merkwürdige Gestalt, selbst für eine Stadt wie Amsterdam. Klein, dunkel und freundlich. Tadellos gekleidet in einer engen, sauberen, dunkelblauen Hose und einem längs gestreiften, taillierten Oberhemd, das ihn größer und schlanker erscheinen ließ. Ein beherrschter Mensch. Sogar selbstbewusst. Gibt es Menschen, die selbstbewusst sind?, fragte sich de Gier. Menschen, die wissen, was sie tun, warum sie etwas tun?

Grijpstra beobachtete ebenfalls. Er sah einen Mann von etwa vierzig, klein und zierlich. Auch er hatte den Mann jetzt als Papua eingestuft. Grijpstra hatte in jungen Jahren im damaligen Niederländisch-Indien gekämpft, und er erinnerte sich an die Gesichter einiger Berufssoldaten der früheren Königlich-Niederländisch-Indischen Armee, die bei seiner Einheit stationiert waren.

Papuas, fremde Menschen, die sich als Niederländer fühlten und in ihrem Zelt ein Farbfoto der Königin aufgehängt hatten. Tapfere Soldaten. Er war nicht lange mit ihnen zusammen, denn sie fielen bald, weil sie bei Späh- und Stoßtrupps immer die Ersten waren.

«Kam Ihr Vater aus den Niederlanden?», fragte Grijpstra.

«Mein Großvater», sagte van Meteren. «Meine Großmutter war eine Papua, die Tochter eines Häuptlings. Mein Großvater arbeitete bei der Regierung; er war zwar nur ein kleiner Beamter, aber in Neuguinea hatte er durchaus Macht. Meine Mutter ist auch eine Papua; sie lebt noch und wohnt in Hollandia. Ich bin vor acht Jahren nach hier gekommen. Ich musste mich 1965 entscheiden, ob ich Niederländer oder Indonesier sein wollte. Ich hatte mich für die Niederlande entschieden und musste deshalb schleunigst weg.»

«Und womit verdienen Sie Ihren Lebensunterhalt?»

«Ich bin bei der Polizei», sagte van Meteren und lachte lauthals, als er die Überraschung sah, die sich auf den Gesichtern der beiden ausbreitete. «Sie brauchen nicht zu erschrecken», sagte er. «Ich bin nur bei der Verkehrspolizei. Ich könnte Ihnen höchstens ein Strafmandat verpassen, weil Sie Ihren Wagen auf dem Fußweg geparkt haben, aber das brauchten Sie sowieso nicht zu bezahlen.»

«Bei der Verkehrspolizei?», fragte Grijpstra.

Van Meteren nickte. «Schon seit fünf Jahren. In Neuguinea war ich bei der richtigen Polizei. Ich war Wachtmeester erster Klasse, weil ich lesen und schreiben konnte und einen niederländischen Namen hatte. Ich hatte den Befehl über dreißig Mann. Wachtmeester ist dort ein hoher Rang. Aber als ich hierher kam, war ich fast dreißig, und in Den Haag meinten sie, ich sei schon zu alt, aber ich könne eine Stelle als Angestellter bekommen. Ich wollte jedoch immer zur Polizei, und schließlich durfte ich Verkehrspolizist werden. Ich bin immer im Straßendienst gewesen, habe jetzt zwei Streifen auf dem Rangabzeichen und bin mit einem Gummiknüppel bewaffnet. Alle halbe Jahr bitte ich um Versetzung zur richtigen Polizei, aber nie klappt es.»

«Die Verkehrspolizei ist doch auch eine richtige Polizei», sagte Grijpstra.

Van Meteren zuckte die Achseln und sah starr geradeaus.

«Welchen Dienst haben Sie bei der Polizei in Neuguinea gemacht?», fragte de Gier.

«Felddienst. Während der letzten Jahre war ich meistens auf Patrouille im Vogelkop-Gebiet. Wir machten Jagd auf Eindringlinge von der indonesischen Armee. Ich habe viele gefangen. Damals war ich eigentlich mehr Soldat als Polizist.»

De Gier betrachtete die große, auf Leinwand gedruckte und

an den Falten eingerissene Karte von Neuguinea an der Wand. Daneben hing eine Karte von den Niederlanden und daneben wiederum eine vom Ijsselmeer und dem Watt.

«Könnte ich wohl Ihren Verkehrspolizistenausweis sehen?»

Die Karte sah sauber aus. Van Meteren zeigte auch seinen alten Ausweis aus Neuguinea, ein abgegriffenes, vergilbtes Dokument in einer eingerissenen Plastikhülle.

Sowohl Grijpstra als auch de Gier musterten die zweite Karte sehr genau. Ein niederländischer Wachtmeester erster Klasse aus einem fernen Land. Eine Erinnerung an die Vergangenheit. Sie betrachteten den Stempel und die amtliche Unterschrift von einem Inspecteur-Generaal und natürlich das Foto. Van Meteren war in Uniform, die Metallstreifen auf den Schulterstücken glänzten im Blitzlicht des Polizeifotografen. Ein starkes junges Gesicht, stolz auf seinen Rang und auf seine Arbeit und auf sein Corps, das Corps der Reichspolizei von Niederländisch-Neuguinea, einem Teil des Königreichs der Niederlande.

«Nun, Kollege», sagte Grijpstra, «was meinen Sie? Hat jemand dabei geholfen, Piet zu erhängen?»

Van Meteren schaute den Adjudanten mit traurigem Blick an.

«Möglich ist es. Er kann aber auch hingefallen sein. Ich habe mir in seinem Zimmer alles angesehen und nachgedacht, aber es ist immer gefährlich, Schlüsse zu ziehen. Piet kann sich die Beule auch zugezogen haben, weil er gefallen ist. Oder vielleicht hat er Streit gehabt, vielleicht hat er sich mit jemandem geprügelt, denn er hatte oft Streit. Mit ihm war in letzter Zeit etwas nicht in Ordnung. Seine Frau und sein Kind haben ihn verlassen und wollen nicht zurückkommen. Er war deprimiert und sprach gelegentlich von Selbstmord. Der Mensch ist frei und hat das Recht, sein Leben zu beenden; das hat er wiederholt gesagt. Er nahm es sich auch zu Herzen, dass ihn die

Menschen nicht mochten. Vielleicht war der letzte Streit, falls es welchen gegeben hat, das auslösende Moment, das ihn zu der Tat getrieben hat.»

«Mit wem könnte er Streit gehabt haben», fragte de Gier, «mit Ihnen?»

«Nein», sagte van Meteren, «mit mir hat er sich nie gestritten. Er war mir gegenüber zwar manchmal launenhaft, aber dann ging ich ihm aus dem Wege.»

«Waren Sie mit Piet befreundet?»

«Ich glaube nicht an Freundschaft. Sie ist nur für den Augenblick bestimmt. Sie geht vorüber. Ich habe keine Freunde, aber auch keine Feinde. Die Menschen um mich herum sind eben die Menschen um mich herum, mehr nicht.»

«Was tun Sie in diesem Haus?», fragte de Gier.

Van Meteren lachte.

«Nichts. Ich wohne hier. Piet hat mich eingeladen. Ich wohnte in einer kleinen Pension, unter lauter Gastarbeitern, vier Treppen hoch. In der Pijp, so 'ner engen, langen Straße ohne Bäume. Aber ich machte meine Runden meistens in der Innenstadt und aß dann bei einem Chinesen. Aber hier ist auch ein Restaurant, wie ich damals auf dem Schild gelesen habe. Man kommt jedoch nur hinein, wenn man Mitglied der Gesellschaft ist. Ich wurde zu Piet geschickt, füllte ein Formular aus und bezahlte fünfundzwanzig Gulden. Wir kamen miteinander ins Gespräch, und er bot mir ein Zimmer an, dieses Zimmer. Für zweihundert Gulden im Monat; das Essen im Restaurant war gratis.»

«Das ist sehr billig», sagte de Gier.

«Ja, sehr», stimmte van Meteren zu, «aber er hatte vielleicht einen Grund. Vielleicht wollte er einen Polizisten im Haus haben. Hier ist auch eine Bar, und da kann es schon mal Schwierigkeiten mit Gästen geben.»

«Hat er Ihre Dienste jemals in Anspruch genommen?»

«Ein- oder zweimal», sagte van Meteren. «Ich habe Gäste rausgeworfen, aber ohne ihnen wehzutun. Die Griffe, die man uns beibrachte, waren entweder zur Verteidigung oder zum Abführen eines Verdächtigen, ohne ihm unnötige Schmerzen zuzufügen.»

Grijpstra lächelte, er erinnerte sich an diese Passage aus dem Lehrbuch.

«War Piet homosexuell?», fragte de Gier.

Jetzt war die Reihe an van Meteren zu lächeln.

«Sie sind ein echter Polizist», sagte er. «Immer das niedrigste Motiv annehmen, dann hat man meistens Recht. Aber Piet war kein Homo. Ich habe es auch mal gedacht, denn er kam oft in mein Zimmer; er wollte meine Steine und Muscheln sehen und Geschichten über Neuguinea hören. Vor allem wollte er wissen, was Papuas essen, welche Religion wir haben, welche Kräuter wir verwenden, wie wir tanzen. Aber er hat mich nie belästigt. Nein, Piet mochte die Frauen, obwohl sie ihm immer Schwierigkeiten machten.»

«So?», fragte de Gier.

«Immer. Er wollte sie besitzen, beherrschen.»

«Ich dachte, Frauen lassen sich gern beherrschen», sagte de Gier.

«Ja. Aber nicht durch Piet. Er hatte wenig Charme und versuchte immer, sie vor anderen lächerlich zu machen. Also wurden die Frauen verbittert, sie griffen ihn an und verletzten seinen Stolz. Und schließlich liefen sie ihm natürlich weg.»

«Kein angenehmer Mensch, wie?», sagte de Gier.

Van Meteren schüttelte den Kopf. «Nein, nein. So schlecht war er auch nicht. Er meinte es gut.»

«Weder Freund noch Feind, wie?», fragte de Gier.

«Stimmt», sagte van Meteren, «ich versuche, für mich allein

zu sein, Abstand zu halten. Die Menschen sind nun mal, wie sie sind, daran kann man wenig ändern.»

«Und darum trinken Sie Tee», sagte Grijpstra.

Van Meteren starrte vor sich hin. «Ich tue auch noch andere Dinge.»

So kommen wir nicht weiter, dachte Grijpstra und hielt seine Tasse hoch. Van Meteren schenkte ein. Grijpstra holte tief Atem, nahm einen Schluck und wandte sich erneut der undurchsichtigen Angelegenheit zu.

«Und dieses hindistische Getue, was soll das bedeuten?»

Van Meteren suchte in seinen Taschen und fand eine Zigarettenschachtel, in der sich noch eine befand. Er bot sie an.

Grijpstra schüttelte den Kopf. «Es ist Ihre letzte.»

«Macht nichts», sagte van Meteren. «Ich habe noch ein Päckchen Tabak.»

«Hindismus», sagte de Gier.

«Ja», sagte van Meteren, «Hindismus. Das habe ich mich auch gefragt, aber ich habe nie ganz begriffen, was Piet damit meinte. Irgendetwas zwischen Hinduismus und Buddhismus. Piets eigene Religion. Dazu gehörte noch, vegetarisch zu essen, Tee zu trinken und zu meditieren. Nebenan ist ein Zimmer mit Kissen, in das zweimal wöchentlich Menschen gingen und unter Anleitung von Piet eine Stunde lang still saßen. Er saß immer vor dem Altar auf einer Art von Ehrenkissen. Ich glaube, er sah sich als einen geistigen Führer oder Lehrer, der für die Jugend, für den neuen Menschen von heute etwas tun müsse. Aber in letzter Zeit glaubte er nicht mehr an sich. Die Menschen, die hier jahrelang gearbeitet hatten, liefen ihm weg. Die Mädchen und Johan und Eduard sind noch nicht lange hier, noch kein halbes Jahr, und die sind auch schon unzufrieden. Piet wollte hier eine Oase des Friedens schaffen, einen stillen Ort, abseits vom Gehetze und Geracke und dem Geschrei über Politik. Hier sollten Menschen lernen, bewusst zu leben, ihr Ziel zu entdecken, ihr wirkliches Ich zu finden. Zu diesem Zweck hatte er sich auch das ganze Drum und Dran in diesem Haus ausgedacht. Die Bar unten gehört eigentlich nicht dazu, sie ist sozusagen ein Vorraum. Menschen gehen gern hinein, um mit anderen zu sprechen. Der Mann hinter der Bar sollte dann nach und nach die Gäste nach oben führen, in das Restaurant mit den unverfälschten Speisen, dem ungespritzten Gemüse, dem Brot aus ungeschältem Getreide und dem Möhrensaft. Und dann sollten sie rein werden und meditieren. Und Piet war der Mann, der wusste, wohin er die anderen führte. Zumindest dachte er das anfangs, glaube ich. Später begann er zu zweifeln; er empfand sich als schwach. Ich habe von ihm mal einen Vortrag über vegetarisches Essen gehört, und anschließend ging er zu einem Imbiss um die Ecke und kaufte Würstchen.»

«Aber man hat doch den Eindruck, dass diese Gesellschaft erfolgreich ist», sagte de Gier. «Alles sieht ordentlich aus, das Restaurant war voll, in der Bar waren Gäste.»

«Gewiss», sagte van Meteren, «es ist ja auch ganz nett hier. Ich habe mich hier immer wohl gefühlt, es wäre schade, wenn jetzt damit Schluss sein würde. So schlecht waren Piets Ideen auch gar nicht, aber er stand sich selbst im Wege, um sie zu verwirklichen. Wenn er vielleicht nicht so stolz gewesen wäre und zugegeben hätte, dass er selbst auch nur ein Anfänger war, aber er wollte immer mehr sein, als er in Wirklichkeit war. Er wollte ein großer Meister sein, und es war für ihn anscheinend ein Schock, als ihm seine Anhänger wegliefen. Als dann seine Frau mit dem Kind auch noch ging und sie ihn wegen nichts und wieder nichts beschimpfte …» Er beendete den Satz nicht.

«Wer wohnt sonst noch hier?», fragte Grijpstra.

Van Meteren zählte die Personen an den Fingern ab. «Seine

Mutter, dreiundachtzig Jahre alt, im Nebenzimmer, nicht mehr ganz richtig im Kopf. Ich, mich kennen Sie ja schon. In der Etage über dieser, der obersten, schläft Thérese, das Mädchen mit den Zöpfen. Annetje, das andere Mädchen, schläft im Hinterhaus, gegenwärtig teilt sie ihr Zimmer mit Johan. Eduard wohnt im Gartenhäuschen. Eduard hatte heute seinen freien Tag, aber vielleicht war er nachmittags hier, danach müssen Sie sich erkundigen. Johan hat gearbeitet, tagsüber in der Küche, abends in der Bar.»

Jemand klopfte an die Tür. Van Meteren rief «ja», aber es rührte sich nichts. Er stand auf und öffnete die Tür, und die Kriminalbeamten sahen eine uralte Dame, groß und eckig, in ein spitzenbesetztes Nachthemd gekleidet, ein dickes Wolltuch um die Schultern geschlungen. Zwei grimmige dunkelbraune Augen über der Hakennase schauten ins Zimmer.

«Was ist denn los?», sagte die alte Dame. «Worüber redet ihr denn? Ich hörte soeben das Gebrumm von Männerstimmen, es ist halb eins, ich will schlafen.»

Van Meteren legte seinen Arm um die alte Dame. «Komm nur rein, Miesje. Die Herren sind von der Polizei. Das ist Mijnheer Grijpstra und das Mijnheer de Gier.»

Die Beamten schüttelten die braunfleckige, knochige Hand.

Die alte Dame setzte sich auf den Rand eines Stuhls. Sie hielt sich kerzengerade.

«Was ist denn?», fragte sie giftig. «Sind das deine Freunde, Jan? Von der Verkehrspolizei?»

«Nein, Miesje. Die sind von der richtigen Polizei. Es ist ein Unglück geschehen. Mit Piet.»

Die alte Dame, deren Augen sich halb geschlossen hatten, würde plötzlich hellwach. «Ist er tot?», fragte sie krächzend.

Niemand antwortete.

«Er ist tot», sagte die alte Dame und begann zu weinen.

Es war grässlich anzusehen. Sie hatte den Mund offen, und Grijpstra betrachtete schaudernd ihre Zunge, die sich bei jedem neuen Heulen auf und ab bewegte.

Van Meteren war zur Tür hinausgelaufen. Er kam gleich zurück mit einem Glas Wasser und einer kleinen weißen Pille.

«Runterschlucken, Miesje.» Die alte Dame schluckte. Sie sah geistesabwesend vor sich hin, erschrocken über den Kommandoton in seiner Stimme.

Die alte Dame begann zu reden. Sie sprach langsam; sie hatte anscheinend von der Pille einen trockenen Mund bekommen.

«Piet hat mir heute Nachmittag gesagt, ich soll nicht so viel nörgeln, denn der Rhododendron blüht. Aber ich sehe so schlecht. Was ist übrigens Rhododendron?»

Ihre Stimme gewann wieder an Kraft.

«Das sind Blumen, so etwas wie Tulpen», sagte van Meteren und zog sie vom Stuhl hoch. «Komm mit und geh jetzt schlafen. Morgen sehe ich nach dir, ehe ich zur Arbeit gehe.»

Er brachte sie in ihr Zimmer.

«Ich kann alte Damen nicht ausstehen», sagte de Gier, «und schon gar nicht, wenn sie verrückt sind.»

«Dann wirst du es eben lernen müssen», sagte Grijpstra. «Es gibt immer mehr alte Damen, unsere Gesellschaft vergreist, das weißt du doch. Was wird das für eine Pille gewesen sein?»

«Ein Opiat», sagte van Meteren, der zurückgekommen war. «Es heißt Palfium, sie bekommt es auf Rezept vom Arzt, so viel sie haben will. Sie sollte schon längst in einer Anstalt sein, aber so konnte Piet sie zu Hause behalten. Morgen früh werde ich den Arzt anrufen; dann wird man sie wohl einweisen.»

«Hat Piet die Pillen ebenfalls genommen?», fragte de Gier.

«Nicht, dass ich wüsste», sagte van Meteren.

«Aber er konnte leicht an die Pillen kommen.»

Van Meteren nickte.

«Ich glaube es nicht», sagte er nach einer Weile. «Die Pillen sind stark. Der Arzt sagte, sie können ein Pferd umwerfen, aber Miesje kann sie vertragen. Von ihrem Magen ist nicht mehr viel übrig. Sie wurde einige Male an Magengeschwüren operiert, und das meiste von dem Zeug wird wohl gleich durchgespült. Aber wenn Piet so eine Pille genommen hätte, wäre er schläfrig geworden, die Bewegungen wären dann nicht mehr so beherrscht gewesen. Das habe ich bei ihm jedoch nie festgestellt. In letzter Zeit hat er wohl mal Whisky in der Bar getrunken, dann wurde er gewöhnlich etwas betrunken. Ich nehme an, Sie wollen darauf hinaus, dass er heute eine Pille genommen hat, er davon umgekippt ist und sich dabei an der Schläfe verletzt hat.»

«Ja», sagte de Gier.

«Es könnte sein», sagte van Meteren, «aber dann wäre es das erste Mal gewesen, dass er die Pille eingenommen hat.»

«Warum nennen Sie sie Miesje?», fragte Grijpstra.

«Ach», sagte van Meteren, «darauf bin ich durch Zufall gestoßen. Wenn sie ihre hysterischen Zustände kriegt, schreit sie das ganze Haus zusammen. Ich habe festgestellt, dass man sie dann wie ein Kind behandeln muss. Piet sagte mir, dass man sie als Kind Miesje gerufen hatte, als sie noch klein war und Schnürstiefel trug und auf dem Fußweg Hüpfen spielte. Wenn sie sich normal verhält, nenne ich sie Mevrouw Verboom, und wenn ich denke, dass sie wieder anfängt, nenne ich sie Miesje. Wenn es zu schlimm mit ihr wird, nehme ich sie auf den Schoß. Dann kann sie sich ausweinen, und ich hätschele sie ein bisschen.»

«Brr», sagte de Gier.

Van Meteren grinste. «Ja. Es ist richtig lächerlich. Piet hat sie auch auf den Schoß genommen. Es war ein Anblick zum Lachen, wenn das lange Skelett auf seinem Schoß saß, er war ein so kleiner Mann. Vielleicht sieht es noch komischer aus, wenn sie auf meinem Schoß sitzt. Aber ich habe schon andere verrückte Sachen mitgemacht. Früher lief ich mit indonesischen Freischärlern an einem Seil durch die Gegend. Wenn sie weglaufen wollten, würden sie sich an dem Seil um den Hals erdrosseln. Ich hatte das Seil in der einen Hand und den Karabiner in der anderen. Und jetzt habe ich eine alte verrückte Dame auf dem Schoß und nenne sie Miesje.»

Wieder klopfte es an der Tür, und ein schlaksiger junger Mann in Jeanshose und T-Shirt und mit langem, glanzlosem Haar kam herein. De Gier erinnerte sich an den Jungen aus der Bar.

Er stellte sich vor als Johan. Die Kriminalbeamten forderten ihn auf, sich zu setzen. Johan behauptete, nichts zu wissen; er habe Piet zuletzt gesehen, als er ihm um vier Uhr das Geld aus dem Laden nach oben brachte, dreihundertsechsundfünfzig Gulden und dreißig Cent. Später habe Piet ihn über Haustelefon angerufen und behauptet, es sei weniger gewesen. Aber er sei nicht mehr nach oben gegangen; er habe es eilig gehabt, um die Bar für den Abend in Ordnung zu bringen.

«Was ist nach deiner Ansicht geschehen?», fragte de Gier.

Johan zuckte die Achseln.

Grijpstra brummte. Er dachte daran, dass er dem Jungen schon einige hundert Mal begegnet war. Die Innenstadt war voll von solchen Johans, entwurzelte, es gut meinende Jungen, ohne Anfang und Ende, umherirrend in einer hochschwebenden Gedankenwelt, die nirgendwo eine Stütze fand. Grijpstra dachte an seinen eigenen Sohn und sah den Jungen ohne viel Mitgefühl an.

«Es wird wohl Selbstmord gewesen sein», sagte Johan. «Wer sollte Piet ermorden wollen? Er war ein wenig langweilig, aber er tat keinem etwas Böses an.»

«Du machst nicht den Eindruck, dass es dir Leid tut», sagte de Gier.

«Nein», sagte Johan. «Es tut mir Leid, aber ich kann kein Mitleid empfinden. Annetje und ich wollten in der nächsten Woche gehen. Dies hier ist eine kommerzielle Einrichtung, in der Geld verdient wurde, und zwar vom Chef. Piet war der Chef. Wir wollten uns etwas anderes suchen. Hier mussten wir nur schwer arbeiten für den guten Zweck, aber der gute Zweck war Piet selbst. Haben Sie seine Armbanduhr gesehen?»

Die Beamten nickten.

«Dann müssen Sie sich auch noch sein Auto ansehen; es steht vor der Tür; das letzte Modell. Piet war ein Kapitalist, wollte es aber nicht zugeben.»

«Du meinst also, dass es Selbstmord war», sagte de Gier.

Johan nickte.

«Genug jetzt», sagte Grijpstra. «Ihr müsst ins Bett. Und ich auch. Und mein Kollege ebenfalls. Wir werden morgen weiterreden. Versuche, dich an alles zu erinnern, was mit dem Tod von Piet zu tun haben könnte. Die Ordnung ist gestört worden, und wir als Kriminalbeamte müssen sie wiederherstellen. Und ihr müsst uns dabei helfen. So ist das Gesetz nun mal.»

Eine Minute später standen die Kriminalbeamten an ihrem Wagen.

Ein später Betrunkener kam daher. Er schwankte über die ganze Breite des Fußwegs, und de Gier musste zur Seite springen.

«Aus dem Weg», rief der Betrunkene, der sich an einem Laternenmast festhielt und auf die Straße zu pinkeln begann.

«Bah», sagte de Gier.

«Pass auf», rief Grijpstra, denn der Betrunkene war umgefallen und lag halb auf dem Fußweg und halb in der Gosse.

De Gier öffnete die Wagentür und griff nach dem Mikrophon, während Grijpstra den Mann auf den Fußweg zog.

«Ein bewusstloser Mann auf dem Fußweg der Haarlemmer Houttuinen, fünfzig Meter von der Ecke der Buiten Brouwerstraat entfernt. Schickt den Bus, er ist stinkbesoffen.»

«Der Bus kommt», sagte die Stimme des Beamten im Funkraum.

Schweigend warteten sie, bis der kleine blaue Bus mit den beiden Beamten kam, die den Betrunkenen seufzend und fluchend in ihr Fahrzeug schleppten.

«So haben die Jungs auch mal was zu tun», sagte de Gier, winkte den Beamten zu und startete den Motor.

«Wir auch», sagte Grijpstra, «mit einem hübsch komplizierten Fall. Die ermordete Unschuld an einem Seil, umringt von lieben Menschen, einem für den Partisanenkrieg ausgebildeten Buschneger und einer total meschuggen alten Dame.»

«Ich hoffe, die alte Frau hat es getan», sagte de Gier. «Sie muss sowieso in eine Anstalt.»

«Du hältst viel von Menschen, wie?», fragte Grijpstra.

«Ich halte nichts von Gefängnissen», sagte de Gier. «Ich bin in dieser Woche wieder mal dort gewesen, es ist kühl, feucht und hoffnungslos. Man wird dort fertig gemacht, wenn man es noch nicht ist.»

«Du hast genug Menschen zum Gefängnis verholfen», sagte Grijpstra und dann nichts mehr, bis auf die strikt sachlichen Anmerkungen, die für das Protokoll erforderlich waren, das Grijpstra langsam mit vier Fingern tippte und das er – unter Amtseid – mit unterschrieb. Er sagte nicht einmal gute Nacht, aber das war Grijpstra von ihm gewöhnt. Einen wirklichen Streit hatten sie noch nie miteinander gehabt.

Drei

De Gier lag in seinem Bett. Es war acht Uhr. Er hätte schon aufgestanden sein sollen, zumindest auf jeden Fall wach.

Aber er schlief auch nicht. Er wandte einen Trick an, ein Rezept, das er als Junge gelernt hatte. Flach auf dem Rücken liegend, die Zehen gegen die Stangen des alten Krankenhausbetts (das er vor einigen Jahren auf einer Auktion ersteigert hatte) gepresst, hielt er sich mit einiger Mühe in einem Zustand des Halbbewusstseins. Eigentlich dirigierte er einen Traum. Sein Körper prickelte – es war nicht das unangenehme, fast schmerzhafte Gefühl, das man in den Fingern hat, wenn man aus der Kälte draußen in ein warmes Zimmer kommt, sondern ein aufregendes Schwingen, das seinen ganzen Körper durchglühte. In seinen Empfindungen war er fast frei; frei von seiner täglichen Routine, seiner Verantwortung, seiner erdgebundenen Existenz. In seinem prickelnden Körper konnte sich sein Geist frei bewegen und Richtungen folgen, die er ihm angab.

Und weil er ein praktischer Mensch war, benutzte er die Freiheit, um ein unmittelbares Ziel zu erreichen. Er zwang seinen Geist, in das Zimmer zu gehen, wo die Leiche gehangen hatte. Er sah wieder den Papua und die alte knochige Dame, das Restaurant und die Gäste, die Küche und die Mädchen. Er versuchte nicht, damit etwas zu erreichen. Er zwang seinen Geist lediglich, sich um einen Tag zurückzuversetzen. Und sein Geist gehorchte, bis Olivier ihm auf den Bauch sprang und die dünne Wand durchbrach, die de Gier von der Wirklichkeit trennte.

Er wurde widerwillig wach und sah auf seine Uhr. Fünf nach acht.

«Ja», sagte er zu Olivier und setzte den Siamkater auf den Fußboden, wo dieser zu murren und zu quengeln begann.

«Warte mal», sagte er und ging zum kleinen Badezimmer, wobei er auf dem Wege nach den Pflanzen sah, die überall grünten.

Falls es stimmt, dass ein Haus die Projektion der Persönlichkeit seines Bewohners ist, dann war die von de Gier nicht ganz normal. Er hatte die kleine Wohnung nur mit einem Bett, Pflanzen und Bücherregalen eingerichtet. Kein Tisch, keine Stühle, kein Fernsehgerät. Ein ausklappbares Brett, über seinem Bett an die Wand geschraubt, konnte als Tisch benutzt werden, wenn er etwas schreiben wollte, aber das kam nicht oft vor. Er aß stehend in der Küche, die nicht viel größer war als ein altmodischer Schrank.

«Mmm», sagte er, als er bei einer Geranie stehen blieb, die vor einigen Wochen noch ein Samenkorn gewesen war, und noch einmal «mmm», als er die Hängepflanze betrachtete, die von einem Bücherregal herunterwuchs.

«Sie wächst», sagte er zu Olivier, der nicht interessiert war, und begann seine Brust und die Arme mit kaltem Wasser nass zu machen. Dann seifte er sein Gesicht mit dem Rasierpinsel ein.

Olivier murrte immer noch.

«Gleich werden wir frühstücken», sagte de Gier. «Geh du inzwischen zum Balkon und ärgere die Vögel, ich werde mich schnell rasieren.»

Er schob den protestierenden Kater zur Balkontür und öffnete sie. Eine Möwe, die ein Stück Brot erwartete, flog niedrig über den Balkon hinweg, und Olivier fauchte vor Wut.

Wenige Minuten später frühstückten der Beamte und der Kater. Rührei mit Speck für de Gier und klein geschnittenes Rinderherz für Olivier. Dann tranken sie Kaffee und Wasser.

Nach einem letzten Blick in den Spiegel ging de Gier, eine Stunde zu spät. Als er bei der Bushaltestelle war, suchte sich der Kater ein Plätzchen unter den noch warmen Decken, wo er den Trick seines Herrn imitierte, etwas zu träumen in einer eigenen Welt, ohne ganz in Schlaf zu fallen.

«Du kommst zu spät», sagte Grijpstra.

De Gier lächelte und dachte an das hübsche schwarzhaarige Mädchen, das im Bus neben ihm gesessen hatte.

«Ich komme öfter zu spät», sagte de Gier.

«Das stimmt. Hier, lies dies, den Bericht des Arztes.»

Sie waren in ihrem großen grauen Zimmer im Präsidium. Grijpstra lehnte sich auf seinem Plastikstuhl zurück und betrachtete seinen lesenden Kollegen. Grijpstra lächelte. Er war zufrieden. Seine Frau hatte geschlafen, als er morgens um halb drei heimgekommen war. Sie schlief noch, als er wieder ging. Er hatte allein gefrühstückt mit viel Toast und vielen Spiegeleiern, und zwar ohne Widerspruch. Und in seinem Dienstzimmer hatte er in Ruhe den Gummibaum begießen und auf dem Schlagzeug trommeln können, das auf immer noch ungeklärte Weise vor einem Jahr in sein und de Giers Büro gebracht worden war. Vielleicht war es eine Fundsache, oder es war beschlagnahmt worden. Grijpstra hatte als Junge Schlagzeuger werden wollen, als er sich noch Träumereien erlauben konnte, und er hatte wirklich Talent. Er kam häufig früher, um auf den drei Trommeln und den beiden Becken zu üben. Ganz leise natürlich, denn leises Spielen ist die wahre Kunst. Er hatte sich beim Üben auf das «Rauschen» spezialisiert, auf das Fegen mit den Besen, die mit dem Schlagzeug gekommen waren. Er spannte die Trommelfelle etwas mehr, um einen noch feineren Rhythmus herauszubekommen. Tsss, tsss und dann nach einem schnellen Umdrehen des Besens ein Bamm!, aber auch nicht zu laut. Dann ein Wirbel, ein kurzer Wirbel mit den Stöcken, ganz kurz und darum sehr aufregend.

Während de Gier las, übte Grijpstra den Wirbel.

«Prächtig», sagte de Gier und schaute auf.

«Was?»

«Der Wirbel. Und dieser Bericht ebenfalls. Er hatte also eine dieser Pillen eingenommen. Hieß das Medikament nicht Palfium? Er hatte eine Spur von Opium im Magen. Und die Zeiten stimmen. Er muss abends um sieben Uhr gestorben sein, und wir sind um acht eingetroffen.»

Das Telefon läutete.

«Ja, Mijnheer», sagte Grijpstra und zeigte mit seinem dicken Zeigefinger an die Zimmerdecke. De Gier stand gehorsam auf. Keine halbe Minute später standen sie zwischen den Kakteen des Hoofdinspecteurs.

«Und?», fragte der Hoofdinspecteur.

Grijpstra erzählte seine Geschichte.

«Und?», fragte der Hoofdinspecteur noch einmal.

Grijpstra sagte nichts.

Der Hoofdinspecteur stand auf und ging hin und her. Die beiden Kriminalbeamten starrten vor sich hin.

Der Hoofdinspecteur blieb neben einem Kaktus stehen, der fast zwei Meter hoch war, eine dicke grüne Säule, picklig und voller grausamer kleiner Hakendornen. Er betrachtete die Pflanze konzentriert.

De Gier grinste. Er hatte einmal beobachtet, wie der Hoofdinspecteur den Kaktus gemessen hatte mit einem mechanischen Zollstock, einem Metallband in einer kleinen Dose, das sich durch Knopfdruck abrollen und einrollen ließ. De Gier wusste, dass der Hoofdinspecteur die Dose immer bei sich hatte, in der rechten Jackentasche seines modischen Maßanzugs. Jahrelang hatte de Gier geglaubt, der Hoofdinspecteur trage eine Minipistole mit sich herum, aber einmal hatte die Tür zum Büro des Hoofdinspecteurs offen gestanden, und de Gier hatte gesehen, wie sein Chef das Monstrum im Blumentopf maß. De Gier war sicher, dass der Hoofdinspecteur auch jetzt gern messen würde und es tat, sobald Grijpstra und er die Tür hinter sich geschlossen hatten. Er überlegte, um wie viel der Kaktus an einem Tag wuchs. Um einen Millimeter? Um einen halben?

Der Hoofdinspecteur drehte sich um und sah die Beamten an.

«Ein Spinner», sagte er. «Ein Stümper, der die Welt verbessern will. Er geht zu einem Notar und lässt eine Gesellschaft eintragen. Eine religiöse Gesellschaft, darunter darf es nichts sein, und mit einer Religion, die er sich zusammengestoppelt hat aus Teilen bestehender Lehren, die er nicht begriffen hat. Er kauft ein altes baufälliges Haus in der Haarlemmer Houttuinen, richtet es ein wenig her und kalkt alle Wände weiß. Dann kauft er sich noch eine imitierte Statue aus zweiter Hand, um allem einen fernöstlichen Anstrich zu geben, steckt ein Weihrauchstäbchen an und verkauft gesundes Essen, denn das gehört gegenwärtig dazu. Wenn man ungewaschene Tomaten und ungeschältes Getreide isst, wird man von selbst heilig. Das Zeug bleibt einem im Hals stecken, nicht einmal Ratten vertragen es. Und Möhrensaft, den hätte ich fast vergessen, man muss vor allem Möhrensaft trinken, dann kriegt man so gute Augen, dass man die Erzengel im Himmel tanzen sieht.»

Er sah die Beamten fragend an. Sie nickten. Ihnen war klar, dass der Hoofdinspecteur nichts von Möhrensaft hielt. Sie wussten, was er mochte, nämlich kalten alten Genever, Krabbencocktails, Schnecken mit Knoblauchsoße und Steak mit Champignons. Und dazu Ananas mit Schlagsahne. Und Cognac.

«Es gibt dort auch noch eine Bar», sagte Grijpstra.

Der Hoofdinspecteur machte ein erstauntes Gesicht. «Eine was?»

«Eine Bar», wiederholte Grijpstra. «Man kann dort teures belgisches Bier und Genever trinken.»

«Keine schlechte Idee», sagte der Hoofdinspecteur, «bei einem Schnaps bekommt man leichter Kontakt mit den anderen Spinnern. Und wenn man ihren Widerstand gebrochen hat, kann man sie mit nach oben nehmen und sie einen Teller voll Seetang essen lassen und Brennnesselsuppe und Sauerampfersalat.»

Er schaute wieder zum Kaktus hinüber.

«Gut», sagte er, «aber so etwas hat keine Grundlage. Die Sache zieht die Außenseiter an, die sich dem Glauben anschließen wollen, um in das reine Nichts einzugehen. Walhalla auf Erden oder Nirwana oder wie das heißt. Was der große Mann tut, das ist neu, und so wird er also bewundert. Die Gesellschaft ist ein Erfolg. Unser Freund beginnt, Geld zu verdienen. Bevor man einen Fuß in den Tempel setzen darf, ist man schon um fünfundzwanzig Gulden erleichtert, denn der Club ist nur für Mitglieder. So ist es doch, nicht wahr?»

Grijpstra nickte.

«Und später, wenn man die Prüfung bestanden hat, darf man nach oben. Ich habe mir das Meditationszimmer mal kurz angesehen. Bist du drin gewesen?»

«Ja, Mijnheer», sagte de Gier. «Ein großes, leeres Zimmer mit niedrigen Bänken aus gescheuertem Kiefernholz und einigen Kissen aus Schaumgummi. Und ein Altar. Und noch ein besonderes Bänkchen mit einem extra dicken, goldbestickten Kissen.»

«Genau», sagte der Hoofdinspecteur, «für den Oberspinner. Und natürlich Kerzen. Und da sitzen sie dann mit gekreuzten

Beinen. Eine ganze Reihe heiliger Männer. Und unser Piet ist der Hohepriester, der erleuchtete Prophet. Ich habe darüber mal etwas gelesen. Es geht immer um die Stille, und die kann man in verschiedenen Etappen erreichen. Es gibt die Stille dritten Grades, zweiten Grades und so weiter. Je stiller, desto tiefer und weiter. Sie werden wohl auch noch seltsame Kleidung getragen haben. Habt ihr seltsame Kleidung gesehen?»

«Nein, Mijnheer», sagte Grijpstra.

«Dann hing sie im Schrank.»

Der Hoofdinspecteur dachte nach.

«Aber nach einer Weile schlägt die ganze Angelegenheit fehl. Der Weise wird durchsichtig, und wenn man ihn durchschauen kann, dann sieht man, dass er nichts ist. Der Neuigkeitswert ist verbraucht. Zuerst gibt er natürlich anderen die Schuld, was nur menschlich ist, aber schließlich beginnt er zu begreifen, dass er nur ein Schwätzer ist, nur Luft in einer geplatzten Tüte. Und dann schluckt er eine von den Pillen seiner Mutter, er fällt um, bleibt eine Weile auf dem Fußboden liegen, krabbelt aber wieder hoch und versucht es noch einmal. Und zum Schluss, als ihr eintrefft, baumelt er am Balken, der übrigens für bessere Zwecke gedacht war, nämlich die Zimmerdecke einer Kaufmannswohnung zu tragen.»

Alle schwiegen; es war eine schöne Stille. Vielleicht eine Stille zweiten Grades, dachte de Gier.

«Nun?», fragte der Hoofdinspecteur.

«Vielleicht», sagte Grijpstra, «aber ich werde doch noch weitersuchen, natürlich nur, wenn es Ihnen recht ist.»

«Du hast einen Verdacht?»

«Nein», sagte Grijpstra, «ich verstehe nur nicht, wie er die Beule an den Kopf gekriegt hat. Er ist nicht auf den Fußboden gefallen. Er ist gegen *irgendetwas* gefallen, oder er ist geschlagen worden. Im Zimmer standen nicht viele Möbel. Es ist schade, dass die Wunde nicht geblutet hat, dann hätten wir Spuren davon finden können. Es würde mich nicht wundern, wenn er einen Schlag bekommen hat, und falls das so ist, dann könnte es Mord gewesen sein.»

«Totschlag», sagte der Hoofdinspecteur. «Mord ist immer schwer zu beweisen, obwohl ihr es selbstverständlich versuchen könnt.»

Er seufzte.

«Und vielleicht ist es nicht einmal Totschlag.» Der Hoofdinspecteur seufzte noch einmal und ließ seinen Blick zum Kaktus wandern. «Wie ist das eigentlich mit eurem Papua? Ist er ein echter Papua? Ich habe ihn nicht gesehen.»

«Ja, Mijnheer», sagte de Gier, «er hat den niederländischen Namen van Meteren, aber er ist nur zu einem Achtel weiß, ein seltsames Exemplar, ein fast vollblütiger Papua in Amsterdam. Und dazu noch ein Bulle.»

«Ja, das habe ich gelesen. Merkwürdig. Aber anscheinend wird es noch mehr Papua-Polizisten in Amsterdam geben; hier kann man alles finden, wenn man nur danach sucht. Sagte van Meteren nicht, dass Piet sich mit jemandem geschlagen haben könnte und er danach in einem Anfall von Selbstmitleid oder Mutlosigkeit Selbstmord verübt habe ...»

«Verübt haben könnte», warf Grijpstra ein.

«Weit hergeholt, wie? Vielleicht auch nicht. Untersucht das mal näher. Mord ist keine alltägliche Sache. Eure Theorie könnte auch weit hergeholt sein. Ein Schlag und dann ein Seil um den Hals ...» Er schüttelte den Kopf.

Die Beamten erkannten das Signal und gingen zur Tür.

Die Kaffeepause war nahe. Sie gingen in ihr Büro und warteten auf den Kantinenwagen, der vorbeikommen würde. Sie brauchten keine Streife zu fahren, sie konnten nachdenken.

«Wir haben einen Fall», sagte Grijpstra.

De Gier nickte und öffnete dem Kaffee-Mädchen die Tür. «Guten Tag, Treesje, danke, Treesje.»

Sie bekamen eine Kanne Kaffee und zwei Tassen, ein Kännchen Milch und eine Hand voll Zucker. Obwohl sie sehr mit dem Umrühren des Kaffees beschäftigt waren, sahen sie einander an.

Wieder wurde angeklopft, und Grijpstra nahm eine Akte entgegen.

«Aha», sagte er, «die Vernehmungsberichte. Lass mal sehen.»

De Gier stand auf und schaute ihm über die Schulter. «Heh», sagte er.

«Ja. Das ist schön, wie?»

Es war schön. Die Beamten hatten die Personalien der Gäste in Bar und Restaurant aufgenommen. 38 Gäste. Nichts Besonderes, bis auf zwei, und die hatten in der Bar gesessen. Es waren Rauschgifthändler. Den einen hatte man zu einer kleinen Strafe verurteilt, weil man ihm nicht viel nachweisen konnte; der andere war nur verdächtigt worden, aber der Verdacht war gut begründet.

«Die Namen kenne ich», sagte de Gier. «Es müssen schwere Jungs sein, die mit größeren Mengen handeln.»

«Großhändler», sagte Grijpstra fröhlich. «Und gleich zwei. Ich werde mal eben anrufen.»

Der Hoofdinspecteur war schwer von Begriff, und Grijpstra musste mehrmals wiederholen. Schließlich legte er auf. De Gier sah ihn fragend an.

«Alles in Ordnung», sagte Grijpstra, «wir bekommen Hilfe. Und der Hoofdinspecteur wird selbst in den Akten nachsehen.»

Die Hilfe traf innerhalb von zehn Minuten ein und trank den

letzten Rest des Kaffees aus, nachdem de Gier für sie zwei Tassen abgewaschen hatte. Die beiden Beamten vom Rauschgiftdezernat lasen die Berichte und wurden über die Geschichte in Details unterrichtet. Nach einer Stunde gingen sie wieder.

Grijpstra schlug einen Wirbel auf der mittleren Trommel.

«So», sagte er, «die können sich in Cafés und Bars amüsieren. Ich möchte mal wissen, wie viel Geld die ausgeben, und zwar immer auf Kosten des Staates. Und wir dürfen arbeiten.»

De Gier machte ein düsteres Gesicht.

«Wie viele Stunden hast du schon im Café hinter deinem Schnaps gesessen?»

«Tausend Stunden», sagte de Gier.

«Damit ist es jetzt vorbei.»

De Gier schloss halb die Augen und geriet ins Träumen. Wie viele Stunden hatte er in Cafés gesessen? Lauschend, schwatzend, Komödie spielend? Und immer auf der Suche. Wer weiß etwas? Wer sagt etwas? Wer kennt die Großhändler, zu denen Piet Kontakt hatte? Dem Piet, der jetzt tot ist. Wer kennt Piet? Wer kennt das Haus Haarlemmer Houttuinen Nr. 5? Was ging dort vor, und zwar außer heiligen Gesprächen in der Bar, dem Verzehren von Gesundheitskost und dem Meditieren in einem Tempel? Willst du noch einen Schnaps? Willst du noch einen Witz hören? Vorsichtig, vorsichtig. Mit den Mädchen reden. Den Mädchen zuhören. Warten, bis Streit ausbricht. Ihn noch ein wenig schüren. Wer böse ist, der redet. Wer eifersüchtig ist, der redet. Wem auf die Zehen getreten wird, der redet. Oder muss man dafür bezahlen? Willst du noch einen Schnaps? Den kriegst du. Und noch etwas dazu, wenn es sein muss. Hundert Gulden. Wenn deine Geschichte es wert ist. Du kannst sie mir draußen erzählen, auf einer Bank im Park. Irgendwo, wo es ruhig ist. Und dann kannst du ein paar Abende lang trinken oder rauchen oder fixen, wenn es sein muss. Gibt es etwas Schlimmeres als fixen? Vom Trinken kann man noch loskommen, und vom Haschrauchen kriegt man nur rote Augen und vielleicht eine Vision, aber von der Nadel kann man nie mehr lassen.

«Wir gehen jetzt an die Arbeit», sagte Grijpstra. «Du gehst noch einmal zum Haus und durchsuchst es. Es ist ein großes Haus, und wir haben noch nicht viel davon gesehen.»

«Und du?», fragte de Gier.

«Ich werde mir die Gesellschaft mal vornehmen und untersuchen, was dahinter steckt. Wenn du etwas erfahren hast, kannst du mich anrufen, und falls ich nicht hier bin, hinterlässt du eine Nachricht. Und heute Abend kannst du mich zu Hause anrufen.»

«Das Auto?», fragte de Gier.

«Das ist nicht nötig. Wir gehen beide zu Fuß. Ruf die Garage an, dass der Wagen frei ist.»

Grijpstra hatte am Vorabend in Piet Verbooms Bücherschrank geschaut und auch Aktenordner gesehen. In einem von ihnen hatte er den Namen des Wirtschaftsprüfers gefunden, der Piets Buchhaltung kontrollierte und die Jahresabrechnung der Gesellschaft mit unterzeichnete. Er hatte sich den Namen und die Telefonnummer notiert.

De Gier war bereits fort. Er rief den Wirtschaftsprüfer an.

«Polizei?», fragte der Wirtschaftsprüfer. «Gewiss, ich stehe Ihnen zur Verfügung.»

Grijpstra war innerhalb von zehn Minuten dort, bei einem schönen Haus an der Keizersgracht. Er wurde gleich vorgelassen und bekam Kaffee und eine Zigarre angeboten.

Der Wirtschaftsprüfer wusste es bereits, er hatte die Morgenzeitung gelesen.

«Waren Sie überrascht?», fragte Grijpstra.

«Ja», sagte der Wirtschaftsprüfer und fuhr sich mit der

Hand durch das dichte, graue, krause Haar. «Ja, ich war überrascht. Piet war gelegentlich etwas trübsinnig und ein seltsamer Junge, nicht sehr stabil, er hatte seine Launen, aber Selbstmord … oder war es kein Selbstmord?»

Grijpstra zuckte die Achseln.

«Mord?»

Grijpstra wiederholte die Bewegung.

«Was kann ich für Sie tun?»

«Was war das eigentlich für eine Gesellschaft?», fragte Grijpstra.

«Tja», sagte der Wirtschaftsprüfer. «Nichts Tolles. Aber man verdiente Geld damit. Die Bar lief gut, das Restaurant noch besser, und über den Laden konnten wir auch nicht klagen. Er hatte nur geringe Kosten. Er bezahlte seinen Angestellten nicht viel. Es waren Idealisten; und ich glaube, dass er einigen nicht mehr als 25 Gulden wöchentlich gab. Weil es eine idealistische Gesellschaft war, brauchte er keinen auf die Lohnliste zu setzen, außer sich selbst. Keine Sozialabgaben, nichts. Und wenn es ihnen nicht gefiel, dann gingen sie, und es kamen immer wieder andere.»

«Was verdiente Piet daran?», fragte Grijpstra.

Der Wirtschaftsprüfer holte eine Akte aus der Schublade eines Metallschranks.

«2000 bis 3000 Gulden in der Woche vor Abzug der Kosten, schätze ich. Oder mehr, vielleicht gab er nicht alles an.»

«Zahlte er Steuern?»

Der Wirtschaftsprüfer machte ein schlaues Gesicht.

«Noch nicht. Die Gesellschaft bestand erst seit drei Jahren. Ich glaube, er hat sie nach dem Beispiel eines ähnlichen Unternehmens in Paris geschaffen, wo er für eine Weile gearbeitet hatte. Nein, er zahlte nie einen Cent an Steuern, nur die Umsatzsteuer. An der kommt keiner vorbei.»

«Aber ist das denn erlaubt, keine Einkommensteuer zu bezahlen?»

Der Wirtschaftsprüfer machte immer noch sein schlaues Gesicht.

«Erlaubt, erlaubt», sagte er. «Solche Gesellschaften sollten keinen Gewinn machen, sondern Einnahmen und Ausgaben im Gleichgewicht halten. Ein kleiner Reservefonds darf gebildet werden. Nur wenn man zu viel verdient, bekommt man Schwierigkeiten mit dem Steuerinspektor. Ich hatte Piet geraten, diese Sache in ein gewöhnliches kommerzielles Unternehmen umzuwandeln und die Steuern für die vorangegangenen Jahre abzutragen. Dann würde ich ihm weiterhin helfen. Er könne natürlich weitermachen wie bisher und das Geld in die eigene Tasche stecken, aber dann würde ich mich zurückziehen.»

Grijpstra schaute auf.

«Vorhin sagten Sie *wir*. Wenn ich mich richtig erinnere, sagten Sie, ‹und über den Laden konnten *wir* auch nicht klagen›. Bedeutet das, dass Sie einen Anteil an der Gesellschaft hatten?»

Der Wirtschaftsprüfer lachte. «Ich sehe, dass ich es mit der Polizei zu tun habe. Nein, nein. Ein Wirtschaftsprüfer darf kein materielles Interesse an einer Gesellschaft haben. Aber er identifiziert sich immer mit dem Wohl und Wehe seines Klienten und spricht dann von *wir*. Ähnlich wie die Mutter, die zu ihrem Kind sagt: ‹Und jetzt gehen wir mal eben Pipi machen!› Aber die Mutter pinkelt nicht, sondern nur das Kind.»

Grijpstra grinste und dachte, das muss ich mir merken und es de Gier erzählen.

«Aber wenn Piet weitergemacht hätte wie bisher, wäre er in Schwierigkeiten geraten?»

Der Wirtschaftsprüfer legte die Fingerspitzen aneinander und sah über sie hinweg den Fragenden an.

«Vielleicht ja, vielleicht auch nicht. Die Steuerbehörde ist sehr beschäftigt. Wahrscheinlich hätte Piet vorher seinen ganzen Kram verkaufen und türmen können. Vielleicht hätte er ein paar hunderttausend Gulden dabei übrig behalten.»

«War Piet der einzige Treuhänder?»

«Ja», sagte der Wirtschaftsprüfer. «Er hat mich einige Male gebeten mitzumachen, aber mir gefiel das nicht. Seine Frau war zwar ebenfalls Treuhänderin, aber sie verstand von all dem nichts. Sie ist ihm übrigens weggelaufen.»

«Hmm», sagte Grijpstra. «Und wo blieb das Geld?»

«Mal sehen», sagte der Wirtschaftsprüfer und blätterte in seinen Unterlagen. «Hier. Es blieb in der Gesellschaft. Das Haus gehört der Gesellschaft, und daran hat er immer herumgebaut, wodurch sein Wert natürlich stieg. Und er hatte ein hübsches Auto, auch von der Stiftung, außerdem ein Haus in Brabant, in einem Wald, das ebenfalls auf den Namen der Gesellschaft eingetragen ist. Und als Chef des Ganzen verdiente er selbst etwas. Nicht viel, monatlich 600 Gulden, für die er Steuern bezahlte.»

Grijpstra schaute zum Fenster hinaus. Der Wirtschaftsprüfer wartete geduldig.

«Also war alles im Haus, die Stereoanlage, Möbel, Statuen, das Inventar von Bar, Restaurant und Laden sowie die ganzen Vorräte, auf den Namen der Gesellschaft eingetragen.»

Der Wirtschaftsprüfer nickte.

«Und Piet konnte nach Belieben verkaufen und das Geld in die eigene Tasche stecken?»

«Ja», sagte der Wirtschaftsprüfer. «Eigentlich war er selbst die Gesellschaft. Eine schwierige Angelegenheit, auch für einen Steuerinspektor.»

«Jedoch nichts Strafbares?»

«Ich glaube nicht», sagte der Wirtschaftsprüfer, «aber worauf wollen Sie hinaus?»

«Ich weiß es noch nicht», sagte Grijpstra. «Ich sammle nur Informationen. Ich frage mich auch, ob jemand von seinem Tod einen Nutzen hat.»

«Seine Frau», sagte der Wirtschaftsprüfer. «Aber die ist weggelaufen. Nach Paris, sagte Piet. Wenn sie dort ist, kann sie ihn nicht ermordet haben. Übrigens kenne ich sie, eine schöne Frau, aber nicht mit besonderen Geistesgaben gesegnet. Ich glaube nicht, dass sie imstande ist, jemanden zu erhängen. Und sein Kind ist vier Jahre alt.»

«Sehen Sie einen Grund für Selbstmord?», fragte Grijpstra.

Der Wirtschaftsprüfer schaute zum Fenster hinaus.

«Vielleicht gab es einen Grund. Mit der Gesellschaft konnte er so nicht durchkommen. Eines Tages hätte er sie in eine richtige Firma umwandeln und die Steuergelder, etwa 50 000 Gulden, auf den Tisch legen müssen. Er wand sich hier auf diesem Stuhl, als ich es ihm sagte. Dann wäre es aus gewesen mit seinen großen Gewinnen. Jetzt konnte er mit Personal zum Wegwerfen arbeiten, das ihn nichts kostete, aber eine Firma hat richtige Angestellte, und die kosten heutzutage einen Haufen Geld.»

«Aha», sagte Grijpstra.

Er musterte den Wirtschaftsprüfer, einen großen, breitschultrigen Mann, zwischen fünfzig und sechzig Jahren, mit einem gut geschnittenen Kopf. Ein registrierter Wirtschaftsprüfer, ein Mann von Stand, vergleichbar mit einem Chirurgen, einem Bankdirektor, einem Großkaufmann. Ein teures Büro, ein teurer Name. Joachim de Kater. Ein Kater, der beobachtet, wie die anderen im Schweiße ihres Angesichts hin und her laufen. Und der Kater streckt hin und wieder seine Krallen aus, und daran bleibt viel hängen.

«Ich danke Ihnen», sagte Grijpstra, «ich werde Sie nicht länger aufhalten.»

«Gern geschehen.» De Kater war aufgestanden. Ein fester, trockener Händedruck. Ein teures Lächeln. Grijpstra warf einen Blick darauf. So ein Gebiss kostet viel Geld. Achttausend Gulden? Zehntausend? Ein natürlich aussehendes Gebiss, sogar ein wenig unregelmäßig, aber jeder Zahn ein Kunstwerk des Dentisten, und die Backenzähne alle aus Gold.

Grijpstra ging nachdenklich am Wasser der Keizersgracht entlang. Fünfzigtausend auf einen Schlag zu bezahlen, vielleicht, aber darüber hätte man wohl mit sich reden lassen. Die Steuerbehörde schlachtet niemals das Huhn, das goldene Eier legt. Man hätte Piet wohl Zeit gelassen, die Summe abzuzahlen. Er würde mal die Steuerbehörde anrufen.

Aber vielleicht dachte Piet wirklich, dass er sein Geld und seine gut gehende Einnahmequelle auf einen Schlag verlieren würde. So ein Gedanke hätte ihn zu der Wahnsinnstat treiben können. Aber den Kopf wegen eines Haufens Geld in die Schlinge stecken? Den kleinen Kopf mit dunkelrotem Haar und dem hübschen, gut gepflegten Schnurrbart? Den kleinen Kopf mit der tüchtigen Beule. Er sah die Leiche wieder vor sich, die nackten Füße ordentlich nebeneinander, die Zehen auf den Holzfußboden gerichtet.

Vier

De Gier ging mit langen, elastischen Schritten an den Kaufmannshäusern der Prinsengracht entlang. Er war böse. Böse auf die Polizei im Allgemeinen und auf Grijpstra im Besonderen. Er wollte nicht zu Fuß gehen, sondern mit dem Auto fahren. Aber die Polizei ist sparsam, und Grijpstra war ein Polizist der alten Schule. Er würde niemals ein Auto benutzen, wenn es nicht unbedingt nötig war.

Aber das Wetter war schön, und de Giers Zorn ging vorbei. Wenn Grijpstra so sparsam mit den Mitteln des Staates war, dann musste er es selbst wissen. De Gier hatte beschlossen, dass er – um Grijpstra zu bestrafen – zu Fuß gehen und nicht die Straßenbahn nehmen wollte, obwohl er wusste, die Polizeikasse würde ihm das Fahrgeld ersetzen.

De Gier lachte. Er hatte seine Gedanken analysiert und festgestellt, dass er ein kleinlicher Mensch war. De Gier versuchte immer, seine Gedanken zu analysieren und die Motive für seine Handlungen zu finden. Und immer fand er Kleinlichkeit. Aber das stimmte ihn nicht traurig. Er teilte diese Kleinlichkeit mit allen Menschen, und er hatte kein erhebendes Bild von der Menschheit. Er hatte das – bei einem Schnaps – Grijpstra einmal erzählt, und der hatte mit dem Kopf genickt. Es war einer jener seltenen Abende gewesen, an denen Grijpstra sich gehen ließ. Er hatte keine Lust gehabt, zu seiner Frau nach Hause zu gehen, und hatte nach einem langen Arbeitstag die Einladung de Giers angenommen, beim Chinesen eine Kleinigkeit zu essen. Anschließend waren sie in einer der kleinen Kneipen am Zeedijk gelandet, deren Besitzer sie kannte und der ihnen schweigend einen Genever nach dem andern zugeschoben hatte.

Grijpstra hatte nicht nur mit dem Kopf genickt, sondern auch etwas gesagt. Er hatte seinen Genever runtergekippt und den Zeigefinger hochgehalten.

«Du kannst», hatte Grijpstra gesagt, «die Menschen in einige Gruppen einteilen.»

«Ja?», hatte de Gier gefragt. Er versuchte immer, Grijpstra zum Reden zu bringen, und jetzt schien es ihm zu glücken.

«Ja», hatte Grijpstra gesagt. «Hör mal zu. Zunächst einmal gibt es die Protze. Du kennst sie nicht so gut wie ich. Die Kerle mit dem roten Gesicht und dem dicken Nacken, die in amerikanischen Wagen herumfahren und Zigarren rauchen und Pelzkragen an ihrer Jacke haben. Es gibt Zuhälter-Protze und Bankier-Protze, aber im Wesentlichen sind sie alle gleich. Die Protze sind die Burschen, die begriffen haben. Sie wissen, was die Menschen wollen. Die Menschen wollen manipuliert werden, und die Protze manipulieren. Sie stellen fest, oder besser, sie lassen feststellen (sie sind von sehr intelligenten Sklaven umgeben), was die Menschen wollen, und das kaufen sie dann billig ein und verkaufen es zu wahrhaft sündhaften Preisen. Das gilt sowohl für Güter als auch für Dienstleistungen. Protze verdienen immer. Sie stehen niemals in einer Schlange an und machen regelmäßig ihren Urlaub. Auf dem Ijsselmeer liegen ihre Yachten, und in Spanien stehen ihre Villen. Und in der Beethovenstraat wohnen ihre Freundinnen. Sie haben keine Probleme und machen keine Probleme. Sie regeln alles schnell, oder, wie ich bereits angedeutet habe, sie lassen alles schnell regeln. Das ist die erste Gruppe.»

De Gier hatte atemlos zugehört. Der Wirt hatte müde ein neues Glas herübergeschoben. Zwei Schnäpse, als de Gier ihm ermutigend zunickte.

«Die zweite Gruppe», hatte Grijpstra schon leicht undeutlich gesagt, «ist die größte. Es ist die Gruppe der Trottel. Man könnte sie noch in eine größere Anzahl von Untergruppen einteilen, aber warum sollte man?»

De Gier hatte den Kopf geschüttelt, er wollte nicht noch unterteilen.

«Also gut», hatte Grijpstra gesagt, «es sind doch alles nur Trottel. Es gibt diese Art von Trottel und jene Art, aber sie haben alle eine graue Haut und ihre kleinen Leiden, sie stehen in der Schlange an, machen nur einmal im Jahr Urlaub, fahren ein kleines Auto, das immerzu Pannen hat. Sie kaufen teuren Schund von den Protzen, bezahlen natürlich ihre Steuern, die ihnen gleich vom Gehalt abgezogen werden. Und sie tun alles, was man ihnen sagt, nicht nur, was der Chef sagt, sondern auch, was die Werbung und das Fernsehen sagen, was jedermann sagt. Wenn es nur laut genug gesagt wird, dann tun sie es. Sie klettern sogar in Viehwaggons und lassen sich ins Konzentrationslager fahren, und wenn es damit vorbei ist, steigen sie in ein Charterflugzeug und fliegen nach Jugoslawien. Sie gehen zu dreckigen Huren und trinken Genever, der in einer Chemiefabrik hergestellt worden ist. Prost.»

«Prost», hatte de Gier gesagt.

«Sie tun alles, was die Protze wollen. Und wenn sie fünfundsechzig Jahre alt geworden sind, gibt man ihnen die Hand, und sie verschwinden auf Nimmerwiedersehen, aber das macht nichts, denn sie haben mehr Nachwuchs gezeugt als verschwinden kann. Sie sind auch sehr empfänglich für Stempel und Formulare und Schilder an der Tür sowie für Orden und Titel und allerlei Vorrechte. Aber sie haben keine Rechte, sondern nur Pflichten. Die Pflicht, zu kaufen und zu sparen, es spielt keine Rolle, was sie tun, die Protze verdienen immer. Es spielt keine Rolle, welches politische System man ihnen gibt, sie bleiben Trottel. Und wenn der Protz an ihnen vorbeifährt, rufen sie ‹hurra!›. In Reihen aufgestellt und im Takt: ‹Hurra, hurra, hurra!›»

Grijpstra hatte etwas laut gerufen, und die Stammgäste riefen ebenfalls hurra.

«Hörst du?», hatte Grijpstra gefragt. «Wie ich es gesagt habe. Aber es gibt noch die dritte Gruppe. Das ist eine ganz kleine Gruppe. Weißt du, welche ich meine?»

«Nein», hatte de Gier gesagt, «aber erzähl mal.»

«Die kleine dritte Gruppe», hatte Grijpstra gesagt, «das sind die Gutwilligen. Es sind die Herren unter uns. Die Idealisten. Sie haben die guten Ideen und sind häufig sehr intelligent. Sie stoßen nicht und drängen nicht und machen den Eindruck, dass sie weder manipulieren noch manipuliert werden.»

«Das ist schön», hatte de Gier gesagt, «es gibt also doch noch nette Menschen.»

«Nein, das habe ich nicht gesagt. Ich nannte sie die Gutwilligen. Hin und wieder begegnet mir mal einer, und dann sehe ich ihn mir genau an. Sehr genau.»

«Und was siehst du dann?», hatte de Gier gefragt.

«Ja», hatte Grijpstra gesagt und sich müde das Gesicht gerieben, «das weiß ich nicht. Ich sehe eigentlich nicht viel. Aber ich traue ihnen nicht für fünf Cent. Die Gutwilligen taugen ebenfalls nichts, daran glaube ich fest.»

De Gier hatte über Grijpstras drei Gruppen häufig nachgedacht, und je älter er wurde und je mehr er erlebte, desto mehr leuchtete diese Theorie ihm ein. Aber er hatte sich dabei noch etwas Raum gelassen. Er hielt nichts von Theorien, bei denen alles zueinander passt. Er glaubte an eine wunderliche, surrealistische Welt und wollte diesen Glauben nicht aufgeben, zumal dieser immer wieder gefestigt wurde. Auch jetzt wieder, während er die Prinsengracht hinunterging. Über dem Wasser schwebte eine Möwe, die scharfen Umrisse eines Giebels standen vor einer dunkelgrauen Regenwolke, eine alte Frau fütterte Spatzen, die ein sich immer wieder änderndes Schattenmuster auf das Straßenpflaster warfen. Eine wunderliche Welt, dachte de Gier. Sehr schön. Vielleicht taugt die Welt nichts, aber ich bin da. Ich gehe hier und werde etwas tun, etwas herausfinden.

Es war warm an diesem Julimorgen, und er war froh, als er die Haarlemmer Houttuinen sah und wusste, dass die Kühle des großen Hauses auf ihn wartete. Aber bevor er das Haus betrat, sah er das Polizeiauto auf dem Fußweg, auf derselben Stelle, wo er am Vorabend geparkt hatte. Und gleich darauf erkannte er den Kriminalbeamten, der ihm im Korridor begegnet war, einer vom Revier in der Warmoesstraat.

«Was ist denn jetzt?», fragte er überrascht seinen Kollegen.

«Einbruch», sagte der Kollege und nahm ihn mit ins Restaurant, wo van Meteren und die vier Helfer des toten Piet ruhig an einem Tisch saßen.

«Tag», sagte de Gier zu van Meteren, «musst du nicht arbeiten? Es ist schon nach elf.»

Van Meteren lächelte. «Bist du's schon wieder? Nein, ich brauche nicht zu arbeiten. Ich habe mir einen freien Tag genommen, wegen besonderer Umstände, ich wollte den Umzug von Piets Mutter regeln. Aber jetzt ist in der vergangenen Nacht eingebrochen worden, und ich habe wieder mal angerufen.»

«Wann ist es passiert?», fragte de Gier.

«Das weiß ich nicht», sagte van Meteren. «Ich habe mich schlafen gelegt, nachdem ihr gegangen wart. Heute Morgen um halb acht bin ich nach unten gegangen. Sie haben die Kellertür eingetreten und das Restaurant und den Laden durchwühlt. Oben sind sie nicht gewesen, sonst hätte ich sie gehört.»

«Fehlt was?», fragte de Gier den Kriminalbeamten.

Der Beamte zuckte mit den Achseln.

«Nicht viel. Das Tonbandgerät, das hier gestanden haben soll, ist weg und auch die Geldkassette aus dem Laden. Die Mädchen hier sagen, es sei nur Kleingeld darin gewesen, das große Geld hätten sie schon beim Chef abgegeben gehabt. Und der Chef hat Selbstmord verübt, aber das weißt du ja schon.» De Gier schaute seinen Kollegen an und dachte, dass er eigentlich nichts wusste. Eine Leiche und ein Einbruch, es wurde immer schöner. «Hast du schon deinen Bericht gemacht?», fragte er.

«Ja», sagte der Kriminalbeamte. «Fingerabdrücke haben wir auch gesichert, aber hier hat sich mittlerweile eine ganze Reihe von Menschen betätigt, ihr habt gestern Abend auch so allerlei angefasst. Ich war gerade dabei zu gehen.»

De Gier gab ihm die Hand, und der Kriminalbeamte ging.

«Sauber, wie?», sagte de Gier verärgert zu van Meteren. «Und ich bin nur vorbeigekommen, um zu sehen, ob ich noch etwas finden könnte.»

Ihm wurde bewusst, dass er van Meteren bereits wie einen Kollegen behandelte.

«Dürfen wir jetzt gehen?», fragten die Mädchen.

De Gier nickte. «Wohin wollt ihr?»

«Machen Sie sich keine Sorgen», sagte Johan, «wir bleiben in der Stadt. Eduard und ich werden auf ein Wohnschiff ziehen an der Binnenkant gegenüber Haus Nummer 10; es heißt *De Goede Hoop* und gehört meinem Bruder, aber der ist auf dem Weg nach Indien. Vorläufig steht es leer, ich habe den Schlüssel.»

De Gier notierte die Adresse.

«Und was werdet ihr tun?», fragte er die Mädchen.

«Ich gehe mit den Jungen», sagte das dicke Mädchen Annetje und schob sich ein wenig näher an Johan heran. De Gier hatte Mühe, einen Blick des Abscheus zu unterdrücken. Er hatte nichts gegen dicke Mädchen, aber wenn sie auch noch Zigeunerkleider mit Blumenmotiven trugen ... Wahrscheinlich würde sie außerdem noch mit schmutzigen nackten Füßen herumlaufen. Verstohlen sah er nach unten. Annetje hatte schmutzige nackte Füße.

«Und du?», fragte er das hübsche Mädchen.

Thérese begann zu weinen.

«Nur ruhig, ruhig», sagte van Meteren und setzte sich neben das Mädchen. «Sie ist schwanger», sagte er zu de Gier, «und weiß nicht, wohin sie gehen soll.»

«Nun beruhige dich mal», sagte de Gier zu dem Mädchen. Er betrachtete sie teilnehmend. Ein hübsches Mädchen, langes schwarzes Haar, grüne Katzenaugen, groß, etwas mager, aber mit einem schönen vollen Busen. Wieder sah er verstohlen nach unten. Sie hatte auch lange Beine und Sandalen an den sauberen Füßen.

«Kann sie nicht vorläufig hier wohnen bleiben?», fragte er van Meteren.

«Ich weiß es nicht. Die Bude hier ist geschlossen worden. Ich habe Piets Frau ein Telegramm geschickt. Paris ist nicht weit. Sie wird bald hier sein. Früher hatte sie hier auch einiges zu bestimmen, gemeinsam mit Piet, und jetzt ist sie die Einzige, denke ich. Ich habe die Statuten der Gesellschaft nie gesehen; vielleicht kann der Wirtschaftsprüfer helfen. Das Haus wird wohl verkauft werden.»

«Aber dann kann Thérese doch noch bleiben.»

«Ich will hier nicht bleiben», sagte Thérese, die nicht mehr weinte. «Nicht in diesem Leichenhaus. Und jetzt haben sie auch noch eingebrochen. Ich werde zu meiner Mutter gehen.»

Sie nannte eine Adresse in Rotterdam, die de Gier aufschrieb. Johan, Eduard und Annetje verabschiedeten sich. Ihre Koffer waren gepackt und standen ordentlich nebeneinander bei der Tür. De Gier berührte Annetjes Hand. Van Meteren war ebenfalls aufgestanden.

«Ich sehe dich nachher noch», sagte de Gier, «ich will nur noch kurz mit Thérese sprechen.»

Als sie allein waren, bot er dem Mädchen eine Zigarette an und gab ihm Feuer. Sie zog ungeschickt an der Gauloise und begann zu husten.

«Mach sie aus», sagte er, «das ist auch nichts. Ich wollte dich fragen, von wem du schwanger bist.»

«Von Piet», sagte das Mädchen.

«Ist seine Frau deshalb gegangen?»

Das Mädchen schüttelte den Kopf.

«Seine Frau war daran gewöhnt. Piet versuchte, hier alle zu vernaschen, und hin und wieder gelang es ihm. Bei mir zuerst nicht, aber ich wohnte hier im Haus, und er war so hartnäckig und konnte gelegentlich sehr nett sein.»

«War er wirklich nett?», fragte de Gier.

Das Mädchen starrte vor sich hin.

«Nun?»

Sie begann wieder zu weinen. «Nein. Er war ein Schuft. Mit seinem Gesundheitsfimmel. Warum musste ich mich mit all dem hier nur einlassen. Jetzt muss ich auch noch abtreiben lassen, wenn es noch nicht zu spät ist. Ich will einfach kein Kind von ihm.»

De Gier ließ sie weinen. Van Meteren zeigte sich in der offenen Tür, aber de Gier winkte ab, und er verschwand wieder.

«Hattest du mal Streit mit ihm?»

Das Mädchen hörte ihn nicht. Er stand auf und hielt sie an den Schultern fest, aber das komplizierte die Situation nur, denn sie ließ sich in seine Arme fallen.

«He», sagte de Gier und setzte sie vorsichtig wieder auf ihren Stuhl. Er wiederholte die Frage.

Sie nickte.

«Gestern auch?»

Sie nickte wieder.

«Gestern Nachmittag in seinem Zimmer?»

«Ja», sagte das Mädchen. «Ich habe ihn schlimm beschimpft, aber er sagte nur, dass er schon verheiratet sei und mir nicht mehr helfen könne. Ich hätte eben aufpassen sollen. Jeder müsse die Folgen seiner Handlungen tragen. Das sei Karma, sagte er. Karma ist immer nützlich. Davon kann man etwas lernen. Haha.»

«Und hast du ihn dann geschlagen?»

«Ich habe ihm ein Buch an den Kopf geworfen.»

«Ein schweres Buch?»

«Ja, so ein dickes Wörterbuch.»

«Hast du ihn getroffen?»

Sie antwortete nicht. Er nahm sie bei der Hand und ging mit ihr nach oben. In Piets Zimmer lag das Wörterbuch auf dem Fußboden, aber es lagen mehr Bücher dort.

«Kannst du dich erinnern, ob du ihn getroffen hast? Ist er umgefallen?»

«Ich weiß es nicht», sagte Thérese. «Ich bin aus dem Zimmer gerannt und habe die Tür hinter mir zugeworfen. Ich habe mich nicht mehr umgedreht.»

De Gier riss ein Blatt aus dem Notizbuch auf dem Tisch und schrieb eine kurze Erklärung. Er las sie vor und bat Thérese, diese Erklärung zu unterschreiben. Sie lief darauf hinaus, dass sie Piet ein dickes Wörterbuch an den Kopf geworfen hatte, aber nicht wusste, ob sie ihn getroffen hatte, weil sie gleich darauf, ohne sich umzudrehen, aus dem Zimmer gelaufen war.

«Sie glauben doch nicht vielleicht, dass ich ihn erhängt habe?», fragte sie.

De Gier sagte nichts, sondern rief im Präsidium an und wurde mit Grijpstra verbunden.

«Ich komme», sagte Grijpstra.

«Nimm das Auto», sagte de Gier, «es ist ein ganzes Ende zu laufen.» Er legte auf.

«Das Seil», sagte er zu dem Mädchen, «wusstest du, dass im Zimmer ein Seil und im Deckenbalken ein Haken war?»

«Der Haken war immer dort», sagte Thérese. «Piet hatte

früher eine Maske daran aufgehängt, aber ich fand sie unheimlich, wenn ich hier im Bett lag, und dann hat er sie verkauft. Und das Seil ist ganz gewöhnliches Zeug. Piet importierte allerlei Lebensmittel aus Japan, die in niedlichen kleinen Fässchen kamen, und die waren mit dem Seil verschnürt. Der Strick, den Sie hier gefunden haben, war von den Fässchen.»

«Meinst du, dass Piet Selbstmord verübt hat?»

Das Mädchen sah ihn gleichgültig an. «Es würde mich nicht überraschen. Er war nicht richtig im Kopf, glaube ich. Als ihm seine Frau weglief, hat er sich fürchterlich beschwert. Sogar mir gegenüber, während ich bei ihm im Bett lag.»

«Worüber hat er sich noch beschwert?»

«Ach», sagte Thérese, «über alles. Über den Sinn des Lebens und über die Erleuchtung. Er meinte, dass er nicht erleuchtet sei. Dazu müsse man nach den Regeln leben, aber das tat er nicht.»

«Erleuchtung?», fragte de Gier.

«Ja», sagte Thérese, «mich ließ es immer an Glühlampen denken. Die Buddhisten und auch die Hindus, glaube ich, sagen, man wird erleuchtet, wenn man auf die richtige Art lebt. Man muss alles so gut wie möglich machen und viel meditieren, dann wird man immer mehr verstehen und Visionen haben, glaube ich. Ich weiß nicht viel darüber, wissen Sie. Aber ich dachte, dass man dann weniger Probleme haben wird, und das muss Piet auch geglaubt haben. Er behielt seine Probleme jedoch, sagte er. Er machte anscheinend etwas falsch dabei, wusste aber nicht, wie er es richtig machen sollte.»

«Selbstmord kommt mir jedoch nicht sehr buddhistisch vor», sagte de Gier, «oder hindistisch oder wie es auch heißen mag. Wenn man Selbstmord begeht, gibt man all seine Bemühungen auf und erreicht nichts. Oder doch?»

Thérese hatte sich auf das Bett gesetzt und rieb sich die Augen.

«Piet sagte, es hat Japaner gegeben – Samurais oder Mönche, das weiß ich nicht mehr –, die Selbstmord verübt haben, weil sie in eine hoffnungslose Situation geraten waren. Das war richtig, sagte er. Sogar bewundernswert. Aber man muss es auf die richtige Art tun. Zuerst Körper und Seele reinigen, dann vor einem Altar meditieren, dann, wenn man ganz ruhig geworden ist und von allem Abschied genommen hat, kann man es tun.»

De Gier dachte an die Bügelfalte in Piets Hose, an die gekämmten Haare und den gepflegten Schnurrbart.

«Was hast du eigentlich von Piets Religion gehalten?», fragte de Gier. «Von diesem Hindismus?»

«Bah», sagte das Mädchen, «davon wurde mir zuletzt speiübel. Er erzählte einen solchen Haufen Unsinn. Es gibt nichts wirklich. Alles ist Illusion, verändert sich und vergeht. Das Leben ist ein Traum, nichts ist wirklich wichtig. Es hört sich zwar richtig an, ist es aber nicht.»

De Gier dachte nach. «Aber es könnte wahr sein», sagte er.

«Es ist auch wahr», sagte das Mädchen, «aber Piet sollte so etwas nicht sagen. Wenn jemand weiß, dass nichts wirklich wichtig ist und wir hier nur herumlaufen, um eine Übung mitzumachen – das sagte er auch immer –, benimmt er sich nicht wie Piet.»

«Und wie hat Piet sich benommen?»

«Albern», sagte Thérese, «langweilig, trübsinnig. Und er hing sehr am Besitz. Er sagte zwar immer, Besitz sei großer Unsinn; man dürfe nur Dinge haben, um sie so gut wie möglich zu nutzen und zu genießen; aber er selbst hing an jedem Topf, jedem Tischchen, jeder Schallplatte und jedem Buch. Wenn man von ihm etwas lieh, musste man es gleich zurückgeben. Ich hatte nie die Möglichkeit, ein Buch auszulesen. Und er verschenkte nie etwas. Alles, was er mir gegeben hatte, als er sich bemühte, mich ins Bett zu kriegen, habe ich ihm später zurückgegeben. Eine Statue, einige Muscheln, eine Schallplatte. Ich könne es genauso gut zurückgeben, sagte er, dann gehöre es uns beiden. Und immer hat er seinen Wagen gewaschen und poliert. Und jeden Tag rechnete er genau aus, was die Gesellschaft besaß, die er doch selbst war. Alles gehörte ihm, wir durften nichts anrühren. Als wir zu dem Häuschen in Brabant fuhren, prüfte er genau, was wir zum Essen mitnahmen, und als er meinte, es sei zu viel, nahm er es aus der Tasche wieder heraus. Aber wenn er selbst dorthin ging, dann war alles gut.»

De Gier schüttelte den Kopf. «Aber wenn du ihn so langweilig fandst, warum bist du dann mit ihm ins Bett gegangen?»

Thérese fing wieder an zu weinen.

«Was weiß ich?», sagte sie. «Warum tut man es? Er kam immer in mein Zimmer, und ich finde so schlecht Kontakt zu Menschen. Wenn ein Mann mich anlacht, weiß ich nie, was ich tun soll. Piet sagte ganz einfach, dass er mit mir ins Bett will und ich mich ausziehen soll. Zuerst lehnte ich ab, aber dann habe ich es getan.»

Wieder etwas gelernt, dachte de Gier. Wie wäre es denn, wenn ich dem Mädchen im Bus leicht auf die Schulter klopfe, ihm ins Gesicht sehe und sage: «Juffrouw, ich bin Rinus de Gier, ich möchte mit Ihnen ins Bett. Passt es Ihnen heute Abend? Hier ist meine Karte. Ich bin von sieben Uhr an zu Hause.»

«Hören Sie mir eigentlich zu?», fragte Thérese.

«Natürlich», sagte de Gier.

«Kann ich dann gehen? Oder glauben Sie immer noch, dass ich Piet erhängt habe?»

«Geh nur», sagte de Gier. «Falls etwas ist, rufe ich dich an, die Adresse und die Nummer habe ich ja.»

«Was sollte denn sein?», fragte Thérese. «Piet ist tot, und ich bin schwanger und muss sehen, wie ich es loswerde.»

Grijpstra war hereingekommen, und de Gier sagte ihm, was er festgestellt hatte.

«So, so», sagte Grijpstra, «mit Büchern werfen, wie?»

Thérese sagte nichts.

«Nun, wir werden schon zurechtkommen», sagte Grijpstra. «Gute Reise nach Rotterdam.» Er sah das Mädchen freundlich an. Gemeinsam durchsuchten sie das Haus, Zimmer für Zimmer. Sie hatten Zeit und arbeiteten ruhig. Einmal wurden sie kurz durch Stimmen gestört. Es waren zwei Männer vom Sanatorium für Neurosen, das in der Landschaft het Gooi liegt. Sie waren gekommen, um Piets Mutter zu holen.

Mevrouw Verboom ließ sich willig wegbringen und erkannte die Kriminalbeamten nicht. Van Meteren trug ihren Koffer.

«Wie hast du das so schnell geschafft?», fragte de Gier, als van Meteren zurückkam.

«Über den Hausarzt. Ich habe ihn heute Morgen angerufen, nachdem ich der Polizei den Einbruch gemeldet hatte. Er ist gleich gekommen und hat mit dem Sanatorium telefoniert. Dort wird sie vorläufig bleiben und dann vielleicht in ein Altersheim für psychisch Gestörte kommen.»

«Sie ist richtig verrückt, wie?», fragte Grijpstra.

«Was heißt verrückt?», fragte van Meteren. «Sie kann nicht mehr für sich sorgen, also muss sie irgendwo untergebracht werden. Und wenn der Arzt sie ins Sanatorium schicken will, ist es mir recht. Wenn sie verrückt ist, wird man sie dort auch nicht heilen. Die Frau ist weit über achtzig.»

«Aber was ist denn mit ihr los?», fragte de Gier.

«Das Übliche», sagte van Meteren, «was mit uns allen los

ist. Sie denkt zu viel an sich. Sie glaubt, dass sie wichtig ist. Sie denkt, dass sie leidet.»

«Aber leidet sie nicht wirklich?»

«Nein», sagte van Meteren.

«Komm», sagte Grijpstra, dem es zu viel wurde. «Alles Unsinn. Die Frau ist alt und krank und leidet ja doch.»

«So?», fragte van Meteren. «Ja, natürlich, sie fühlt sich nicht wohl. Das stimmt. Aber ihr redet von Leiden.»

«Und was ist Leiden?», fragte de Gier.

«Leiden ist Unsinn», sagte van Meteren.

«Und nichts ist wichtig», sagte de Gier, der an diesem Tag viel gelernt hatte.

«Ganz recht», sagte van Meteren.

Grijpstra wurde ungeduldig. «Alles schön und gut. Die Philosophie des Ostens durchzieht das ganze Haus, aber wir haben es mit einer Leiche und einem Einbruch zu tun.»

«Macht nur weiter», sagte van Meteren.

Sie suchten weiter, und Grijpstra gab plötzlich ein tiefes Knurren von sich. De Gier kannte dieses Geräusch; es erinnerte ihn an den Radau, den sein Kater machte, wenn er auf dem Balkon war und den Hund des Nachbarn durch den Spalt in der Glasscheibe sah, die beide Balkons voneinander trennte. In solchen Augenblicken hatte de Gier Angst vor seinem eigenen Kater, der dort, aufgeplustert wie ein Ballon und mit dickem, zuckendem Schwanz, vor Mordlust giftig spuckte.

«Was gibt's, Adjudant?», fragte er jetzt in fast salbungsvollem Ton.

«Dies», sagte Grijpstra und zeigte den Hefter, den er auf einem Bücherregal gefunden hatte. Er blätterte darin herum. «Piet hat vor einer Woche eine Hypothek von 50 000 Gulden auf dieses Haus aufgenommen. Das ist viel Geld. Das Haus sieht zwar hübsch aus, aber es ist baufällig, und fünfzig Mille wird wohl das Maximum gewesen sein, das er bekommen konnte. Das Geld wurde auf das Bankkonto der Gesellschaft eingezahlt, aber er hat es wieder abgehoben. Laut Bankauszug hat er insgesamt 75 000 abgehoben, in bar, aber wo ist das Geld?»

«Steht noch etwas auf dem Konto?», fragte de Gier.

«Etwas mehr als zehntausend Gulden. Es läuft darauf hinaus, dass er fast das ganze verfügbare Kapital der Gesellschaft auf einmal abgehoben hat. Und wir haben noch nichts davon gefunden. Falls es im Haus ist, muss es gut versteckt worden sein, aber ich glaube nicht, dass es noch hier ist.»

«Geklaut», sagte de Gier.

Grijpstra nickte.

«Dann haben wir jedenfalls ein Motiv.»

«Ja», sagte Grijpstra und setzte sich.

«Und jeder hatte die Gelegenheit. Van Meteren zum Beispiel. Er hat in Neuguinea schon Menschen umgebracht, und er kann fünfundsiebzig Mille ganz gut gebrauchen. Mevrouw Verboom könnte es auch getan haben. Aber für sie ist Geld kein Motiv. Was sollte sie damit in ihrem Alter noch anfangen?»

«Geld ist Geld», sagte de Gier. «Sogar alte Wahnsinnige können noch meinen, dass sie damit etwas anfangen könnten. Vielleicht will sie damit an die Riviera in so ein altmodisches Luxushotel. Dort sitzen viele alte Damen.»

«Tja», sagte Grijpstra, «ich habe anscheinend nicht so eine moderne Ausbildung gehabt wie du, aber ich sehe das nicht. Aber gut, sie kann es getan haben. Vielleicht mochte sie ihren Sohn nicht. Du musst sie mal im Sanatorium aufsuchen.»

«Reizend», sagte de Gier, «hast du noch mehr auf Lager?»

«Thérese, die mochte Piet auch nicht. Sie hat ihm sogar Wörterbücher um die Ohren geworfen. Und die Burschen Johan und Eduard hatten vielleicht auch die Nase voll, von ihm ausgebeutet zu werden. Vielleicht war es eine Gemeinschaftstat von Johan, Eduard und Annetje. Die ganze Zeit über für nichts gearbeitet und jetzt auf einen Schlag reich. Für fünfundsiebzigtausend kann man sich ein funkelnagelneues Wohnboot kaufen.»

De Gier kratzte sich am Nacken. «Jeder hätte an dem Nachmittag die Treppe hinaufhuschen können. Vielleicht waren die Mädchen mal eben fort, oder sie haben nicht aufgepasst. Man kann nicht in einem Topf herumrühren und gleichzeitig die Treppe im Auge behalten. Warum sollten sie übrigens auch aufgepasst haben? Alle achtunddreißig Gäste hätten es gewesen sein können. Aber ich verstehe den Einbruch nicht. Konnten sie vielleicht das Geld nicht finden?»

Grijpstra setzte sich aufrecht hin.

«Sie haben ihn erhängt, meinst du, um sich dann das Geld zu schnappen. Aber das war weg. Und dann sind sie wiedergekommen, um es zu suchen?»

«Wiedergekommen?», fragte de Gier. «Warum wiedergekommen? Die aufgebrochene Kellertür sagt gar nichts. Vielleicht wollten sie uns glauben machen, sie seien von draußen gekommen, während sie ruhig hier im Haus wohnten.»

«Ruhig wohl nicht», sagte Grijpstra. «Verbrecher sind im Allgemeinen nervöse Typen.»

«Und jetzt?», fragte de Gier.

«Das Haus durchsuchen», sagte Grijpstra. «Wir haben zwar nichts gefunden, aber das will nichts heißen. Es gibt noch mehr Leute bei der Polizei. Sollen die es mal versuchen.»

Er telefonierte. Eine Gruppe von sechs Beamten kam und durchsuchte das Haus von unten bis oben. Sie klopften Balken ab, lösten Bretter, rückten Waschtische von der Wand, gruben den Garten um, steckten die Hand in Klobecken. Zwei Beamte wühlten sich wie Maulwürfe durch die Lebensmittelvorräte im Laden. Wie weiße Maulwürfe, denn sie hatten ein Fass mit Mehl umgeworfen.

De Gier betrachtete die Arbeit seiner Kollegen mit Vergnügen. Es waren noch nicht viele Jahre vergangen, seit man auch ihn für solche Aufgaben antraben ließ.

Zufrieden ging er die Treppe hinauf.

Fünf

Er fand Grijpstra in Piet Verbooms Zimmer, wo er auf dem niedrigen Bett mit der gewebten Tagesdecke lag, die Hände auf dem Bauch gefaltet.

Als de Gier hereinkam, öffnete er ein Auge.

«Ha», sagte Grijpstra, «was willst denn du?»

«Dir helfen», sagte Grijpstra.

«Wobei?»

«Beim Denken», sagte de Gier.

Grijpstra machte das Auge wieder zu.

«Das ist gut», sagte er, «wenn du dabei nur still bist. Setz dich irgendwo hin.»

De Gier sah sich um. Er fand drei Kissen, legte eins auf den Fußboden und zwei an die Wand und setzte sich. Er schloss die Augen.

Eine Stunde verging. Grijpstra atmete tief, sein Mund stand ein wenig offen. De Gier hatte eine Weile geschlafen, war dann aber wieder erwacht. Er rauchte, starrte vor sich hin und sah sich stets verändernde Bilder von Thérese und dem geheimnisvollen Mädchen im Bus.

Grijpstras Mund öffnete sich noch weiter, und plötzlich durchbrach ein rasselnder Schnarcher die Stille im Zimmer.

De Gier sprang auf. Er überlegte, ob er Grijpstra wachrütteln sollte, hatte dann aber eine bessere Idee. Sein Blick war auf ein Paar Bongotrommeln in der Ecke gefallen; die beiden aneinander befestigten Holztrommeln würden auf seinen Vorgesetzten besser wirken als ein unangenehmes Schütteln. Er nahm die Trommeln, schlich zum Bett, setzte sich auf den Fußboden, betrachtete noch einmal das entspannte und wehrlose Gesicht Grijpstras und schlug mit der flachen rechten Hand hart auf die größere Trommel, während er mit den Fingern der linken einen rasend schnellen Wirbel auf der anderen trommelte.

Grijpstra stand sofort auf.

«Junge», sagte Grijpstra, «eine Bongotrommel. Woher kommt denn die?»

«Du hast wirklich gut gesucht», sagte de Gier. «Die hat die ganze Zeit hier in der Ecke gestanden.»

Grijpstra dachte nach. «Ja, stimmt. Ich habe sie noch in der Hand gehabt, aber es war nichts drin. Gib mal her.»

Grijpstra setzte sich wieder aufs Bett und betrachtete das Musikinstrument mit einigem Misstrauen. Er war an sein Schlagzeug im Büro im Präsidium gewöhnt. Er machte einige leichte Schläge, rieb über das Fell, klopfte mit den Knöcheln auf den Rand der Trommeln, langsam begann sich ein Rhythmus zu formen, ruhig, mit trockenen, harten Lauten. Während er spielte, sah er de Gier fragend an.

De Gier suchte in seiner linken Innentasche. Zwischen zwei Kugelschreibern und einem Kamm fand er das Lederetui, in dem seine Querflöte war, die er jetzt schon fast ein Jahr bei sich trug, so lange wie Grijpstra die Kunst des Trommelns ausübte. Früher hatte de Gier viel gespielt, zuerst als kleiner Junge in der Schule auf der Blockflöte und später mittelalterliche Musik auf der Querflöte. Später hatte er die Flöte vergessen, aber die sonderbaren Trommelsoli im grauen Büro des Präsidiums hatten ihn stimuliert. Und eines schönen Morgens, als Grijpstra sich mit dem feineren Tick und Bumm befasste, hatte er zögernd die Flöte herausgeholt und einen dünnen Ton geblasen. Grijpstra hatte nicht einmal aufgeschaut, aber sein Getrommle hatte mehr Form angenommen, und seitdem spielten sie regelmäßig zusammen.

Auch jetzt schaute Grijpstra nicht auf, als de Giers Solo einsetzte, aber das war jetzt nicht mehr der zögernde dünne Ton von damals. Er spielte jetzt frei und laut, und Grijpstra hatte Mühe, mitzukommen und den Hintergrund auszufüllen. De Gier hatte die Augen geschlossen. Und während Grijpstra einen kräftigen, harten, trockenen Rhythmus schlug, flogen die grellen Töne der schrillen Querflöte durch das Zimmer. Sie hielten kurz inne und setzten dann plötzlich ihr Zusammenspiel wieder fort, de Gier mit wiegenden Schultern, um den Tönen größere Tiefe zu geben, Grijpstra kerzengerade auf dem Bett, mit der ganzen Kraft seines Oberkörpers trommelnd.

Keiner der beiden hatte gemerkt, dass sich die Tür geöffnet hatte, van Meteren hereingekommen und wieder hinausgegangen war. Sie hatten auch nicht gemerkt, dass van Meteren wiedergekommen war, und sie waren so weit weg, dass sie nicht aufhörten zu spielen, als der dritte Mann auf sein Holzinstrument schlug, auf einen ausgehöhlten Baumstamm mit einem Schlitz darin. Der Ton dieser Urwaldtrommel war hypnotisch, zauberhaft, ein tiefer und dennoch scharfer Klang, überhaupt nicht störend, das Zentrum der Melodie, die jetzt entstand. Grijpstra und de Gier passten sich dem neuen Klang an und führten das Thema weiter, bis van Meteren mit einem hohen Kreischen und einem Nachächzen seines Baumstamms die ineinander fließenden Klänge abbrach und sie einander stumm und erstaunt ansahen.

«Was war das?», fragte Grijpstra leise.

Van Meteren schüttelte sich und erwachte aus seinem Traum. Er sah sie lachend an.

«Ich hörte euch so schön spielen und dachte, dies würde wahrscheinlich ganz gut dazu klingen. Dies ist eine Dschungeltrommel, die die Vorfahren meiner Mutter als Telegraph benutzten, um Nachrichten von Dorf zu Dorf zu übermitteln. Aber man kann auch Musik darauf machen. Und unsere Zauberer und Hexen benutzen die Trommel ebenfalls. Wenn man die Trommel gut kennt, kann man damit Stimmungen hervorrufen, Gemütszustände, Einflüsse. Man kann anderen Menschen seinen Willen aufzwingen, aber das ist gefährlich. Die Kräfte, die man hervorruft, können sich gegen ihren Urheber richten und ihn vernichten. Es ist besser, mit der Trommel zu musizieren.»

«Das meinst du doch nicht im Ernst», sagte de Gier.

«Was nicht?»

«Das mit den Stimmungen, den Einflüssen.»

Van Meteren sah ihn freundlich an. «Und du mit deiner Flöte? Und der Adjudant? Was meinst du wohl, was ihr gemacht habt? Nur Musik?»

«Ja», sagte de Gier, «Musik. Ganz gewöhnlich. Bam, bam. Piep, piep. Viele Menschen tun das. Um sich zu entspannen.»

«Dann veränderst du die Stimmung doch. Dann erschaffst du doch etwas. Du erschaffst etwas Unschuldiges, aber du würdest auch etwas *anderes* erschaffen können.»

Grijpstra lachte. «Du bist in Holland, van Meteren. Käse, Butter und Eier, bim-bam-beier. Du bist im Land der mehligen Kartoffeln und der Zwiebäcke mit Aniszucker. Aber gut, wenn du durchaus willst, sind wir auch Zauberer und Hexen. Wir fangen den Mörder, indem wir Schwingungen erzeugen, die sich ausbreiten, ganz leise, und plötzlich, *wupp*!, haben wir ihn.»

Van Meteren machte wieder ein freundliches Gesicht; vorher war sein Blick etwas bedrückt gewesen.

«Aber es war ein gutes Stückchen Musik, wie?»

«Ja», sagte de Gier, «von der Rockgruppe ‹The Bopcops›.» Er sah auf die Uhr. «Es ist sechs. Ich muss nach Hause. Meine Katze will fressen.»

«Dann musst du den Bus nehmen», sagte Grijpstra, «wir haben keinen Wagen.»

«Bah», sagte de Gier, «der Bus ist jetzt voll. Alle die schwitzenden Leiber neben einem.»

«Wo wohnst du?», fragte van Meteren.

«In Buitenveldert. Warum? Hast du ein Auto?»

«Nein», sagte van Meteren. «So viel zahlt die Verkehrspolizei nicht, aber ich habe ein Motorrad.»

De Gier hatte keine große Lust, hinten auf einem Brummer zu sitzen, aber er wollte diesen sonderbaren Kollegen nicht vor den Kopf stoßen.

«Die Hauptsache ist, dass du wiederkommst», sagte Grijpstra. «Ich gehe beim Chinesen am Nieuwendijk essen, neben dem Pornokino. Ich sehe dich dort um halb acht, schaffst du das?»

De Gier nickte und folgte van Meteren. Sie überquerten die stark befahrene Haarlemmer Houttuinen und gingen in den Innenhof des Reichskatasteramts.

«Ich darf die Maschine hier abstellen», sagte van Meteren. «Zuerst wollte der Portier nichts davon wissen, aber als ich meinen Ausweis von der Verkehrspolizei zeigte, ging es in Ordnung.»

Die Harley-Davidson stand unter einem Wellblechdach.

De Gier blieb stehen. Er kannte das Modell, eine Harley-Davidson «Liberator», Baujahr 1945, die er direkt nach der Befreiung gesehen hatte, als er als Junge am Straßenrand stand. Die amerikanische Militärpolizei fuhr damals die Harley.

Das Exemplar, das er jetzt betrachtete, war anscheinend in einem perfekten Zustand, weiß lackiert und gut gepflegt.

«Gefällt sie dir?», fragte van Meteren.

«Sie ist prächtig», sagte de Gier und meinte es auch. «Wie bist du da rangekommen?»

«Für einige hundert Gulden als Wrack gekauft», sagte van Meteren. «In Neuguinea hatten wir sie bei der Polizei, und ich bin darauf ausgebildet worden. Ich habe ein Jahr gebraucht, um sie auseinander zu nehmen und wieder zusammenzubauen. Die Ersatzteile sind teuer, und ich habe versucht, die alten Teile zu verwenden, aber das hat viel Arbeit erfordert. Das Getriebe war ganz hin, dafür musste ich noch gebrauchte Teile kaufen; viel Neues sitzt nicht drin. Nur die Gepäcktaschen sind neu oder – besser gesagt – ungebraucht. Aber das Leder hatte so lange gelegen, dass es ausgetrocknet war. Ich weiß nicht, wie oft ich es eingefettet oder eingerieben habe.»

Van Meteren gab dem Hinterradständer einen routinierten Tritt und schob die Maschine hinaus. Sie war so schwer, dass er Mühe hatte, sie die leichte Steigung im Innenhof hinaufzuschieben.

«Ein klein wenig Geduld», sagte van Meteren.

De Gier sah fasziniert zu. Ein Tritt auf die Kupplung, die keine Rückholfeder hatte und deshalb nicht selbsttätig wieder einkuppelte. Öffnen der Benzinschraube am Tank. Choke ganz herausziehen. Spätzündung einstellen durch Drehen am linken Handgriff. Gas zurücknehmen am rechten Handgriff. Viermal bei nicht eingeschalteter Zündung den Starter treten. Zündschlüssel hineinstecken. Frühzündung. Choke fast ganz zurücknehmen.

«Pass auf», sagte van Meteren.

Er trat, und der Motor sprang an mit einem tiefen, sanften und dennoch mächtigen Gurgeln.

Er machte eine einladende Bewegung, und de Gier setzte sich auf den Soziussattel. Van Meteren nahm vor ihm Platz, und die Maschine fuhr sofort an. Bei der alten Harley sitzt die Gangschaltung am Tank, ein altmodischer Hebel mit Knopf. De Gier dachte an die BMW, die er früher gefahren hatte, an die Fußschaltung, die er mit einer Bewegung der Zehen einrasten konnte, aber van Meteren bediente diesen Koloss mit der gleichen Leichtigkeit.

De Gier hatte Angst. Auf einem Motorrad hat man nicht viel Schutz, wahrscheinlich überhaupt keinen. Nur die Haut umhüllt das Leben. Die leichteste Berührung mit einem Auto und das Bein ist ab, die Schulter gebrochen, der Schädel geplatzt. Aber seine Angst verging, als ihm klar wurde, dass dies seine bisher schönste Fahrt durch die Innenstadt von Amsterdam war. Van Meteren hatte einen Weg entlang der Grachten und Nebengrachten gewählt und fuhr ohne die leiseste Erschütterung und ohne ein Risiko einzugehen durch die engen Straßen. Das Motorrad glitt durch den dichten Verkehr, an jeder Ampel waren sie vorn; meistens brauchte der Papua nicht einmal zu bremsen, wenn sie sich einer roten Ampel näherten, als spüre er, wann sie umspringen werde. Einem Auto, das die Vorfahrt missachtete, wich er mit einem sanften Bogen aus, und de Gier, der sich eng an den kleinen Körper seines Vordermanns drückte, empfand keinen Ärger. Van Meteren war lediglich einem Hindernis ausgewichen und hatte sich nichts dabei gedacht.

Als am Ende der Beethovenstraat der starke Verkehr nachließ, wurde die Maschine schneller. De Gier blickte van Meteren über die Schulter und sah, dass sie fast hundert fuhren, aber hier gab es keine Kreuzungen und damit keine Gefahr.

De Gier sah die Federbüsche des Röhrichts wie einen geschlossenen Vorhang an sich vorbeiflitzen und fühlte sich frei.

Er zeigte auf das große Gebäude, in dem er seine kleine Wohnung hatte, und van Meteren stellte den Motor ab, sodass sie geräuschlos auf den Parkplatz fuhren.

«Das war schön», sagte de Gier. «Nur die Burschen von der Motorpolizei können ebenfalls so fahren, aber ich frage mich, ob sie das auch auf einer Harley schaffen. Deren BMW und Guzzi sind viel leichter zu bedienende Maschinen.»

«Aber ja», sagte van Meteren, «natürlich können sie das. Ich habe bei der Motorpolizei auch andere Maschinen gefahren. Man muss sich daran gewöhnen, aber nach einer Woche kennt man das Motorrad und wird auch mit seinen Mucken fertig. Die Harley ist zwar sehr schwer und mühsam, aber verlässlich, und ich wage mit ihr mehr als mit einer Rennmaschine, die plötzlich einen Fehler haben und einen umbringen kann.»

«Komm für einen Augenblick mit nach oben», sagte de Gier, «du kriegst ein Bier aus dem Kühlschrank. Ich werde inzwischen Olivier etwas zu fressen geben, aber gib Acht, er ist falsch.»

Er war froh, dass er van Meteren gewarnt hatte, denn der Siamkater war schlecht gelaunt. De Gier hatte ihn immer in der Wohnung gehalten, und Olivier war nervös geworden. Er traute nur de Gier und war immer bereit, einen Fremden anzufallen. Er duckte sich, als er den Papua sah, begann hinten in der Kehle zu knurren und stellte den Schwanz dick und drohend hoch. Van Meteren ging in die Hocke, griff sich den Kater von unten, hob ihn hoch, drehte ihn in der Luft um und fing ihn mit dem linken Arm auf, worin er das verdutzte Tier wiegte, während er sanft mit ihm redete.

«Bist du denn auch lieb? Bist du ein so verrücktes Biest? Magst du keine Menschen?»

Olivier begann zu schnurren und schloss die Augen.

«Allmächtiger Gott», sagte de Gier, «das hat er noch nie getan. Ich darf ihn nur hochnehmen, wenn er mir um die Beine streicht.»

«Katzen sind lustige Tiere», sagte van Meteren, der Olivier wieder auf den Boden gesetzt hatte, «große Komödianten.»

Olivier wollte weitermachen und schlug seine Krallen in van Meterens Hose, aber der ignorierte ihn. Der Siamkater gab auf und lief in die Küche, wo er sich am Kühlschrank auf die Hinterpfoten stellte und auf sein geschnittenes Rinderherz wartete.

Grijpstra saß dem Hoofdinspecteur im Restaurant der Hindistischen Gesellschaft gegenüber. Der Hoofdinspecteur hörte zu, während Grijpstra die Ereignisse des Tages zusammenfasste.

«Und du hast sie nach Rotterdam gehen lassen?», fragte der Hoofdinspecteur.

«Ja, Mijnheer», sagte Grijpstra.

«Wollen wir also mal sehen», sagte der Hoofdinspecteur und schaute an die Zimmerdecke mit den vergoldeten Blumen und Ranken. «Sie gibt zu, ihm ein dickes Buch an den Kopf geworfen zu haben; du hast darüber eine schriftliche Erklärung, die sie unterzeichnet hat. Und es sind fünfundsiebzigtausend Gulden verschwunden. Und sie ist schwanger von Piet. Und er hat für sie nie etwas getan, und was er ihr geschenkt hatte, musste sie zurückgeben.»

«Ja, Mijnheer», sagte Grijpstra.

«Ja, Mijnheer», wiederholte der Hoofdinspecteur, der immer noch zur Zimmerdecke schaute. «Nun gut, wenn wir sie brauchen, wirst du sie ja sicher finden können. Und wir haben nicht genug Zellen. Und sie ist schwanger.»

Grijpstra sagte nichts.

«Glaubst du immer noch, dass es Mord war?»

«Ich weiß es nicht, Mijnheer», sagte Grijpstra.

«Ich habe noch keine Nachricht von den beiden Beamten, die nach den Rauschgifthändlern fahnden. Oder eigentlich habe ich doch eine Nachricht. Ich hatte einen der Beamten am Telefon. Der Unterwelt zufolge kann es keine Verbindung zwischen den Burschen mit dem Rauschgift und dem Mord geben. Das Haus Haarlemmer Houttuinen Nr. 5 sagt keinem etwas, sie haben noch nie davon gehört.»

«Aber die Händler saßen in der Bar dieses Hauses», sagte Grijpstra.

«Ja», sagte der Hoofdinspecteur, «sie müssen Mitglied der Gesellschaft gewesen sein, aber ich habe keine Mitgliederliste gesehen. Hast du eine gesehen?»

«Nein», sagte Grijpstra, «ich denke, Piet hat die Aufnahmebeiträge in die eigene Tasche gesteckt. Ich habe zwar einen Quittungsblock für Aufnahmegebühren gefunden, aber der nützt uns nichts, denn wenn man die Quittung herausreißt, dann bleibt keine Kopie zurück. Er muss jedes Mal fünfundzwanzig Gulden in die eigene Tasche gesteckt und dem neuen Mitglied den Gutschein gegeben haben. Ein hübscher Nebenverdienst.»

«Ich frage mich nur, warum er das ganze Geld abgehoben hat?», überlegte der Hoofdinspecteur.

«Vielleicht wollte er fliehen», meinte Grijpstra. «Wie der Wirtschaftsprüfer sagte, sollte er fünfzigtausend Gulden an Steuern zahlen. Seinen Gehilfen, den beiden Burschen und den beiden Mädchen zufolge hatte er in letzter Zeit nicht mehr viel Interesse an der Gesellschaft. Vielleicht wollte er verschwinden und alles im Stich lassen. Mit fünfundsiebzig Mille kann man schon einiges anfangen, irgendwo weit weg.»

«Vielleicht», sagte der Hoofdinspecteur, «aber er ist nicht geflohen. Er ist tot und das Geld futsch.» Er sah sich im Zimmer um. «Eine seltsame Atmosphäre ist das hier. Hast du die Statue im Korridor gesehen? Und ich habe hier noch mehr davon gesehen. Oben muss irgendwo eine Buddhafigur stehen.»

«Es sind schöne Statuen», sagte Grijpstra.

«Die Geschmäcker sind verschieden», sagte der Hoofdinspecteur. «So ein Kerl, der nur immer still dasitzt, was soll man damit?» Er starrte vor sich hin. «Obwohl so einer Ruhe ausstrahlt, das schon. Vielleicht haben wir es zu eilig. Vielleicht haben wir so eine Statue im Präsidium nötig für alle die Leute, die alles auf einmal lösen wollen. Mitunter ist es besser zu warten, dann kommt die Lösung von selbst. Sie geht einem im Kopf herum, und man weiß selbst nicht, woher sie einem plötzlich gekommen ist. Ist dir das auch schon mal so gegangen?»

Grijpstra dachte nach und nickte zögernd.

«Wahrscheinlich ja. Ein Einfall. Ein flüchtiger Gedanke, aber manchmal ist er zu schnell und wieder fort, bevor man ihn fassen konnte. Man weiß nur, dass man ihn hatte, ganz kurz, aber dann hat man ihn wieder vergessen.»

«Der kommt später wieder», sagte der Hoofdinspecteur.

Grijpstra nickte.

«Was hast du jetzt vor, Grijpstra?»

«Mit de Gier beim Chinesen etwas essen.»

«Und wo ist de Gier?»

«Zu Hause, um seiner Katze etwas zu essen zu geben.»

Der Hoofdinspecteur lachte. «Zu Hause, um seiner Katze etwas zu essen zu geben», wiederholte er. «Das ist zumindest ein eindeutiges Motiv, das gefällt mir.»

Die Gedankenverbindung mit dem Begriff «essen» ließ ihn

das Gespräch beenden. Grijpstra begleitete ihn zur Haustür. Draußen stand ein schwarzer Citroën mit Fahrer. Der Hoofdinspecteur würde wohl bald Commissaris werden, dachte Grijpstra.

Sechs

Um Punkt halb acht kam de Gier beim Chinesen herein. Er fand Grijpstra hinter einem Glas Bier und mit einem Stück Papier beschäftigt, auf das er Kreise und Linien gezeichnet hatte.

«Siehst du jetzt, dass ich pünktlich sein kann?», fragte de Gier freundlich.

Grijpstra brummte etwas Unverständliches.

«Und was denkt die große Spürnase?»

Grijpstra zog noch eine Linie.

«Nun?»

«Ach», sagte Grijpstra, «ich weiß es nicht. Es sind unendlich viele Faktoren, die alle miteinander verbunden sind, aber mir ist die Art der Verbindung nicht klar. Und ich weiß auch nichts mit Gewissheit. Als einzige Tatsache haben wir festgestellt, dass dieses Mädchen Piet ein Buch an den Kopf geworfen hat. Die Jungs, die das Haus auf den Kopf stellen, haben noch nichts gefunden, nur ein paar tote Mäuse, und sie suchen immer noch. Die Beamten, die sich in der Unterwelt umsehen, finden ebenfalls nichts. Hast du schon eine Theorie?»

De Gier betrachtete die roten Lampen mit den Troddeln, die von der Decke herabhingen. Von der Wand gegenüber starrten ihn drei dicke chinesische Götter an, die offen hängende seidene Gewänder trugen und herausquellende Bäuche hatten. Auf dem mittelsten Gott kletterten einige sauber gekleidete Kinder herum, sie saßen sogar auf seinen dicken Schultern.

«Nun?», fragte Grijpstra seinen Nachbarn, während er die Speisekarte studierte, methodisch, denn er hatte links oben angefangen.

«Ja», sagte de Gier, «die Theorie des Hoofdinspecteurs. Wir haben jetzt einige Tatsachen mehr, die dazu passen. In Amsterdam geschehen nicht viele Morde, deshalb darf man nicht gleich davon ausgehen, dass es einer war. Piet war depressiv, die Gesellschaft sagte ihm nichts mehr, seine Frau ist ihm weggelaufen, sein Kind ist bei seiner Frau, er muss fünfzigtausend Gulden an Steuern zahlen, seine Freundin beschimpft ihn und wirft ihm ein Buch an den Kopf. Er erhängt sich.»

«Ja, ja», sagte Grijpstra, «er war schon seit einer Weile deprimiert und dachte an Selbstmord, aber er hatte keinen direkten Grund, keinen Schubs von hinten, und den lieferte der Streit mit seiner Freundin. Es könnte sein. Er hat sich noch gekämmt, den Schnurrbart gebürstet und sich etwa zehn Minuten vor den Altar in seinem Zimmer gesetzt und sich dann in aller Ruhe erhängt. Aber wo sind die fünfundsiebzigtausend Gulden geblieben?»

De Gier hatte jetzt auch ein Bier und blies in den Schaum.

«Vielleicht war er rachsüchtig», sagte er. «Er wollte nicht, dass jemand von der Gesellschaft davon profitierte, und hat das Geld verbrannt oder versteckt oder es der Müllabfuhr in einem Plastiksack mitgegeben. In die Säcke kann man ja alles stecken, auch Geld, keiner wird sie jemals öffnen.»

Grijpstra schüttelte energisch den Kopf.

«Nein. Piet verbrannte kein Geld, er warf es auch nicht weg. Aber vielleicht hat es ihm jemand abgenommen, eine alte

Schuld, Erpressung, so etwas vielleicht. Und dann hatte er ebenfalls kein Geld mehr. Alles war aus, die Zukunft wurde zu mühselig, weg damit.»

De Gier nickte mit vollem Mund.

«Ich habe den Wirtschaftsprüfer noch angerufen, nachdem du gegangen warst», sagte Grijpstra, «diesen Joachim de Kater. Er wusste nichts von Geld, das Piet schuldig sein könnte. Auf keinen Fall waren es Schulden der Gesellschaft, denn davon hätte de Kater etwas wissen müssen, und Piet war die Gesellschaft, das darfst du nicht vergessen.»

«Ich vergesse nichts», sagte de Gier, «ich esse.»

«Gut», sagte Grijpstra, «sehr gut. Ich habe auch Hunger. Ich werde jetzt etwas Leckeres essen.»

De Gier hatte bereits angefangen. Er riss die gerösteten Fleischstückchen mit den Zähnen von den Holzstäbchen, während er mit der freien Hand ein großes Stück von einem Krabbenfladen abbrach.

«Nun mal langsam», sagte Grijpstra, «ich möchte auch noch ein wenig.»

«Ja, langsam», sagte de Gier mit vollem Mund, «du hast Recht. Wir haben es zu eilig, das ist's. Jetzt wieder mit diesem Piet. Der Mann ist tot, und wir werden schon noch herausbekommen, wie das zugegangen ist, aber nicht, wenn wir es eilig haben. Und wenn wir erst einmal so weit sind, das Protokoll getippt ist, der Täter in der Zelle sitzt und der Staatsanwalt seine Unterlagen hat, dann werden wir sehen, dass es unwichtig war. Es gibt so viele Piets, und alle werden sie einmal sterben. Wir auch. Alles wird weitergehen, bis es einmal aufhört. Und was kümmert es mich eigentlich? Nimm etwas von dem gebackenen Gemüse, sehr lecker!»

Er schaute auf und sah Grijpstras erstarrtes Gesicht.

«Was ist denn jetzt schon wieder?»

«Hinter dir», sagte Grijpstra und zog seine Pistole.

De Gier sah sich um.

«Ach, Jesus», sagte de Gier leise. Als er es sagte, stand er auf und zog ebenfalls seine Pistole. Er legte den Sicherheitshebel um und zog den Schlitten zurück, während er zur Tür lief, wo er vor Grijpstra war, der den Kellner umgerannt hatte. Sie waren bereits zur Tür hinaus, als der Kellner noch fiel. Sie verfolgten Lee Fong in voller Fahrt durch die auf dem Nieuwendijk herumschlendernden Leute.

Der arme Lee Fong. Er hatte nur ein Häppchen essen wollen, ein Häppchen kantonesisches Essen. Seine Reisepläne waren klar. Am nächsten Morgen wollte man ihm ein Plätzchen besorgen im Vorraum eines französischen Frachters mit dem Zielhafen Hongkong. Ihm war es nicht gut gegangen in Amsterdam, wo er jetzt schon seit drei Jahren illegal im Chinesenviertel lebte. Lee Fong war Spieler, Schmuggler und Raufbold. Schmuggeln konnte er nicht in Amsterdam, weil seine Kontaktleute verhaftet waren; zum Spielen hatte er kein Geld mehr; eine Schlägerei hatte ihn vor einigen Wochen in die Arme der Polizei getrieben. Die Beamten der Wache Warmoesstraat hatten ihn aus einer Kneipe am Zeedijk geholt, das lange Messer hielt er noch in der Hand. Sein Opfer hatte man mit einer tiefen Wunde an der Schulter auf einer Tragbahre hinausgebracht.

Aber Lee Fong war aus der Untersuchungshaft ausgebrochen. Seine Spur hatten hilfreiche Chinesen aus der Innenstadt verwischt. Und jetzt, am Vorabend seiner Abreise, musste er zwei Kriminalbeamten in die Arme laufen.

Vielleicht hätte Grijpstra ihn nicht einmal erkannt, aber Lee hatte an der Tür gezögert, er war zusammengezuckt und hatte nach dem Messer getastet, das er in einer Spezialscheide im rechten Hosenbein immer bei sich trug. Durch diese Bewegung war Grijpstra aufmerksam geworden. Und jetzt war ihm de Gier auf den Fersen.

Lee Fong bog in eine Gasse ein, in die Ramskooi. Das war jedoch eine Sackgasse.

De Gier befand sich unmittelbar hinter ihm.

«Bleib stehen», rief de Gier.

Lee Fong blieb stehen. Er hatte das Messer in der Hand. De Gier trat mit seinem langen rechten Bein zu. Ein guter Tritt lässt jedes Messer wegfliegen. De Gier kannte noch mindestens drei Griffe, um einen Mann mit Messer zu entwaffnen, aber ein Tritt ist schneller.

Grijpstra tauchte unter den Armen von de Gier durch und griff nach den Händen des Chinesen. Die Handschellen schnappten zu.

Der unvermeidliche Menschenauflauf hatte sich bereits gebildet, sie waren umringt von Negern, die aus den drei Kneipen in der Ramskooi gekommen waren. So ein Auflauf konnte sich an einem schwülen Abend schnell zu einer bösartigen Zusammenrottung verändern.

«Schafft ihr es auch, ihr Bullen? Mit zwei gegen einen? Mit zwei Pistolen gegen ein Messerchen?»

Grijpstra rannte in die nächste Kneipe und telefonierte. Gleich darauf begann auf dem Nieuwezijds Voorburgwal eine Sirene zu heulen, ein weißer Polizei-VW fuhr auf den Bürgersteig. De Gier und der Chinese stiegen ein. Und schon war der Wagen wieder weg.

Grijpstra steckte seine Pistole weg und bahnte sich ruhig seinen Weg durch die Menge. Die Leute, immer noch leise brummend, gingen wieder in die Kneipen. Ein Junge von etwa zehn Jahren lief neben Grijpstra her.

«Mijnheer, Mijnheer.»

«Ja», sagte Grijpstra.

«War das eine echte Pistole?»

«Gewiss», sagte Grijpstra.

«Darf ich sie sehen?»

«Die ist nicht dazu da, dass man sie zeigt, sondern man bewahrt sie in der Ledertasche auf.»

«Was hatte der Chinese getan, Mijnheer?»

«Er hat sich geschlagen.»

Der Junge schwieg für eine Weile.

«Ich schlage mich auch wohl mal, Mijnheer.»

«Wenn du dabei nur anständig kämpfst.»

Der Junge sah den schweren Mann bewundernd an, der ruhig an seiner Seite ging.

«Ich kann noch nicht so gut kämpfen. Aber mein Bruder. Er übt immer mit einer Fahrradkette.»

«Wie heißt dein Bruder?»

«Sjonnie, Mijnheer.»

Grijpstra seufzte. «Dann sag deinem Bruder mal, dass er Judo lernen muss. Judo ist viel schöner als eine Fahrradkette.»

«Ja», sagte der Junge, «das will ich auch lernen. Dann kriegt man auch so einen schönen bunten Gürtel. Mein Schullehrer hat einen braunen Gürtel.»

«Hast du schon mal Judo gesehen?», fragte Grijpstra.

«Ja. Im Fernsehen.»

«Weißt du denn auch, was sie vor dem Kampf tun?»

«Ja», sagte der Junge, «dann verbeugen sie sich voreinander.»

«Und weißt du, warum sie das tun?»

«Weil sie sich gegenseitig eigentlich ganz nett finden? Verbeugen sie sich deshalb, Mijnheer?»

«Genau», sagte Grijpstra und ging weiter. Kurz darauf blieb er vor einem Schaufenster stehen, in dem, auf einer Unterlage, drei Gebisse prangten.

«Bah», sagte er laut, fragte sich jedoch zugleich, warum ihn das Schaufenster anwiderte. Sein eigenes Gebiss, das jeden Morgen in einem Glas auf ihn wartete, tat ihm doch auch nichts zuleide.

«Dieser Junge», murmelte er.

Aber der Junge war ihm ebenfalls nicht zuwider.

Ich bin mir selbst zuwider, dachte er schließlich. Der Onkel Polizist. Der Erzieher. Davon hab ich doch nichts. Er wird sich ja doch mit Fahrradketten schlagen. Und er hatte wahrscheinlich Angst vor mir. Wegen der Pistole. Und wegen de Gier. Und wegen des Tritts und der Handschellen.

«Bah», sagte er hundert Meter weiter, aber jetzt wusste er nicht mehr, warum er es sagte.

Eine Minute später saß Grijpstra wieder an seinem Tisch im chinesischen Restaurant. Das Essen stand noch da. Ein Ehepaar, dem der bei ihrem überstürzten Aufbruch umgerissene Kellner eine Schüssel Bamigoreng in den Schoß gekippt hatte, befand sich ebenfalls noch dort.

«Wenn Sie nochmals etwas umwerfen ...», sagte die Dame mit dem Bamigoreng.

«Es tut mir Leid, Mevrouw, aber wir mussten den Mann festnehmen.»

«Und mein verdorbenes Kleid?»

Grijpstra stand auf und betrachtete das Kleid.

«Ich denke, es wird in der Reinigung herausgehen. Falls jedoch nicht, können Sie der Polizei die Rechnung schicken. Ich gebe Ihnen meinen Namen und die Dienstnummer.»

«Nein», sagte der Ehemann der Dame. «Es ist schon gut. Ich fand es richtig spannend. Hier war plötzlich etwas los.»

«Wirklich nette Burschen», sagte die Dame. «Männer bleiben immer Kinder. Was ist nun so komisch daran, wenn einem

Essen auf die gute Kleidung geschüttet wird und es einem am Hals hinunterläuft?»

Der Mann fing an zu lachen, und Grijpstra musste mitlachen.

«Es tut mir Leid, Mevrouw», sagte Grijpstra.

«Ist schon gut», sagte die Frau, «ich meinte es nicht so. Haben Sie ihn gefangen?»

«Er ist bereits auf der Wache», sagte Grijpstra und begann zu essen. Einige Minuten später kam auch de Gier herein.

«Er ist in der Warmoesstraat eingesperrt, wir müssen gleich noch einmal kurz dorthin. Einen Gruß vom Hoofdinspecteur, sie haben ihn von der Wache aus zu Hause angerufen.»

«Es war wieder mal ein ausgefüllter Tag», sagte Grijpstra.

«Werden wir noch etwas unternehmen?», fragte de Gier.

«Die Rechnung bezahlen und zurück zur Haarlemmer Houttuinen. Du bist mit dem Bezahlen an der Reihe.»

«Immer ich», sagte de Gier und zog seine Brieftasche heraus.

«Du bist jünger», sagte Grijpstra, «und vorige Woche habe ich bezahlt.»

«Das waren sechs Gulden fünfundsiebzig», sagte de Gier, «und dies macht zweiundzwanzig Gulden.»

«Es geht ums Prinzip», sagte Grijpstra.

«Habt ihr schon was?», fragte Grijpstra einen verschwitzten jungen Mann, der im Vorratskeller Fässer zur Seite schob.

«Vielleicht», sagte der junge Mann. «In diesen Fässern ist eine Paste. Ich glaube, man macht Suppe daraus. Ich habe so etwas schon mal in einem von diesen Gesundheitsrestaurants gegessen. Es schmeckt ganz gut, wenn man nicht zu viel davon isst. Auf jeden Fall ist das Zeug harmlos, aber dies hier habe ich auf dem Fußboden gefunden.» Er zeigte auf seiner flachen Hand einige Bröckchen einer dunkelbraunen Substanz. «Es sieht aus wie die Paste, hat die gleiche Farbe, aber es ist viel härter. Ich glaube, dass es Hasch ist.»

Grijpstra betrachtete die Bröckchen.

«Rauchst du Zigaretten oder Shagtabak?»

«Shag», sagte der junge Mann.

«Lass mich mal eine drehen.»

Der junge Mann gab ihm ein Päckchen Shag und Zigarettenpapier.

Grijpstra legte ein Bröckchen auf den Deckel eines verschlossenen Fasses und zerkleinerte es mit seinem Messer. Er vermischte die Brösel mit etwas Tabak und drehte eine Zigarette. De Gier gab ihm Feuer. Grijpstra machte einen Zug, und die drei Polizisten schnupperten am Rauch.

«Hasch», sagten sie gleichzeitig.

«Steckt den Rest in einen Umschlag für das Labor», sagte Grijpstra.

Aber er überlegte, dass dieser Fund nicht viel besagte. In so einem Haus war Hasch zu erwarten. Vielleicht hatten Eduard oder Johan oder Piet selbst oder van Meteren Hasch geraucht und dabei ein wenig auf den Boden fallen lassen. Hasch konnte man allmählich überall in Amsterdam kaufen. Es zu rauchen war kaum strafbar, und eine so kleine Menge deutete nicht unbedingt auf einen Handel mit Hasch hin. Er schaute die Fässer um sich herum verlangend an – eines voll mit Hasch, das wäre schon was.

«Hast du die Fässer alle geöffnet?», fragte er den jungen Kriminalbeamten.

«Die Deckel sitzen lose», sagte der Beamte. «Ich habe sie abgenommen, ich brauchte nur die Verschnürung durchzuschneiden. Ich habe noch darin herumgestochert, aber sie enthalten nur diese Paste, würde ich sagen.»

«Hast du sonst noch etwas gefunden?»

«Nein», sagte der Beamte, «aber das hier ist eine Drecksbude. Und das soll ein Restaurant sein. Bah.»

«Du bist noch jung», sagte Grijpstra, «und weißt das nicht, aber die Welt wird durch Dreck zusammengehalten. Sieh nicht zu genau hin, sonst gehst du nie wieder auswärts essen.»

An der Treppe blieb er noch einmal kurz stehen. «Frauen können auch sehr dreckig sein, wusstest du das? Wenn du darüber nachdenkst …»

«Ich will es gar nicht wissen», sagte der Beamte.

De Gier war inzwischen nach oben gegangen, wo ihm ein Kollege auf die Schulter tippte.

«Hast du mal eben Zeit?» Sie setzten sich ins Restaurant.

«Etwas gefunden?», fragte de Gier.

Der Beamte zuckte die Achseln. «Vielleicht ja, das musst du entscheiden. Du hast doch wohl die Leitung der Untersuchung?»

«Grijpstra hat die Leitung», sagte de Gier.

«Nun ja», sagte der Beamte, «ihr gehört schließlich zusammen.»

«So?», fragte de Gier verärgert. «Ich gehöre keinem, ich bin kein Hund.»

«Du gehörst keinem», sagte der Beamte, «aber willst du jetzt hören, was ich gefunden habe, oder nicht?»

«Gern», sagte de Gier.

«Im Zimmer von van Meteren, diesem Papua, habe ich seltsame Dinge gefunden.»

«Ja», sagte de Gier, «die habe ich gesehen. Ein Wildschweinkopf, eine Urwaldtrommel, eine Sammlung von Zweigen, Muscheln, Steinen und seltsamen Puppen.»

«Genau», sagte der Beamte, «und ein Gewehr, Modell Lee-

Enfield, gut gepflegt, in einen eingefetteten Lappen gewickelt, aber ohne Patronen.»

«Heh», sagte de Gier, «das ist nicht erlaubt.»

«Eben», sagte der Beamte, «aber der Bursche ist ein Kollege von uns, und er hatte keine Munition. Er sagte, er hätte früher bei der Feldpolizei in Neuguinea gedient und das Gewehr als eine Art von Souvenir mitgenommen. Er habe es seinerzeit in Einzelteile zerlegt und hineingeschmuggelt; der Zoll habe nichts gemerkt. Soll ich deswegen etwas unternehmen oder nicht? Er könnte dadurch einen Haufen Unannehmlichkeiten bekommen. Ein Verstoß gegen das Waffengesetz ist gegenwärtig sehr schlimm. Es ist jetzt ein Verbrechen, und er kann deswegen geschasst werden, dann ist er seine Stellung bei der Verkehrspolizei los und vielleicht auch noch die Arbeitslosenunterstützung.»

«Was hast du unternommen?», fragte de Gier.

«Ich habe gesagt, er müsse damit zur Waffenkammer und den Lauf verschließen lassen, dann könne er es behalten. Aber ich habe auch gesagt, dass ich euch erst fragen werde. Ihr kennt euch in solchen Sachen aus.»

«Ja», sagte de Gier, «das ist gut. Aber sag ihm, er soll es noch in dieser Woche in Ordnung bringen. Falls er in dieser Woche nicht zur Waffenkammer geht, werden wir ihn uns schnappen.»

«Ja, Chef», sagte der Beamte.

«Und sag nicht Chef zu mir.»

«Nein, Chef», sagte der Beamte.

Grijpstra kam mit einer jungen Frau und einem Kind herein.

«Darf ich dich vorstellen?»

«De Gier», sagte de Gier. «Sie sind gewiss Mevrouw Verboom.»

«Ja», sagte die Frau, «und dies ist meine Tochter Yvette.»

«Guten Tag, Yvette», sagte de Gier.

«Mevrouw weiß bereits alles», sagte Grijpstra.

«Setzen Sie sich doch bitte», sagte de Gier und schob einen Stuhl heran. «Haben Sie eine Unterkunft für die Nacht?»

«Bei meinen Eltern», sagte die Frau. «Mein Vater ist unten. Er wird das Kind mitnehmen. Sie wollten mich sprechen?»

«Wenn es möglich ist», sagte de Gier.

Der Kriminalbeamte nahm das kleine Mädchen mit nach unten.

Grijpstra und de Gier musterten die junge Frau. Piet hatte zweifellos Geschmack gehabt. Thérese war ein hübsches Mädchen, und diese Frau, obwohl etwa zehn Jahre älter als die Freundin ihres Mannes und von der Reise ermüdet, war eine Schönheit. De Gier bewunderte das lange, dichte blonde Haar und den sinnlichen Mund. Die Frau lächelte ihn an.

«Sie nehmen es mir nicht übel, dass ich nicht traurig bin? Ich mochte Piet nicht, schon seit langem nicht mehr, und es berührt mich wenig, dass er tot ist. Ich habe es ihm zwar nicht gewünscht, aber er ist es nun einmal.»

«Das verstehe ich», sagte de Gier.

«Und ich habe ihn nicht ermordet», sagte sie ruhig. «Ich war in Paris. Das kann ich beweisen. Ich werde Ihnen meine Pariser Adresse geben, dann können Sie es kontrollieren lassen.»

Sie schrieb ihre Adresse auf einen Zettel, den de Gier einsteckte; er würde sie zur Sicherheit überprüfen lassen.

«Sie sind jetzt der einzige Treuhänder der Hindistischen Gesellschaft», sagte Grijpstra.

«Junge, Junge», sagte die Frau bitter, «das ist vielleicht was. Das Haus ist leer, alle sind weg, bis auf van Meteren, wie ich höre, aber der geht auch. Übrigens gehörte er der Gesellschaft nicht an, er wohnte nur hier. Und diesen Unsinn mit dem Hindismus habe ich längst hinter mir. Piet hatte mich damals dazu bekehrt, als ich noch verrückt nach ihm war.» Sie sah die Polizisten an. «Aber ich bin an dem Geld interessiert. Ich muss für mein Kind sorgen.»

«Es tut mir Leid, Mevrouw», sagte Grijpstra, «aber ich glaube nicht, dass Geld vorhanden ist. Ihr Mann hat eine Hypothek auf das Haus genommen, aber ich weiß nicht, wo das Geld geblieben ist. Vielleicht können Sie das Haus verkaufen und dabei noch etwas herausschlagen, aber da wenden Sie sich besser an Joachim de Kater, den Wirtschaftsprüfer Ihres Mannes.»

Mevrouw Verboom schaute zum Fenster hinaus.

«Der Schuft», sagte sie. «Jahrelang habe ich an diesem Haus gearbeitet, gezimmert, Mauern verputzt; die schwerste Arbeit hat er mich machen lassen. Und nicht nur mich. Wir waren alle sehr idealistisch. Wir wollten die Welt verbessern und die Menschen glücklich machen, indem wir sie mit der Tiefe ihrer Seele in Verbindung brachten. Wir waren entrückt. Ha!»

Grijpstra sah sie freundlich an.

«Und jetzt ist alles weg. Was hat er mit dem Geld gemacht?»

«Ich wollte, ich wüsste es, Mevrouw», sagte de Gier. «Dann würden wir vielleicht auch wissen, ob Ihr Mann ermordet worden ist. Und falls ja, warum? Wissen Sie vielleicht, ob Ihr Mann jemals mit Rauschgift gehandelt hat?»

«Mit Hasch?», fragte Mevrouw Verboom.

«Hasch, Heroin, Kokain, Weckamine, Pillen, zählen Sie nur einfach auf», sagte Grijpstra.

Mevrouw Verboom schüttelte den hübschen Kopf. Sie hatte unterdessen das Cape von den Schultern gleiten lassen, unter dem sie eine dünne Baumwollbluse trug, deren drei oberste Knöpfe offen standen. Sie beugte sich jetzt ein wenig vor. De Gier sah ihre Brüste, zuerst die eine, nach einer gefälligen Drehung auch die andere.

«Hm, hm», sagte er leise.

«Wie bitte?», fragte Mevrouw Verboom.

«Nein, nichts», sagte de Gier. «Ich sagte nur hm, hm. Das sage ich in letzter Zeit oft. Ich bin wahrscheinlich etwas überanstrengt.»

«Das wird vom warmen Wetter kommen», sagte Mevrouw Verboom und lachte. «Sie sprachen von Rauschgift. Ja, vielleicht. Viel Moral hatte er nicht, das weiß ich. Aber er war auch nicht gerade mutig. Und Rauschgift? Ich weiß es nicht. Hasch hatten wir jedoch. Wir haben Feste damit veranstaltet. Ich habe es hier gelegentlich geraucht, und ich muss sagen, dass es mir gut getan hat. Wenn ich Hasch rauche, kann ich mich wunderbar konzentrieren, und alle Farben und Formen werden sehr schön. Dort auf dem Tisch stand einmal eine Schale mit Tomaten, die habe ich mir einen ganzen Abend lang angeschaut. Ich hatte noch nie gesehen, wie schön rote Tomaten sind.»

«Rauchen Sie es noch?», fragte Grijpstra.

«Nein, nicht mehr», sagte Mevrouw Verboom. «Ich habe damit aufgehört, als ich hier weggegangen bin. In Paris hat mir niemand etwas angeboten, und es war ja nicht so, dass ich wegen eines Stäbchens auf den Straßen herumgegangen wäre. Ich muss übrigens arbeiten. Ich habe in Paris eine Stellung als Sekretärin. Meine Mutter ist Französin, ich bin zweisprachig aufgewachsen.»

«Ihr Mann hat also anderen die Gelegenheit geboten, Hasch zu rauchen», sagte de Gier, «aber hat er es auch verkauft?»

«Ich weiß es nicht sicher», sagte Mevrouw Verboom. «Hier in der Bar konnte man keine Stäbchen kaufen, aber vielleicht hat er einen Großhandel damit betrieben. Es kamen gelegentlich seltsame Kerle, die immer direkt in sein Büro gingen, und dann verschloss er die Tür. Vielleicht waren das

Haschhändler. Und er selbst hatte immer eine große Dose voll.»

«Die Dose haben wir nicht gefunden», sagte de Gier.

«Dann hat sie vielleicht jemand mitgenommen», sagte Mevrouw Verboom. «Ich hörte unten von van Meteren, dass hier eingebrochen worden ist.»

Das Gespräch wurde noch fortgesetzt, aber Mevrouw Verboom wiederholte sich nur. Als sie zum sechsten Male erzählte, wie schlimm Piet gewesen sei, machte Grijpstra dem Gespräch ein Ende. Dass Piet nicht angenehm gewesen war, wussten sie allmählich selbst.

Sieben

Es war Samstagmorgen, de Gier schlief.

Der Wecker neben seinem Bett zeigte neun Uhr an. Er hatte wie immer – auch an Sonn- und Feiertagen – um halb sieben geläutet. De Gier war auch aufgestanden, um Kaffee zu machen. Er hatte ihn auf dem Balkon getrunken und auf den Rasen hinabgeschaut, rechteckig, kurz gemäht, mit einem ordentlich angelegten Rosenbeet in der Mitte. Er hatte die Zähne geputzt, sich rasiert, auf dem Balkon noch eine Zigarette geraucht und wieder den Rasen betrachtet, auf dem jetzt ein Dackel herumlief, der pinkeln musste, aber nicht wusste, wo, denn die Fläche war so groß.

Dann war de Gier wieder zu Bett gegangen, wobei er vor Behagen brummte.

Er träumte.

Es war ein Traum, den er schon mehrmals gehabt hatte.

Um die Krümmung der Herengracht fährt eine Art von

Kriegsschiff. Es gleicht ein wenig den Patrouillenfahrzeugen der Wasserschutzpolizei, wie man sie in der Ij-Bucht an der Westerdokskade liegen sieht, nur viel größer.

Das Schiff ist mit kleinen untersetzten Leuten bemannt, die mit altmodischen Maschinenpistolen aus der Zeit von Al Capone bewaffnet sind, kurzen Waffen mit flacher runder Trommel, die unmittelbar vor dem Kolben am Lauf angebracht ist.

De Gier steht auf einer Brücke und schaut nach unten. Dies ist der Augenblick, da die Unterwelt die Macht in Amsterdam übernehmen will. Gleich wird das Schiff am Kai festmachen, und man wird Patrouillen in die Stadt schicken. Die erste wird zum Rathaus gehen und den Bürgermeister sowie die Stadträte festnehmen. Die zweite wird das Polizeipräsidium besetzen.

De Gier ist allein, unbewaffnet.

Aber er ist nicht nervös, er kennt seine Macht, die Macht eines Kriminalbeamten in einem demokratisch regierten Land.

Er mustert den Gegner und stellt fest, dass die kleinen untersetzten Männer alle das gleiche Gesicht haben und alle die gleiche Melone auf dem Kopf haben, unter der sie drohend nach oben spähen. Er sieht, dass seine Feinde alle einen gestreiften Anzug tragen, Modell Grijpstra, und eine graue Krawatte, Marke Hoofdinspecteur.

Er empfindet es nicht als sonderbar, denn diese Leute sind die Perversion der offiziellen Autorität. Und deshalb sieht die Perversion genauso aus – oder sie bemüht sich wenigstens darum.

Es ist sehr früh am Morgen. Die Stadt ist leer. Die Giebelhäuser aus dem 17. Jahrhundert umrahmen die Leere.

Das Schiff fährt unter der Brücke durch. De Gier beugt sich über das Geländer und spuckt.

Die kleine Speichelflocke, ein unscheinbares bisschen lockerer Flüssigkeit, bewegt durch eine schwache Brise, bleibt für ein Weilchen in der Luft, ehe sie auf der Melone eines der kleinen untersetzten Männer landet.

Dann gibt es eine Explosion. Das Schiff fängt an zu brennen und sinkt. Die Männer springen über Bord und ertrinken. Nur eine Melone treibt noch auf dem Wasser.

De Gier erwachte. Er seufzte. Der Traum ging nicht immer gut aus. Diesmal wohl.

«Tag, Olivier», sagte er zu seinem Siamkater, der auf seinen Beinen lag und schlief, den Kopf breit und mit einem zufriedenen Halbgrinsen hingelegt.

Olivier gab ein verschlafenes Piepsen als Antwort.

«Piepse nicht», sagte de Gier, «du bist eine Katze und keine Maus.»

Olivier piepste noch einmal.

«Gut, du bist eine Maus», sagte de Gier und schlug die Decke mit einem Ruck zur Seite, sodass Olivier, plötzlich unsanft aus seiner zusammengerollten Lage in die Länge gestreckt, gegen die Wand flog und sich in der Decke verwickelte.

De Gier lachte. «Du bist eine ungeschickte Maus.»

Olivier befreite sich und strich an de Giers Beinen entlang, die Freundlichkeit in Person.

De Gier wollte zur Küche, um an seinem freien Tag ausgiebig zu frühstücken und dem Kater die Fischplätzchen zu geben, als das Telefon läutete.

«Guten Morgen», sagte Grijpstra, «hab ich dich wachgeklingelt?»

«Nein, ich lese gerade Akten.»

«Das kannst du einem anderen erzählen», sagte Grijpstra. «Setz dich mal bequem hin.»

De Gier setzte sich auf das Bett und steckte sich eine Zigarette an. «Ich sitze bequem.»

«Gut», sagte Grijpstra, «dann hör mal zu. Ich habe eine reizende Aufgabe für dich.»

«Nein», sagte de Gier, «ich habe meinen freien Tag.»

«Red keinen Quatsch», sagte Grijpstra, «du hast nie frei. Du bist Kriminalbeamter und mit einem Mordfall befasst, und so einer kennt keinen freien Tag. Kannst du dich noch an Mevrouw Verboom von gestern Abend erinnern?»

«Ja», sagte de Gier und dachte an die Brüste, die sie ihm nacheinander präsentiert hatte.

«Das klingt schon besser», sagte Grijpstra. «Ich suche noch immer nach einem guten Motiv für Piets Tod.»

De Gier legte sich auf das Bett; dies konnte ein langes Gespräch werden. «Du hast schon eins», sagte er, «fünfundsiebzigtausend Gulden ist ein gutes Motiv!»

«In der Tat. Aber was meinst du hierzu? Van Meteren und Mevrouw Verboom haben etwas miteinander. Wir wissen, dass Piet die Mädchen vernaschte. Seine Ehe war also nicht glücklich. Mevrouw Verboom war einsam. Einsame Frauen müssen getröstet werden. Eine Leere wird immer ausgefüllt. Schwarze Männer sind gegenwärtig sehr ‹in›. Sie greift sich van Meteren.»

«Neger sind ‹in›, aber nicht Papuas», sagte de Gier.

«Ach», sagte Grijpstra, «was weiß denn Mevrouw Verboom? Schwarz ist schwarz. Und außerdem hat sie keinen Neger im Haus, sondern nur einen Papua.»

«Einen Sieben-Achtel-Papua», sagte de Gier.

«Ein Sieben-Achtel-Papua ist ein ganzer Mann», sagte Grijpstra, «und höre auf, mich zu unterbrechen. Ich hab's eilig.»

«Eilig?», fragte de Gier. «Wir haben einen freien Tag. Geh frühstücken. Unternimm etwas Angenehmes. Du hast den ganzen Tag Zeit.»

«Bah», sagte Grijpstra, «ich muss mit meinen Kindern zum Strand, und es ist schon spät. Also hör zu. Mevrouw Verboom steigt mit van Meteren ins Bett. Wir kennen ihn jetzt schon ein wenig. Er ist ein netter Mensch, ein besonders netter Mensch.»

«Ein besonderer Mensch», sagte de Gier. «Habe ich dir erzählt, wie er auf der alten Harley fährt? Und was er mit meinem Kater gemacht hat?»

«Ja, das hast du», sagte Grijpstra. «Er ist also ein besonderer Mensch und Mevrouw Verboom eine schöne Frau. Es zündet zwischen den beiden. Aber sie haben kein Geld. Van Meteren ist Verkehrspolizist und Mevrouw Verboom Serviererin und Küchenhilfe im Restaurant ihres Mannes und verdient wöchentlich einen Cent, falls sie überhaupt so viel bekommt. Sie wollen irgendwo zusammen wohnen und fangen an nachzudenken. Sie wissen, dass Piet mit Rauschgift handelt und daran viel Geld verdienen muss. Anscheinend sitzt van Meteren als Gehilfe von Piet ebenfalls in dem Handel drin. Vielleicht weiß er, dass Piet fünfundsiebzig Mille lockergemacht hat, um eine große Partie aufzukaufen. Er sagt zu Mevrouw Verboom, dass er sich dieses Geld verschaffen will. Sie will ihm zuerst helfen, aber dazu ist van Meteren zu schlau. Falls wir Mevrouw Verboom ebenfalls in dem Haus gefunden hätten, wäre das Verhältnis zwischen den beiden ans Licht gekommen. Sie musste also fortgehen.»

«Gut», sagte de Gier, «es könnte sein. Sie streitet sich mit ihrem Mann und verlässt ihn. Und um die Sache perfekt zu machen, geht sie ins Ausland. Damit wird ihre Mitschuld an dem Raubmord ausgeschlossen; denn sie war nicht hier. Und dann?»

«Es freut mich, dass du mir so früh am Morgen folgen kannst», sagte Grijpstra. «Aber es kommt noch schöner.»

De Gier sah zum Fenster hinaus. Olivier war in den Geranienkasten geklettert und keckerte wütend eine vorbeifliegende Möwe an.

«Ho», sagte de Gier, «warte mal. Olivier sitzt wieder im Blumenkasten. Er ist erst in der vergangenen Woche herausgefallen und hat tagelang gehinkt. Ich muss ihn schnell einfangen.»

«Immer wieder etwas anderes», sagte Grijpstra, aber de Gier hatte den Hörer bereits weggeworfen und schlich die Katze an. Kurz darauf war das Tier wieder im Zimmer und die Balkontür geschlossen.

«Es kommt noch schöner», sagte de Gier in den Hörer. «Was kommt noch schöner?»

«Alles», sagte Grijpstra. «Denn Piet wurde deprimiert. Er vermisst seine Frau und das Kind wirklich. Er spricht sogar von Selbstmord. Van Meteren bestärkt ihn noch in seinen trübsinnigen Gedanken. Piet ist ein labiler Mann und imstande, Selbstmord zu verüben. Van Meteren hilft nach und erzählt allen im Haus, dass Piet sehr deprimiert ist, und jeder glaubt, dass er Schwierigkeiten hat.»

«Ha», sagte de Gier, der jetzt wirklich interessiert war, «aber Piet hatte überhaupt keine Schwierigkeiten. Er ist dabei, den Coup seines Lebens zu landen. Er wird eine Partie Heroin oder Kokain kaufen, die er auf einen Schlag wieder an die Händler loswerden kann, die, als Hindisten getarnt, in seinem Haus ein und aus gehen. Aber ehe das Geschäft klappt, stirbt er. Wie stirbt er?»

«Nun», sagte Grijpstra, «ganz einfach. Van Meteren wartet, bis Piet das Geld zu Hause hat und der Mann mit dem Stoff kommt. Ehe dieser Kerl kommt, geht van Meteren in Piets Zimmer, versetzt ihm einen Schlag und erhängt ihn. Er steckt das Geld in die Tasche und versteckt es irgendwo außerhalb des Hauses. Die Welt ist groß.»

De Gier streckte sich auf dem Bett aus und schaute an die Zimmerdecke. «Ja, ja», sagte er, «und van Meteren konnte den Streit zwischen Piet und Thérese auch noch ausnutzen. Er geht ins Zimmer, nachdem Thérese wütend hinausgelaufen ist, findet den halb betäubten Piet auf dem Schemel und vollendet die Arbeit. Und als wir kamen, entdeckte er als Erster die Beule, um seine Unschuld herauszustreichen. Dann stammt die Beule also doch von dem Wörterbuch.»

«Oder auch nicht», sagte Grijpstra, «am wahrscheinlichsten ist, dass die Beule von einem Schlag van Meterens stammt. Frauen treffen nie, wenn sie werfen. Aber das ist unwichtig.»

De Gier lachte. «Unwichtig. Du bist wie ein Hindist. Hat man dich bekehrt?»

Grijpstra grinste. «Ich bin schon vor Jahren bekehrt worden. Bei der Polizei lernt man, dass nichts wirklich wichtig ist, zumindest lernt man es, wenn man aufmerksam ist. Aber das macht nichts, vielleicht spielt es keine Rolle, wer der Mörder ist, wir werden ihn dennoch fangen.»

De Gier nickte am Telefon. «Nur so zum Spaß, meinst du.»

«Nur so zum Spaß», bestätigte Grijpstra. «Und wenn es nicht klappt, versuchen wir es eben weiter. Und wenn es nie klappen sollte, ist es zwar schade, aber nicht sehr.»

«Gut», sagte de Gier. «Und dann?»

«Van Meteren ruft Mevrouw Verboom in Paris an und sagt, dass alles geregelt ist. Sie kann kommen. Sie muss auch kommen, um ihr Interesse am Erbe Piets zu zeigen.»

«So sehe ich das nicht», sagte de Gier, «sie hätte auch dort bleiben können. Aber was wolltest du von mir?»

«Oh, ja», sagte Grijpstra, «die kleine Aufgabe. An diesem schönen und freien Samstagmorgen habe ich eine passende Arbeit für dich. Ich möchte, dass du dich mit Mevrouw Verboom verabredest. Du hast dich ein wenig in sie verliebt.

Macht nichts, du bist ja Junggeselle. Ruf sie an und geh mit ihr aus.»

«Hmm», sagte de Gier. «Und wenn sie nein sagt?»

«Das wird sie nicht», sagte Grijpstra. «Du bist Kriminalbeamter und bearbeitest den Fall. Das weiß sie. Du bist ein ansehnlicher Bursche. Zwei gute Gründe, um zu hören, was du zu erzählen hast. Und dann kannst du zuhören, was sie zu erzählen hat. Vielleicht vergisst sie sich, du kannst gut zuhören, und sie ist gespannt. Lass sie reden.»

De Gier stand auf und schaute zum Fenster hinaus.

«Tu du das doch», sagte er, «du kannst die Vaterrolle spielen. Falls deine Theorie zutrifft, richte ich bei ihr nichts aus. Sie hat schon einen Freund, unseren van Meteren.»

«Ich muss nach Zandvoort», sagte Grijpstra. «Viel Vergnügen! Ruf mich heute Abend an und sag mir, wie es gelaufen ist.»

«Heh!», rief de Gier. «Ein Auto. Ich brauche ein Auto. Oder soll ich sie auf dem Gepäckträger meines Fahrrads mitnehmen?»

«Gut», sagte Grijpstra. «Heute Nachmittag um zwei steht auf dem Innenhof des Präsidiums für dich ein Mercedes. Der Schlüssel ist beim Pförtner. Im Handschuhfach liegen fünfzig Gulden. Die Empfangsbescheinigung gibst du dem Pförtner. Am Montag rechnen wir ab.»

Er legte auf.

De Gier suchte in seinem Notizbuch die Nummer von Mevrouw Verboom und rief sie an. Ihre Mutter meldete sich.

«Hier ist Rinus de Gier, Mevrouw, ist Ihre Tochter zu Haus?»

«Einen Augenblick», sagte die Mutter und rief: «Constanze.»

«Tag, Constanze», sagte er mit verführerischer dunkler

Stimme. «Hier ist Rinus de Gier. Wir haben uns gestern kennen gelernt.»

«Woher wissen Sie meinen Namen?», fragte sie überrascht.

«Die Polizei weiß alles», sagte de Gier.

Constanze lachte ganz natürlich. Es war kein gezwungenes Lachen.

Grijpstra täuscht sich, dachte de Gier. Das arme Kind hat nichts damit zu tun, aber Auftrag ist Auftrag.

«Rufen Sie mich als Polizist an oder als Mann?»

De Gier bekam Mut. Das war eine flotte Annäherung.

«Tja», sagte er zögernd, «eigentlich als Mann. Ich dachte, Sie hätten vielleicht an diesem Wochenende nichts vor, und ich habe ebenfalls frei. Ich wollte Sie heute Nachmittag abholen. Vielleicht könnten wir etwas rausfahren und anschließend in der Stadt etwas essen oder so.»

«Was oder so?», fragte Constanze.

«Ein Bierchen auf dem Leidseplein nach dem Essen?»

«Gut», sagte Constanze. «Ich sitze hier sowieso nur herum. Meine Eltern kümmern sich um das Kind und quatschen über Piets Tod. Ich möchte mal raus. Holen Sie mich also ab. Wann werden Sie kommen?»

«Am Nachmittag?», fragte de Gier.

«Nein», sagte Constanze, «dann muss ich mit meiner Mutter einkaufen. Könnten Sie um etwa sieben Uhr kommen?»

«Um sieben», sagte de Gier.

«Gut, Rinus, ich erwarte Sie dann.»

De Gier sprang vor Freude in die Luft. Er lief in die Küche und hockte sich vor den Kühlschrank und schaute hinein.

Olivier stand neben ihm und schrie vor Hunger.

«Halt deine siamesische Schnauze, Olivier», sagte de Gier. «Wir bestehen aus Trieben, du und ich. Man hat den einen noch nicht befriedigt, dann meldet sich schon der nächste.

Aber jetzt werden wir essen. Eier mit Speck und Kaffee für mich und die guten Fischplätzchen für dich.»

Abends um halb sieben holte er den Wagen, einen fast neuen Mercedes mit Schiebedach. Der Tank war gefüllt.

Ein Wagen vom Fahndungsbüro, dachte de Gier. Die Burschen haben es gut. Jemanden verfolgen, mehr tun sie nicht. Dies ist ein schönes Auto, um jemanden zu verfolgen. Und wenn jemand festzunehmen ist, dann müssen wir ran. Die Beamten von der Fahndung bleiben immer im Hintergrund. Nett von denen, mir den Wagen zu leihen.

Constanzes Adresse war in der Jacob van Lennepstraat, einer langen, engen, armseligen Straße ohne Bäume. Mit Mühe manövrierte er den Mercedes durch die geparkten Wagen und spielenden Kinder hindurch bis vor das Haus. Kein Wunder, dass sie mit ihm hinauswollte, lieber das, als hier in den schlecht gelüfteten Zimmern voller Möbel zu brüten.

Die Mutter bat ihn ins Haus. Sie lächelte ihn fast untertänig an, eine dicke Frau mit stumpfem Haar und feuchten Flecken unter den Armen. Das Kind Yvette kam ihm im Korridor entgegen und erkannte ihn offenbar wieder. Er bekam ein Küsschen. Im Zimmer nahm er das Kind auf den Schoß. Constanzes Mutter lächelte ihn wieder an, sie sprach mit französischem Akzent. Der Vater kam herein und wurde vorgestellt. Der Vater war auch dick und seine Hand, die de Gier schüttelte, schlaff und geschwollen.

«Ich bin krankgeschrieben», sagte der Vater, «ich habe mich überarbeitet. Sie sind ebenfalls Beamter, wie ich höre.»

«Ja, Mijnheer», sagte de Gier, «ich arbeite bei der Polizei.»

«Gute Arbeit», sagte der Vater. «Ich arbeite auch für den Staat. Im Katasteramt. Ich ordne Akten ein und hole sie dann wieder heraus. Und jedes Mal, wenn ich eine Akte über den Schaltertisch schiebe, weil jemand hineinsehen will, verdient der Staat sechseinhalb Gulden. Davon erhalte ich einen Cent. Und jetzt habe ich mich auch noch überarbeitet, sagt der Arzt. Woher das wohl kommen mag?»

De Gier schwieg höflich.

«Meine Tochter wird gleich kommen», sagte der Vater, «sie takelt sich nur ein wenig auf. Dabei hat sie das gar nicht nötig, denn sie ist eine hübsche Frau. Sie hätte nur diesen kleinen Lumpenkerl nicht heiraten sollen, aber jetzt ist er tot, also macht es nichts mehr aus.»

«Sie mochten Piet Verboom nicht?», fragte de Gier.

«Natürlich nicht», sagte der Vater. «Niemand mochte ihn. Mit mir hat er nie gesprochen, ich war ihm zu dumm. Und mir war er zu langweilig, er quasselte nur über sich selbst. Das tue ich meistens auch, dann hat man auf die Dauer nicht viel Unterhaltung.»

De Gier musste lachen, der Vater lachte mit.

«Wie Sie sehen», sagte der Vater, «kann man immer noch lustig sein, selbst wenn man sich überarbeitet hat. Möchten Sie ein Bier?»

De Gier bekam ein Bier von Constanze, die zwei Dosen und zwei Gläser hereingebracht hatte. Der Vater sah de Gier gut gelaunt über das Glas hinweg an.

«Mögen Sie Fußball?», fragte der Vater.

«Nein, Mijnheer», sagte de Gier.

Der Vater setzte sich ganz aufrecht hin.

«Meinen Sie das wirklich?»

«Ja», sagte de Gier, «es ist verrückt, aber ich habe mich nie darüber aufregen können. Wenn ich mir ein Spiel anschaue, sehe ich immer nur Burschen, die mit einem Ball hin und her rennen, was mir nichts sagt. Es ist mir zu lebhaft, glaube ich.»

«Hörst du das, Frau?», rief der Vater.

De Gier musste es noch einmal erzählen.

«Sie haben ihn glücklich gemacht, Mijnheer», sagte die Mutter. «Er denkt, dass er der Einzige in der Stadt ist, der Fußball nicht mag, und er schämt sich deswegen.»

«Ja, verdammt», sagte der Vater, der immer noch ganz aufrecht saß, «ich schäme mich deswegen. Es ist, als wäre ich anders als alle meine Nachbarn und Kollegen. Und jetzt sind Sie so einer wie ich. Ha.»

«Was mögen Sie?», fragte de Gier, der das Thema wechseln wollte.

Der Vater zeigte hinter sich. De Gier stand auf und sah eine Reihe Schallplatten. Er nahm sich eine nach der anderen vor. Moderner Jazz von der ersten bis zur letzten Platte, Piano, Trompete.

Der Vater betrachtete ihn sorgenvoll. «Finden Sie die gut?»

De Gier spürte, wie es ihm eiskalt über den Rücken lief. Dieser dicke Mann musste ihm geistesverwandt sein. Er versuchte, sich zu beherrschen, aber die Begeisterung ging mit ihm durch.

«Mijnheer», sagte de Gier, «Mijnheer, ich finde das herrlich. Die Platten habe ich auch, zwar nicht alle, aber die meisten. Ich höre sie mir an, wenn ich allein bin, die Katze auf dem Schoß und eine Zigarre aus der Spezialkiste. Es ist die schönste Musik, die ich kenne.»

Er wollte noch mehr sagen, aber der Vater unterbrach ihn.

«Gott soll mich behüten», sagte er leise.

Die Mutter sah de Gier liebevoll an. «Sie haben es geschafft, dass meinem Mann besser zumute ist. Er ist nicht mehr allein.»

«Auch wenn ich Sie nie wiedersehe», sagte der Vater, «macht es nichts. Aber dies ist ein schöner Augenblick. Zuweilen hat man sie ja in seinem Leben. Mutter, mehr Bier!»

De Gier war gefesselt. «Haben Sie mehr solcher Augenblicke erlebt?», fragte er.

«Ja», sagte der Vater, «als Kind. Ich habe sie nie ganz erfasst, es geschieht etwas, oder man hört etwas, und plötzlich ist der Augenblick da. Aber man kann ihn sich nicht erklären. Im Zoo zum Beispiel. Ich erlebte es zum ersten Male, als ich den Nashornvogel sah. Es war ein so idiotisches Tier, dass ich wusste, alles war jetzt auf einmal anders. Das würde zwar wieder alltäglich werden, aber in diesem Augenblick war alles verändert. Das habe ich nie vergessen. Jetzt gehe ich gelegentlich zum Zoo, nur um den Nashornvogel zu sehen, wenn es mir zu viel wird, wissen Sie, mit den Akten im Katasteramt oder mit dieser elenden Straße. Man kann immer mit der Straßenbahn zum Zoo fahren, und dort ist der Nashornvogel.»

«Du bist doch nicht etwa betrunken, Vater?», fragte Constanze. Sie wandte sich an de Gier: «Wenn er über den Nashornvogel redet, ist er meistens stinkbesoffen.»

«Nein, weißt du», sagte der Vater, «geh du mit dem Mijnheer mal schön in die Stadt. Ich bin nicht betrunken und werde es auch nicht. Jedenfalls heute nicht.»

De Gier grüßte zum Abschied und ließ Constanze als Erste zur Tür hinausgehen. Er sah sich noch einmal um, aber der Vater schaute zum Fenster hinaus, einen friedlichen Ausdruck auf dem Gesicht.

«Du hast ein gutes Werk getan», sagte Constanze und lehnte sich auf der Treppe eng an ihn. «Du darfst wiederkommen. Wir konnten Vater schon seit langem nicht mehr aufmuntern. Heute ging es noch, aber manchmal ist er so verbittert, dass er kein Wort sagen will. Nur Yvette kann ihn dann noch in Gang bringen. Sie setzt sich auf seinen Schoß und zieht ihn an der Nase. Dann kommt wieder etwas Bewegung in ihn. Sie sind heute Morgen zusammen im Zoo gewesen.»

Beim Nashornvogel, dachte de Gier bei sich. Was man nicht alles so erlebt. Das ist hübsch, ich muss es Grijpstra erzählen. Wenn du mal wieder trübsinnig bist, Grijpstra, dann musst du eben zum Nashornvogel gehen.

«Ist das dein Wagen?», fragte Constanze.

«Ja», sagte de Gier, «von meinem Gehalt gespart.»

«Verdienst du so viel bei der Polizei?»

«Nein», sagte de Gier, «ich hab ihn mir geliehen. Ich besitze nur ein Fahrrad, ein sehr schönes. Und wenn ich im Dienst bin, fahre ich mit einem Volkswagen.»

«Oh», sagte Constanze, «meinetwegen brauchst du keinen Wagen zu haben. Ich bin nicht daran gewöhnt. Piet hatte ein Auto, aber damit fuhr er immer allein oder mit seinen Freundinnen. Ich durfte in der Küche arbeiten und auf das Kind achten.»

«Hast du denn keinen Freund mit Wagen in Paris?», fragte de Gier. «Du bist doch eine schöne Frau. Du kannst mir nicht weismachen, dass sie in Paris dafür keine Augen haben.»

Constanze schwieg eine Weile. «Ich habe Piet erst vor kurzem verlassen», sagte sie schließlich. «Und in Paris arbeite ich in einem Büro, in dem mein Onkel eine hohe Stellung hat. Eine eigene kleine Wohnung habe ich erst seit einer Woche. Und nach der Arbeit muss ich gleich nach Hause und Yvette aus der Kinderkrippe abholen. Männer habe ich noch nicht kennen gelernt.»

«Hmm, hmm», sagte de Gier.

«Das hast du gestern Abend auch gesagt. Ist das dein Kampfruf?»

De Gier errötete. Er war sich nicht bewusst gewesen, dass er gebrummt hatte. «Ja, mein Kampfruf», sagte er, um sich zu retten.

«Willst du was von mir?», fragte Constanze.

Er legte seine Hand auf ihre. Wer will wen vernaschen?, dachte er.

«Hast du Brot mitgenommen?», fragte er und zeigte auf den Plastikbeutel, den sie zwischen sich und ihn gelegt hatte.

Jetzt errötete Constanze. «Ja», sagte sie, «aber bestimmt nicht, weil ich gedacht hätte, du würdest mir nichts zu essen geben. Das sind Butterbrote mit Käse, die Vater zum Zoo mitgenommen und wieder mitgebracht hat. Ich wollte dich soeben bitten, nachher zum Park zu fahren. Dort bin ich als Kind immer gewesen, und ich wollte ihn noch einmal besuchen, ehe ich nach Paris zurückgehe.»

«Um die Enten zu füttern?», fragte de Gier.

«Nein», sagte sie, «das ist noch ein Geheimnis, du wirst es schon sehen. Etwas sehr Reizendes.»

Er ging mit ihr zum Chinesen am Nieuwendijk. Der Eigentümer begrüßte ihn. Der Kellner lächelte ihn an; de Gier hatte ihm am Vorabend zehn Gulden in die Hand gedrückt, um das verunglückte Essen zu ersetzen. Der Kellner hatte es zuerst nicht annehmen wollen. De Gier wusste sehr wohl, die Freundlichkeit und Zuvorkommenheit von Bar- und Restaurantbesitzern war zu neunzig Prozent auf die Tatsache zurückzuführen, dass er Polizist war. Aber so ist es nun einmal, und es ist angenehm, wenn die Menschen nett zu einem sind. Deshalb lächelte auch er den Kellner an und winkte dem Eigentümer hinter der Bar zu, der zurückwinkte und sich leicht verbeugte.

Der alte Chinese kam, um ihn persönlich zu bedienen.

«Ich habe heute etwas Leckeres», sagte der alte Mann. «Frische Garnelen mit gebratenem Reis. Die Garnelen sind gestern gefangen worden.»

«Das ist gut», sagte Constanze. «Kennt man dich hier?»

De Gier nickte. «Ich könnte ebenso gut in Uniform herumlaufen. Die ganze Innenstadt kennt mich.»

«Hast du eine Uniform?»

«Gewiss. Sie hängt im Schrank, frisch gebügelt.»

«Trägst du sie auch?»

«Hin und wieder», sagte de Gier, «ich stehe gelegentlich hinter der Schranke im Revier, wenn von den anderen Beamten viele krank sind.»

Beim Essen brachte er das Gespräch auf van Meteren. Sie redete ganz unbefangen.

«Ein netter Mensch. So ziemlich der Einzige in dem Haus, auf den man sich verlassen konnte. Er war immer freundlich und ruhig und immer beschäftigt. Und er hielt sich aus allem heraus, das war ebenfalls so angenehm. Er drängte sich nicht auf, aber wenn er helfen konnte, dann tat er es.»

«Beschäftigt?», fragte de Gier. «Womit war er denn beschäftigt?»

«Mit dem Studieren», sagte Constanze.

«Studieren? An der Universität?»

«Nein», sagte Constanze. «Dazu fehlt ihm die Vorbildung, aber nicht die Intelligenz. Er las alles über die niederländische Geschichte, was er nur in die Hand bekommen konnte. Wusstest du, dass er jeden Ort in den Niederlanden kennt? Und dort auch schon gewesen ist? An jedem Wochenende fuhr er mit seinem Motorrad los.»

«Bist du auch mal mitgefahren?», fragte de Gier.

«Nein, ich habe Angst vor Motorrädern. Als Mädchen bin ich einmal mit einem Freund mitgefahren, der einen Unfall baute. Jetzt wage ich mich nicht mehr auf so einen Brummer. Hast du übrigens van Meteren mal fahren sehen? Er zwängt sich überall durch. Ich fing schon an zu schwitzen, wenn ich ihn nur wegfahren sah.»

«Fandest du ihn nett?», fragte de Gier.

Constanze war plötzlich auf der Hut. «Warum?», fragte sie

argwöhnisch. «Du bist doch nicht etwa eifersüchtig? Oder verhörst du mich?»

«Nein, nein», sagte de Gier, «ich habe nur so gefragt. Nur so. Ich bin neugierig.»

«Dachtest du, ich hätte mit dem Papua etwas gehabt?»

De Gier sagte nichts.

Constanze legte die Gabel hin und sah de Gier zögernd an. «Das war anscheinend ungehörig von mir. Ich habe nichts gegen Farbige, und van Meteren ist immer nett zu mir gewesen. Aber als Mann – ich glaube, ich habe nie daran gedacht.»

De Gier spürte ihren Fuß an seinem und musste sich beherrschen, um nicht wieder «hm» zu sagen. Später brachte er das Gespräch noch einmal auf van Meteren.

«Ja», sagte sie, «ein merkwürdiger Bursche. Es muss schwierig für ihn sein, hier zu leben. Neuguinea kann er nicht vergessen, und in den Niederlanden wird er sich natürlich niemals eingewöhnen, nicht einmal in Amsterdam. Vielleicht wäre es für ihn leichter gewesen, wenn sie ihn bei der richtigen Polizei genommen hätten. Eigentlich ist er eine Art von Flüchtling. Wusstest du, dass er herrlich erzählen kann? Ich habe mich krankgelacht über die Geschichte von dem niederländischen Beamten, der soeben in Neuguinea angekommen und in einen Krieg zwischen Kannibalen geraten war, so ein langer, dünner Junge aus der Provinz. Das Wildeste, was er bis jetzt gesehen hatte, war ein dahinhoppelnder Hase gewesen. Und jetzt kommt er in das erste Dorf in Neuguinea, wo überall um ihn herum plötzlich geschrien wird, und ehe er begreift, was eigentlich passiert, fallen Köpfe auf die Erde, man schießt mit Pfeilen, man tanzt und springt im Kreis herum. Ihm taten sie nichts, vielleicht weil er ein Weißer war. Überall die Wilden mit Knochen durch die Nase und von oben bis unten angemalt, und sie kreischen und schlagen sich gegenseitig tot. Als es vorüber war, da hatte der Mann den Verstand verloren. Sie mussten ihn einsperren. Er muss noch jahrelang in einer Anstalt gewesen sein.»

«Ich finde die Geschichte überhaupt nicht lustig», sagte de Gier, der sich als Beamter persönlich angegriffen fühlte. «Der Mann war doch nur gekommen, um die Ordnung zu wahren.»

«Vielleicht erzähle ich die Geschichte nicht gut», sagte Constanze, «aber wenn van Meteren sie erzählt, liegst du vor Lachen unter dem Tisch. Ich habe sie mir wohl an die zehn Mal erzählen lassen, er konnte die Kannibalen so gut nachmachen. Man sah das Ereignis direkt vor sich. Und dann der breite, blasse Mund des Beamten.»

«Konnte van Meteren den auch nachmachen?»

«Ja», sagte Constanze, «frag ihn nur, ob er die Geschichte erzählen will, dann wirst du schon sehen.»

«Ja», sagte de Gier und zahlte die Rechnung.

Im Wagen schmiegte sie sich eng an ihn. «Lass uns jetzt zum Park fahren.»

An einem Teich ließ sie ihn halten und gab ihm ein Butterbrot.

«Zerbröckel es und wirf die Stücke ins Wasser.»

«Aber hier sind überhaupt keine Enten», sagte de Gier.

«Wirf nur.»

Er warf. Sobald das Brot auf die Wasseroberfläche traf, kam der Teich in Bewegung. Von allen Seiten tauchten ungeheure Karpfen auf, Prachtexemplare, die fast einen Meter lang waren. Sie drängten sich um das Brot. Das Schmatzen ihrer zahnlosen Mäuler erfüllte den stillen Abend. Fasziniert fütterte er die Karpfen, bis der Beutel leer war.

«Das war hübsch, wie?», fragte Constanze.

Jetzt ist es wohl so weit, dachte de Gier und nahm die Frau

in die Arme. Sie küsste ihn wieder, schob ihn dann aber zurück.

«Wo wohnst du?», fragte sie.

«Hier in der Nähe.»

«Dann lass uns zu dir gehen.»

In der Wohnung ging er voran, um Olivier zu fangen und in die Küche zu sperren. Als er wiederkam, war sie schon fast nackt. Er half ihr mit dem Höschen und dankte Grijpstra im Stillen.

Ein guter Polizeiadjudant ist immer alert.

Acht

Grijpstra saß auf seinem Bett, den Telefonhörer am Ohr. Er kaute auf einer Zigarre und sah auf seine Frau, die neben ihm lag, ein formloser Klumpen unter den Decken. Er fragte sich immer wieder, warum die Lockenwickler aus Plastik immer so einfallslos rosa oder hellblau sein mussten. Warum nicht braun? Sie hat braunes Haar. Wenn die Wickler braun wären, würde ich mich weniger ärgern. Und wenn ich mich weniger ärgern würde, hätte ich jetzt keinen sauren Geschmack im Mund. Und das Magensalz ist alle. Sie weiß, dass keines mehr da ist, aber sie hat kein neues gekauft.

Es war Sonntagmorgen zehn Uhr. Der Hoofdinspecteur redete bereits eine ganze Weile.

«Wir machen keine Fortschritte, Grijpstra», sagte die harte Stimme des Hoofdinspecteurs, und Grijpstra hielt den Hörer einige Zentimeter vom Ohr ab.

«Wir machen keine Fortschritte», wiederholte der Hoofdinspecteur. «Alles wird nur noch unklarer. Nachdem ihr entdeckt habt, dass noch eine andere Treppe zu dem Stockwerk führt, wo Piet gehangen hat, ist jeder verdächtig. Die Treppe wurde normalerweise nicht benutzt, sagtest du?»

«Ja, Mijnheer», sagte Grijpstra. «Die Tür im Erdgeschoss, die zur Treppe führt, war verschlossen. Aber für ein Schloss gibt es einen Schlüssel. Wir haben die Tür geöffnet. Das Schloss war in gutem Zustand und die Treppe sauber. Piet benutzte sie und Mevrouw Verboom wohl auch. Das sagten die Mädchen, die dort gearbeitet haben. Ich bin mal kurz bei dem Wohnboot gewesen, auf dem eins von den Mädchen lebt. Sie sagte, van Meteren hatte keinen Schlüssel, aber vielleicht hatte er doch einen.»

«Tja», sagte der Hoofdinspecteur, «dann kann auch Mevrouw Verboom es getan haben. Sie könnte sich einen Tag freigenommen haben, morgens nach Amsterdam geflogen sein und abends wieder zurück. Das musst du am Montag prüfen. Rufe ihren Chef an in Paris.»

«Ja, Mijnheer», sagte Grijpstra und blies eine Wolke Zigarrenrauch aus. Seine Frau fing an zu husten, stampfte zum Zimmer hinaus und schlug die Tür krachend hinter sich zu.

«Was war das?», fragte der Hoofdinspecteur.

«Meine Frau hat eine Tür geschlossen, Mijnheer.»

«Ich dachte, da würde geschossen», sagte der Hoofdinspecteur. «Nun ja. Ich weiß nicht. Du musst eben weitersuchen. Die alte Mevrouw Verboom könnte es auch getan haben. Weißt du, in welcher Anstalt sie ist?»

«Im Christlich Freisinnigen Sanatorium für Neurosen in Bussum», sagte Grijpstra.

«Junge, Junge», sagte der Hoofdinspecteur, «das alles ist sie?»

Grijpstra ging auf den Scherz nicht ein.

«Vielleicht bekommen wir einen anonymen Tipp», sagte der

Hoofdinspecteur hoffnungsvoll, «dann habe ich den Commissaris vom Hals, der beginnt auch schon zu nörgeln. Der Commissaris hält nichts von Morden. Glaubst du immer noch, dass es Mord war?»

«Fünfundsiebzig Mille sind verschwunden, Mijnheer», sagte Grijpstra.

«Ja», sagte der Hoofdinspecteur, «das stimmt. Aber er kann das Geld an jemand bezahlt haben. Vielleicht musst du seine Mutter noch einmal verhören. Am besten gleich. Sonntags kann man im Sanatorium gut einen Besuch machen. Wenn du das heute noch erledigst, hast du morgen Zeit für etwas anderes. Dann müsst ihr euch um die beiden Rauschgifthändler kümmern.»

Grijpstra sagte nichts.

«Hörst du mich?», fragte der Hoofdinspecteur.

«Ja, Mijnheer, ich soll heute zum Sanatorium gehen. Auf Wiederhören, Mijnheer.» Er legte auf.

Der Hoofdinspecteur hatte noch «viel Vergnügen» gesagt, aber das hatte er schon nicht mehr gehört.

Seine Frau war wieder hereingekommen.

«Du sollst keine Zigarren im Schlafzimmer rauchen», sagte sie.

«Es ist eine üble Gewohnheit», sagte Grijpstra und stand auf. Er kleidete sich an und schnallte die Pistole an den Gürtel. Im Bad rasierte er sich unnötig lange. Das ist heute mein einziges Vergnügen, dachte er trübsinnig. Eine Rasur mit viel Seife und einer neuen Klinge, aber sonst nur Kummer.

Im Wohnzimmer schaute er zum Fenster hinaus. Seine Frau brachte ihm eine Tasse Kaffee.

«Der Kaffee ist lauwarm», sagte Grijpstra.

«Dann musst du ihn eben eher trinken», sagte seine Frau und knallte noch einmal mit der Tür.

Grijpstra schaute auf das Wasser der Lijnbaansgracht; eine Ente versuchte sich den Weg durch den treibenden Abfall zu bahnen. Er zählte zwei Matratzen, die Reste eines Stuhls, drei große und zwei kleine Kartons und vier graue Müllsäcke. Außerdem noch viel Kleinabfall. Er schwor sich, einen weiteren Brief an die Stadtreinigung zu schreiben. Beim vorigen Mal hatten sie eine Schute mit zwei Mann geschickt, die tagelang den Schmutz aus dem Wasser gefischt hatten.

Grijpstra dachte an Artikel 41 der Allgemeinen Polizeiverordnung. *Es ist verboten, irgendwelche Materialien auf öffentliche Straßen oder daran grenzende Grundstücke oder in das offene Wasser zu werfen.*

Ein wertloser Artikel, denn die Übertretung wurde mit einem Bußgeld von zehn Gulden geahndet.

Ein Zehner ist gegenwärtig Kleingeld, dachte Grijpstra, ging wieder ins Schlafzimmer und griff nach dem Telefon.

«Ja?», sagte de Gier.

«Wir treffen uns in einer halben Stunde im Präsidium», sagte Grijpstra.

«Nein», sagte de Gier, «ich habe eine Verabredung.»

«Ja», sagte Grijpstra, «mit mir.» Er legte den Hörer auf und zog sich die Jacke an.

«Gehst du weg?», fragte seine Frau an der Haustür.

«Ja», sagte Grijpstra. Er zog die Haustür leise hinter sich zu.

De Gier saß im grauen Volkswagen auf dem Innenhof, als Grijpstra munter hereinspaziert kam. Das Gehen hatte ihm gut getan, und geteilter Schmerz ist halber Schmerz.

De Gier ließ schweigend den Motor an und fuhr hinaus.

«Kannst du dich nicht beim Pförtner bedanken, dass er so nett war, dir das Tor zu öffnen?», fragte Grijpstra.

«Nein», sagte de Gier.

«Schlecht gelaunt?», fragte Grijpstra.

«Ach», sagte de Gier, «es geht doch nichts über die Pflicht und harte Arbeit. Ich hatte eine Verabredung mit Constanze Verboom und ihrer Tochter. Wir wollten an den Strand gehen. Nach Zandvoort. Dort bist du gestern gewesen, wie?»

«Ja», sagte Grijpstra. «Der Strand war voll. Und die See ist widerlich. Und wenn man pinkeln will, kostet es zwanzig Cent. Und die Kinder wollten eine Burg bauen, und dann lief ein dicker Deutscher dort durch. Er konnte nicht anders, denn irgendwo musste er ja gehen. Und dann hat mein Junge ihn mit seiner Schaufel geschlagen. Der Mann hat geblutet wie ein Schwein.»

«Haha», sagte de Gier.

«Findest du das lustig?», fragte Grijpstra.

«Und wie», sagte de Gier. «Hast du deswegen viele Schwierigkeiten gehabt?»

«Genug», sagte Grijpstra.

«Wohin fahren wir eigentlich?», fragte de Gier.

«Zur Irrenanstalt», sagte Grijpstra, «die alte Mevrouw Verboom besuchen.»

De Gier bremste und blieb unter einem Halteverbotsschild stehen. «Das meinst du nicht im Ernst», sagte er. «Warum muss ich denn mit? Dahin hättest du auch allein gehen können.»

«Ich mag keine alten Frauen», sagte Grijpstra, «und ich mag keine Irrenanstalten.»

«Aber warum hast du mich dann nicht allein hingeschickt?», fragte de Gier. «Das ist wieder mal typisch für dich. Gestern musste ich ja auch allein los.»

«Das war nicht meine Idee», sagte Grijpstra gelassen. «Der Hoofdinspecteur hat sich das ausgedacht. Und er sagte, ich müsse hin. Aber ich wollte nicht allein gehen. Und zwei hören mehr als einer. Und du musst jetzt tun, was ich sage. Also fahr los.»

Ein Polizist auf einem Motorrad war vorbeigefahren. Er hatte sich noch kurz umgeschaut und war an den Straßenrand gefahren, aber Grijpstra hatte ihn weitergewinkt.

Sie fuhren weiter. De Gier machte ein träumerisches Gesicht. Er erlebte die Abenteuer der vergangenen Nacht noch einmal.

«Wie war's gestern Abend?», fragte Grijpstra.

«Ausgezeichnet», sagte de Gier, «aber ich glaube nicht, dass sie etwas damit zu tun hatte.»

«Erzähl mal», sagte Grijpstra.

De Gier erzählte.

«Ist das alles?», fragte Grijpstra.

De Gier grinste.

«Das habe ich mir gedacht», sagte Grijpstra.

De Gier grinste noch einmal.

«Gut», sagte Grijpstra, «freut mich für dich. Aber sie hätte es sehr wohl getan haben können. Unten im Flur gibt es eine Tür zu einer Treppe, die zum obersten Stockwerk führt. Die Mädchen sagen, Mevrouw Verboom habe einen Schlüssel für die Tür gehabt. Sie hätte kurz mal von Paris herüberflitzen können.»

«Dann müssen wir Montag in Paris anrufen», sagte de Gier, «aber ich glaube nicht, dass sie es getan hat. Mörder sind nervös. Sie war überhaupt nicht nervös.»

«Wohin fährst du denn?», fragte Grijpstra.

«Nach Bussum», sagte de Gier. «Sagtest du das nicht?»

«Was wollen wir dann auf der Straße nach Utrecht?»

«Ach ja», sagte de Gier, «dann fahren wir eben bei Hilversum ab.»

«An der Abzweigung bist du soeben vorbeigefahren.»

«Dann hast du ebenfalls nicht aufgepasst», sagte de Gier.

«Nein», sagte Grijpstra im gleichen Ton wie bei dem Gespräch mit seiner Frau, «aber du wirst wenden müssen.»

«An was denkst du?», fragte de Gier.

Grijpstra rückte ein wenig von ihm ab, verschränkte die Hände, starrte auf die endlose Reichsstraße und auf den Daf mit der alten Dame am Steuer, der schon eine ganze Weile vor ihnen fuhr; er seufzte.

«An die Lockenwickler meiner Frau», sagte Grijpstra, «und an die fünfundsiebzigtausend Gulden. Wenn sie wirklich geklaut worden sind, muss jemand gegenwärtig viel Geld haben, und Menschen, die auf einmal viel Geld haben, fangen etwas damit an. Du hast Kontakt mit der Fahndung aufgenommen. Unternehmen die schon etwas?»

«Ja», sagte de Gier, «sie unternehmen etwas. Aber es ist alles noch sehr vage. Es werden andauernd enorme Summen umgesetzt, anständig und schwarz verdientes Geld. Die Bars und Sexclubs und die teuren Restaurants sind voll, aber wo sind unsere fünfundsiebzig Mille? Wer gibt sie aus?»

«Was tut van Meteren?», fragte Grijpstra.

«Nichts Besonderes», sagte de Gier. «Der Beamte, der ihn beschattet, hat mich heute Morgen angerufen. Van Meteren hat für ein paar Gulden in der Volksküche in der Spuistraat gegessen und auf dem Dappermarkt für einige Zehner Kleidung gekauft. Eine Strickjacke und ein Paar Jeans. Und dafür hat er den ganzen Stand des Händlers durchwühlt. Er hat Shag geraucht und abends in einer Kneipe am Singel zwei Bier getrunken, eins hat ihm ein Betrunkener spendiert, der zufällig neben ihm saß.»

«Was macht er heute?», fragte Grijpstra.

De Gier hatte jetzt endlich den Daf mit der alten Dame überholt, und Grijpstra fühlte sich etwas besser gelaunt.

«Heute fährt er auf seiner Harley durch den Flevo-Polder,

zumindest hat er das dem Barmann in der Kneipe gesagt. Der Beamte wird ihn wieder beschatten, aber das wird im Flevo-Polder nicht einfach sein.»

De Gier hatte jetzt endlich das Hinweisschild nach Bussum gefunden und bog ab.

«Wir verschwenden unsere Zeit und die von anderen.»

«Das kommt bei der Polizei häufig vor», sagte Grijpstra, «und jetzt pass gefälligst auf.»

Das Sanatorium bestand aus einer Anzahl von Gebäuden in einem Park. Grijpstra betrachtete die Wegweiser, die an jeder Kreuzung angebracht waren.

«Altes Hauptgebäude» las er und «Neues Hauptgebäude».

«Welches ist es?»

«Das neue», sagte de Gier. Aber dort war niemand. Die Tür vom alten Hauptgebäude war verschlossen. Schließlich fanden sie die Küche und darin einen Koch. Der wusste nichts. Erst nach einer Viertelstunde fanden sie jemanden, der etwas wusste. Aber das Mädchen fragte, ob sie nachmittags wiederkommen wollten, jetzt sei keine Besuchszeit. De Gier zeigte seinen Polizeiausweis. Das half auch nichts. Es war dennoch keine Besuchszeit. De Gier gab sich charmant und Grijpstra väterlich. Endlich kam eine ältere Schwester, die sie zur Direktorin brachte, einer Psychiaterin.

Sie saßen in einem kleinen Büro, das ebenso gut einem Notar gehört haben könnte – ein Schreibtisch mit geschnitzten Löwenköpfen an den Ecken, Bücherschränke voller Standardwerke, eine Kristallvase, in die jemand einen zu dicken Blumenstrauß gepresst hatte, und muffige Luft, die den Beamten den Atem nahm. Die Ärztin war eine Frau in den Fünfzigern mit einem Kleid wie aus Sackleinen und einer Brille, die an einer silbernen Kette um den Hals hing.

Die Ärztin wusste ebenfalls nichts.

«Mevrouw ist neu hier. Sie hat bis jetzt nur geschlafen.»

«Rufen Sie bitte die Stationsschwester», sagte Grijpstra. «Vielleicht hat Mevrouw etwas gesagt. Jemand ist ermordet worden, wissen Sie, und es könnte sein, dass Mevrouw etwas weiß.»

«Aha», sagte die Ärztin, und die Stationsschwester kam.

Ob Mevrouw etwas gesagt habe.

Mevrouw habe viel gesagt. Sie habe getobt und gebrüllt und gestampft und geweint.

«Warum?», fragte de Gier.

«Weil wir ihr alles weggenommen und sie in ein Zimmer gesperrt haben, in dem weder Fenster noch Tür zu öffnen sind.»

«Ist die so gefährlich?», fragte Grijpstra.

«Mevrouw ist unter Beobachtung», sagte die Schwester.

Die Ärztin nickte. «Das machen wir immer so.»

«So», sagte Grijpstra und sah de Gier an. Dies glich einer Freiheitsberaubung, aber sie waren hier in einer anderen Welt. In der Welt der Verrückten sind Vergehen keine Vergehen. Welch herrliche Welt, dachte er für einen Augenblick, aber er kam wieder zu sich.

«Hat sie den Namen Piet erwähnt, Doktor?», fragte er.

Die Ärztin sah die Schwester an.

«Piet?», wiederholte die Schwester. «Ja. Das ist ihr Sohn. Sie schrie, dass dies wohl wieder ein übler Streich von Piet sei. Sie beschimpfte ihn. Und dann hat sie gelacht, aber nicht lange, denn wir haben ihr eine Spritze gegeben, nach der sie eingeschlafen ist.»

«Ist sie jetzt wach?», fragte Grijpstra.

Die Stationsschwester ging nachschauen und kam mit der Nachricht zurück, dass Mevrouw wach sei und ihr Ei an die Wand geworfen habe.

«Kann ich mit ihr in den Park gehen?», fragte de Gier.

Die Ärztin machte ein bedenkliches Gesicht. «Können Sie mit ihr fertig werden?»

«Mein Kollege wird sehr gut mit Frauen fertig», sagte Grijpstra und grinste. Sein Grinsen ging in einen gemurmelten Fluch über, denn de Gier hatte ihn blitzschnell gegen das Schienbein getreten.

Die Ärztin lachte.

«Wenn es zu schlimm wird, werde ich sie zurückbringen», sagte de Gier, «aber ich möchte mit ihr allein reden.»

«Meinen Sie, dass Mevrouw ihren Sohn niedergeschlagen und erhängt haben könnte?», fragte Grijpstra die Ärztin.

Sie sah wiederum die Stationsschwester an.

«Es ist möglich», sagte die Stationsschwester. «Sie ist aggressiv und stark. Der Pfleger musste mir helfen, sie ins Bett zu stecken, und er hat noch einen Schlag mit dem Stuhl einstecken müssen.»

«Es könnte also sein», sagte die Ärztin.

«Aber es muss nicht sein», sagte de Gier. «Sie ist aggressiv und stark, aber darum braucht sie ihren Sohn nicht ermordet zu haben. Hier sitzt sie in der Irrenanstalt, oh, Verzeihung ...»

Die Ärztin sah ihn freundlich an. «Sprechen Sie nur weiter, Mijnheer de Gier.»

«Und in einer Verrücktenanstalt hält sie vielleicht alles für möglich, aber in den Haarlemmer Houttuinen wohnte sie unter normalen Menschen.»

«Psychisch Kranke haben kaum Hemmungen», sagte die Ärztin. «Sie, Mijnheer, würden es sich mehrmals überlegen, ehe Sie jemanden ermorden. Ein psychisch Kranker überlegt überhaupt nicht, wenn er eine Chance hat, ergreift er sie. Ich habe mir Mevrouw noch nicht angesehen, aber wenn sie den Pfleger mit einem Stuhl schlägt und Eier an die Wand wirft, kann sie auch einen Mord verüben. Was hat sie schon zu verlieren?»

«Ihre Freiheit», sagte Grijpstra.

De Gier war aufgestanden. «Freiheit? Sie hatte keine Freiheit in den Haarlemmer Houttuinen. Van Meteren sagte, Piet habe seine Mutter nach Möglichkeit in ihrem Zimmer festgehalten. Sie durfte nicht ins Restaurant oder in die Bar oder auf die Straße gehen, sie durfte mit keinem sprechen. Sie konnte nur in ihrem Zimmer sitzen und aus dem Fenster schauen.»

Er sah die Ärztin an. «Halten Sie es für gut, wenn ich mit ihr in den Park gehe?»

«Nicht zu lange», sagte die Ärztin, «und wenn sie Schwierigkeiten macht, müssen Sie sie gleich zurückbringen.»

«Tag, Miesje», sagte de Gier.

Die alte Dame sah ihn scharf an.

«Wer bist du?», fragte sie mit schneidender Stimme.

«Ein Freund von Jan van Meteren», sagte de Gier.

Ihr Gesicht wurde sanfter. «O ja», sagte sie, «jetzt erinnere ich mich. Du bist auch von der Verkehrspolizei, und ihr habt an dem Abend so viel Krach gemacht. Was willst du hier?»

«Mit dir im Park spazieren gehen, Miesje», sagte de Gier und lachte freundlich. «Das Wetter ist so schön. Kommst du mit?» Er hielt ihr einladend den Arm hin.

«Siehst du?», sagte Mevrouw Verboom kurz darauf. «Es hat heut Nacht gestürmt. Überall liegen Äste herum. Welche Verheerung.» Ihr gefiel dieses Wort, deshalb wiederholte sie es. «Welche Verheerung!»

«Nun sei mal nicht so missgelaunt», sagte de Gier. «Hier ist es herrlich. Schau mal dort die Drossel. Hörst du sie singen?»

Sie schaute mürrisch in die Richtung.

«Krawallvogel», sagte sie bissig. «Bei Piet waren es Tauben.

Kukuru den ganzen Tag lang, bis man rammdösig davon war. Und ich durfte ihnen nichts an den Kopf werfen.»

«Aber für dich hat Piet doch gut gesorgt», sagte de Gier.

«Ein Rotzjunge», sagte Mevrouw Verboom, «und das ist er immer gewesen. In der Schule war er langweilig und als Kind noch mehr. Wie sein Vater, aber der ist weggelaufen und hat mich mit dem Kind sitzen lassen. Ich wollte zum Theater gehen, aber das Kind ließ mich nicht. Ich habe Piet oft genug gesagt, dass er weggehen soll, aber er blieb immer an mir hängen.»

De Gier ging schweigend an ihrer Seite und hielt sie am Arm.

«Bist du gekommen, um mich hier abzuholen?», fragte Mevrouw Verboom. «Hier gefällt es mir nicht. Am Tisch sitzt mir eine alte Frau gegenüber, die immer in die Hose macht und sich manchmal übergibt. Dann kann ich nichts mehr essen.»

Bah, dachte de Gier.

«Holst du mich hier weg?»

«Nein», sagte de Gier. «Dein Sohn ist tot, du kannst nicht mehr zurück. Das Haus steht leer.»

«Ja», sagte Mevrouw Verboom vergnügt, «er ist mausetot.»

«Warum hast du ihn eigentlich umgebracht?», fragte de Gier.

Mevrouw Verboom ließ ihn los und blieb stehen. De Gier drehte sich um. Sie starrte ihn mit einem bösen Glitzern in den Augen an. Ihn fröstelte. So mussten die Hexen im Mittelalter ausgesehen haben, eine alte Frau mit schütterem grauen Haar, die plötzlich an irgendeiner Stelle im Wald auftaucht. Eine Krähe, die gerade von einem Baum zum andern flog und dabei ekelhaft krächzte, vervollständigte das Bild.

«Du zitterst», sagte Mevrouw Verboom. «Du bist sicherlich auch nicht ganz richtig im Kopf, wie? Hier sind sie alle verrückt.»

Dieser Augenblick ging vorbei. Er versuchte es noch mehrmals, aber Mevrouw Verboom wollte über ihren Sohn nichts mehr sagen. Sie schimpfte wieder über die Vögel und über die Unordnung und über den kalten Wind.

«Ich will zurück», sagte sie plötzlich. «Wir werden uns hier verlaufen. Und es wird Zeit zum Kaffeetrinken sein.»

«Wir gehen schon.»

«Hat sie etwas gesagt?», fragte die Ärztin.

De Gier sah sie nichts sagend an. Die Ärztin hatte eine Jacke angezogen. Sie wird wohl lesbisch sein, dachte de Gier. Frauen mit solchen Jacken sind meistens lesbisch. Darum hat sie auch eine so dunkle Stimme. Falsche Hormone. Sie sitzt hier, um Macht ausüben zu können. Alle müssen tun, was sie sagt. Wenn sie sagt, dass man verrückt ist, sitzt man hier für den Rest seines Lebens, und sie kann mit einem machen, was sie will.

«Nein, Mevrouw», sagte er höflich, «sie empfindet Abneigung gegen ihren Sohn und findet es gut, dass er tot ist, aber sie will nicht sagen, sie hätte es getan.»

«Natürlich nicht», sagte die Ärztin. «Kinder, die Kekse aus der Dose stehlen, werden es auch nicht zugeben.»

«Wenn Ihnen etwas auffallen sollte, können Sie mich ja anrufen», sagte Grijpstra, der aufgestanden war. «Hier ist meine Karte.»

Die Ärztin zog eine Schublade aus dem Schreibtisch, warf die Karte ungelesen hinein und schob sie mit einem deutlichen Krachen wieder zu.

«Werde nie verrückt», sagte Grijpstra, während sie mühsam nach der Ausfahrtstraße suchten.

«Ich werde mein Bestes tun», sagte de Gier.

Nach einer Stunde standen sie wieder auf dem Innenhof des Präsidiums. De Gier nahm sein Fahrrad und strampelte zu seiner Wohnung, wo er das Telefon nahm und Constanzes Nummer wählte.

«Sie ist mit Yvette spazieren gegangen», sagte ihr Vater.

«Dann rufe ich später wieder an», sagte de Gier.

«Nur mit der Ruhe, Junge», sagte der Vater. «Sie wird dich anrufen, sobald sie zu Hause ist. Halte dir den Abend frei.»

«Der Himmel meint es gut», sagte de Gier zu Olivier, als er den Hörer auflegte. «Und lutsche nicht an deinem Schwanz, sonst kommst du nach Bussum.»

Olivier ließ seinen Schwanz los. Er hatte eine hübsche Spitze daran gesabbert.

Neun

«Bah», sagte de Gier, «und noch einmal bah und bah.»

Er saß mit Grijpstra in einem Polizeiwagen, einem weißen VW mit Blaulicht, Sirene und Lautsprecher. Sie fuhren normalen Streifendienst.

«Dreimal bah», sagte Grijpstra. «Drei ist eine heilige Zahl, das Bah des Vaters, das Bah des …»

«Nicht», sagte de Gier, der versuchte, sich zwischen einer Straßenbahn und einem geparkten Touristenbus durchzuschlängeln.

Grijpstra lachte. «Man kann die große Macht dort oben nicht beleidigen. Er ist da, und was man auch sagt, es ist ihm recht.»

«Wem?», fragte de Gier, der mit dem Wagen stecken geblieben war und darauf wartete, dass die Straßenbahn weiterfuhr.

«Gott», sagte Grijpstra.

«Ah», sagte de Gier, «ich verstehe. Du hast mich missverstanden. Mir macht das blasphemische Gerede nichts aus. Mein ‹Nicht› galt der Straßenbahn. Sie hielt, und ich wollte, dass sie weiterfuhr.»

«Aber dir sollte es etwas ausmachen», sagte Grijpstra. «Du bist Polizist und hast mit dem Gesetz zu tun, und das Gesetz hat etwas mit Religion zu tun. Erinnerst du dich nicht an den Vortrag im vergangenen Monat?»

De Gier erinnerte sich. Ein hoher Beamter der Reichspolizei im Ruhestand hatte ihnen etwas über Gesetz und Religion erzählt. Zuerst gab es die Religion, dann das Gesetz. Benimm dich nicht schlecht, denn das missfällt der Gottheit. Erst viel später kam das Gesetz auf die Erde herunter, und kühne Geister stellten fest, dass schlechtes Benehmen der Menschheit missfiel.

«Aber warum beklagst du dich?», fragte Grijpstra. «Ich dachte, du würdest froh sein. War es nicht deine Idee, dass wir heute normale Streife fahren sollten?»

«Ja», sagte de Gier. «Ich habe heute um den normalen Dienst gebeten, weil ich nicht wusste, was ich sonst tun sollte, und im Büro wollte ich nicht herumsitzen. Heute Abend gehen wir zu den Rauschgifthändlern.»

Im Funkgerät knackte es.

De Gier nahm das Mikrophon und meldete sich. Eine tiefe, etwas heisere Frauenstimme wiederholte die Rufnummer ihres Wagens.

«Das ist Sientje», sagte Grijpstra, «hübsche Stimme, wie? Ich hoffe, dass ich der nie begegne.»

Sientje meldete sich wieder und rief ihre Wagennummer.

Grijpstra antwortete.

«Wo befinden Sie sich?», fragte Sientje.

«Am Singel beim Jeroenensteeg», sagte Grijpstra.

«Gut», sagte Sientje, «genau dort wollte ich Sie haben. Fahren Sie zur Ecke Brouwersgracht und Singel. In einem der Wohnboote an der Nordseite liegt anscheinend die Leiche eines Mädchens. In welchem Boot, weiß ich nicht, aber Sie werden es schon finden.»

«Wir fahren hin», sagte Grijpstra.

«Sirene?», fragte de Gier.

«Aber ja», sagte Grijpstra, «ich habe die Sirene schon seit langem nicht mehr gehört. Vielleicht wartet der Mörder bei der Leiche, genau wie das letzte Mal bei der Hure.»

De Gier grinste. In all den Jahren, in denen er am Steuer eines Polizeiwagens gesessen hatte, war er nie über die Sensation von Sirene und Blaulicht hinweggekommen. Grijpstra schaute seinen Kollegen an. De Gier saß aufrecht, die Augen weit geöffnet, das Kinn willensstark vorgestreckt. Oben blitzte das Blaulicht, um sie herum heulte die Sirene.

Ein Panzerkommandant, dachte Grijpstra amüsiert, ein Kapitän auf der Brücke eines Schlachtschiffs, ein Pilot eines Düsenjägers, der zum Angriff übergeht. Und der arme Junge sitzt in einer Brotdose und ist mit einem Ballermann bewaffnet, der kaum fünfundzwanzig Meter weit schießt. Der VW überfuhr zwei rote Ampeln, die anderen Wagen bogen gehorsam an den Straßenrand oder blieben stehen.

An der Brouwersgracht hatte sich schon wieder eine Menschenmenge versammelt, über dreißig Leute, die auf einem Haufen zusammengedrängt standen. Die Beamten bahnten sich ihren Weg zum Wohnboot, einem alten, farblosen Kasten, nachlässig zusammengezimmert auf den Rumpf eines abgedankten Binnenfrachters, ein Wrack, das schon längst hätte zum Schiffsfriedhof in der Ij-Bucht abgeschleppt werden müssen.

Ein junger Mann mit strähnigem, langem Haar in Jeans mit zerschlissenen Knien und einem schmutzigen Oberhemd stand einfältig auf der Laufplanke.

«Ist das Ihr Boot?», fragte de Gier.

Der junge Mann nickte. Er zeigte ohne ein Wort hinein. De Gier bückte sich und schaute in den engen, langen Raum der Wohnarche. Ein dreckiger Teppich, ein Petroleumkocher mit einem Topf voll Essen und einem Wasserkessel, ein Haufen Lumpen auf dem Boden. Die kleinen Fenster ließen nicht viel Licht herein. De Gier machte seine Taschenlampe an.

Das Mädchen konnte nicht älter als neunzehn sein. Vielleicht war sie noch jünger. Sie lag auf dem Rücken, den Mund geöffnet, ihre toten Augen starrten auf die verfaulten Planken des Dachs der Aufbauten.

«Dürfen wir mal eben vorbei?», fragte eine Stimme.

Die Sanitäter vom Städtischen Gesundheitsdienst waren gekommen. Der erste betrachtete das Mädchen.

«Tot», sagte er, «an ihrem eigenen Erbrochenen erstickt. Das Zeug ist noch frisch. Wenn der Trottel sie auf den Bauch gedreht hätte, würde sie wahrscheinlich noch leben, aber er hatte es zu eilig. Sieh mal, ihre Hose sitzt noch lose, die hat er natürlich in der Hast hochgezogen.»

Zu seinem Kollegen sagte der Sanitäter: «Tragbahre.»

De Gier war schon wieder draußen. Ihm war übel, er lehnte sich an einen Baum. Grijpstra stand neben ihm.

«Du bist mir ein schöner Polizist», sagte er, «kannst du nichts dagegen tun?»

«Du denn?», fragte de Gier, der einen trockenen Mund hatte und kaum ein Wort herausbrachte.

«Nein», sagte Grijpstra, «ich kann überhaupt nichts dagegen tun. Was für ein Elend das ist. Hast du ihre Arme gesehen?»

De Gier starrte vor sich hin. Er hatte ihre Arme gesehen, zwei spindeldürre Arme voller Einstiche. Er hatte auch die Injektionsspritze herumliegen sehen.

Die Sanitäter gingen an ihnen vorbei, vorsichtig mit der Tragbahre manövrierend.

«Wohin bringt ihr sie?», fragte de Gier.

«Ins Städtische Krankenhaus», sagte der vorderste Sanitäter.

«Machen wir weiter», sagte Grijpstra und ging wieder in die Wohnarche. Dem jungen Mann winkte er zu, er solle mitkommen.

Er hatte sie anscheinend auf dem Dam getroffen und sie gefragt, ob sie mitkommen wolle. Das Mädchen war im Tran, und da sie keine Antwort gab, hatte er sie an die Hand genommen. Unterwegs hatte sie gesagt, dass sie Marie heiße. Auf dem Boot hatte er ihr eine Spritze gegeben und dann mit ihr geschlafen.

Mehr Tatsachen lieferte das Gespräch nicht. Der Junge gab nur zu, was er unbedingt musste. Während des Verhörs schnupfte und nieste er andauernd.

De Gier notierte die Personalien. Er war der älteste Sohn eines Arztes aus der Provinz. Hoffnungslos an Heroin versklavt. Student der Soziologie.

Grijpstra durchsuchte das Boot, aber er fand weder ein Buch noch ein Stück Papier, nicht einmal einen Bleistift.

«Hast du jemals studiert?», fragte er.

«Ja», sagte der Junge, «ich habe mein Examen als Kandidat, aber dann war ich zu nichts mehr fähig.» Er zeigte auf die Spritze am Boden. «Die beschäftigt einen genug.»

Der Junge nieste mehrmals.

«Er braucht jetzt eine Spritze», sagte Grijpstra.

Sie wandten sich dem Fall zu, der kein Verbrechen war. De Gier musste sich eingestehen, dass es keins war. Das Mädchen musste über neunzehn gewesen sein, und am letzten Tag ihres fünfzehnten Lebensjahres hört das Verbrechen auf, es sei denn, es war Vergewaltigung. Sie konnten nicht einmal beweisen, dass er sie verführt hatte. Sie musste aus freiem Willen mitgegangen sein. Niemand hatte sie auf das Boot gezerrt. Und er hatte ihren Zustand gemeldet, sobald er sich dessen bewusst geworden war. Nein, kein Verbrechen. Also auch keine Verhaftung.

Grijpstra schaute in die Handtasche des Mädchens. Sie enthielt ein Päckchen Zigaretten, ein schmutziges Taschentuch und eine Geldtasche mit knapp zwanzig Gulden. Und eine Spritze und ein wenig Heroin in einem kleinen Plastikbeutel.

«Kann ich das haben?», fragte der Junge.

«Gehört es dir?»

«Nein.»

«Du könntest es nicht einmal bekommen, wenn es dir gehören würde. Wir brauchen es als Beweis.»

«Für was?», fragte der Junge.

«Für den Tod», sagte Grijpstra.

«Du hast also keine Ahnung, wer sie ist?», fragte de Gier.

Der Junge schüttelte den Kopf. Er kannte ihren Vornamen, mehr nicht.

«Gut», sagte de Gier, «wir werden zu gegebener Zeit schon feststellen, wer sie war. Du kannst jetzt gehen, aber bleibe in der Stadt. Hier ist meine Karte. Wenn dir noch etwas einfallen sollte, lass es mich wissen.»

«Glaubst du, dass es ihm etwas ausgemacht hat?», fragte Grijpstra, als sie wieder im Wagen saßen.

«Nein», sagte de Gier, «er hatte vielleicht Angst um sich, Angst vor der Festnahme, meine ich, aber das Mädchen hat ihn nicht gekümmert. Leben und Tod bedeuten nicht mehr viel dort, wo er jetzt ist.»

«Und was meinst du, wo er ist?»

«Keine Ahnung», sagte de Gier, «das kann man nur feststellen, wenn man Opium nimmt.»

«Mist», sagte Grijpstra.

De Gier stimmte zu. Er fuhr langsam und vorsichtig.

«Macht es dir etwas aus?», fragte Grijpstra plötzlich, und de Gier war überrascht. In all den Jahren, die er jetzt schon zusammen mit Grijpstra arbeitete, war diese Frage nie aufgetaucht. Er sah seinen Vorgesetzten an, aber Grijpstra machte ein Gesicht wie immer, ruhig, geduldig, gleichgültig.

De Gier lachte schließlich.

«Ja», sagte er, «es macht mir etwas aus. Mir gefiel die Art nicht, wie das Mädchen gestorben ist. Wir sollen die Ordnung aufrechterhalten, damit die Menschen friedlich und anständig leben können und vor zerstörenden Kräften geschützt werden. Rauschgift zerstört. Das Mädchen hätte nicht leiden sollen. Sie hätte irgendeine Arbeit haben sollen, einen Freund oder Ehemann, vielleicht ein Kind. Sie hätte nicht durch die Stadt streifen sollen, dünn wie eine Stricknadel, voller Einstiche und Narben und voll mit Gift. Aber was kann ich tun? Das Opiumgesetz ist lachhaft. Wer es übertritt, wird wieder freigelassen, sobald man ihn geschnappt hat.»

«Na, na», sagte Grijpstra.

«Also gut, einige werden eingesperrt, aber für wie lange?»

«Für ein Weilchen», sagte Grijpstra.

«In Persien werden sie erschossen», sagte de Gier.

«Möchtest du in Persien leben?», fragte Grijpstra.

«Lass uns an die Arbeit gehen», sagte Grijpstra. «Wir wollen uns die Wohnschute von Johan und Eduard noch einmal ansehen.»

«Suchst du immer noch nach den 75 000 Gulden?», fragte de Gier.

«Ich suche allmählich überall danach», sagte Grijpstra.

Zwanzig Minuten später manövrierten sie den VW mit Mühe durch die enge Uferstraße, an der das Wohnboot festgemacht war. De Gier klopfte an die Tür. Eduard öffnete.

«Sie sind es wieder?», fragte Eduard. «Macht die Untersuchung schon Fortschritte?»

«Wir arbeiten daran», sagte Grijpstra. «Dürfen wir hereinkommen?»

«Aber natürlich», sagte Eduard.

Das Wohnboot sah gepflegt aus. Die Familie war komplett. Die dicke Annetje deckte den Tisch für das Abendessen. Thérese stickte, und Johan, die Unschuld selbst, las die Zeitung *De Telegraaf*.

«Ich dachte, du wärst zu deinen Eltern gegangen», sagte de Gier zu Thérese.

«Bin ich auch», sagte sie, «aber ich bin auch viel hier, es ist lustiger hier.»

«Wir haben alle vier Arbeit gefunden», sagte Annetje zufrieden. «Sehr nette Arbeit. Wir wickeln Wolle auf Karten in einer Fabrik für Handarbeitspäckchen. Man braucht dabei nicht zu denken und wird nicht müde davon.»

Eduard schenkte Kaffee ein, und die beiden Beamten setzten sich auf die einzigen Stühle. Sie rührten brav in ihren Tassen. Das junge Volk lag malerisch auf Kissen.

«Findest du es auch nett?», erkundigte sich Grijpstra bei Eduard.

«Nein», sagte Eduard, «aber wir verdienen richtiges Geld dabei, und das ist eine neue Erfahrung.»

«Ja», sagte Thérese, «das ist besser als die idealistischen 25 Gulden wöchentlich von Piet. Und ich habe Wurst auf meinem Brot, schauen Sie nur.»

Sie zeigte Grijpstra ihr Brot.

«Wo arbeitet ihr», fragte de Gier.

Thérese sah ihn erschrocken an. «Sie werden sich doch wohl nicht nach uns erkundigen? Wir sind nur Aushilfskräfte und können einfach wieder weggeschickt werden.»

«Nein, nein», sagte Grijpstra, «aber könnt ihr beweisen, dass ihr dort arbeitet?»

«Ich werde Ihnen die Adresse geben», sagte Johan, «dann können Sie morgen vorbeikommen und sagen, dass sie unser Onkel sind. Kommen Sie gegen halb eins, dann haben wir unsere Mittagspause.»

Grijpstra notierte die Adresse.

«Kommen Sie nur», sagte Johan, «wir haben nichts zu verbergen.»

«Hoffentlich nicht», sagte de Gier, «aber vielleicht haben wir Grund, euch wegen etwas anderem zu verdächtigen. Eine Dose mit Hasch ist aus der Hindistischen Gesellschaft verschwunden, eine große Dose voll mit Hasch. Wo ist sie?»

Grijpstra sah, dass Annetje rot geworden war.

«Zeig mir, wo sie ist», sagte er zu dem dicken Mädchen.

Annetje sah Johan an.

«Schon gut, zeig sie ihm.»

Annetje ging hinaus und kam mit einer Dose zurück. Grijpstra öffnete sie. Es war eine große Dose, halb voll mit Marihuana.

«Wir haben sie nicht gestohlen», sagte Johan. «Sie gehörte der Gesellschaft, von der wir alle ein Teil waren, angeblich jedenfalls.»

«Was hattet ihr mit der Dose vor?», fragte Grijpstra.

«Gelegentlich Marihuana rauchen», sagte Johan. «Hin und wieder abends mal. Keiner von uns raucht gewohnheitsmäßig, aber es ist manchmal ganz angenehm, wenn man etwas hat. An einem ruhigen Abend, wenn man nichts Besonderes zu tun hat.»

Grijpstra stellte die Dose auf den Boden.

«Es ist Geld verschwunden», sagte de Gier.

«Sie meinen das Geld, das ich Piet raufgebracht habe?», fragte Johan. «Das er in die Kassette gesteckt hat?»

«Ja.»

«Wir haben es nicht genommen. In der Nacht gab es einen Einbruch. Die Diebe müssen es genommen haben.»

«Wir hätten es nehmen können», sagte Annetje. «Die Gesellschaft schuldete uns noch Lohn. Wir hätten es nehmen können, aber das haben wir nicht.»

«Gut», sagte Grijpstra.

«Werden Sie die Dose mitnehmen und uns wegen des Besitzes von Rauschgift anklagen?», fragte Eduard.

«Nein», sagte Grijpstra.

«Was werden Sie denn tun?»

De Gier steckte sich eine Zigarette an, nachdem er den anderen eine angeboten hatte.

«Noch einige Fragen stellen», sagte er. «Wir verdächtigen Piet, dass er einen Großhandel mit Rauschgift betrieben hat. Wisst ihr etwas darüber? Wenn ihr etwas sagt, wird es uns helfen. Wir werden sowieso nicht aufgeben, bis wir alles wissen. Ihr könnt euch viel Zeit ersparen, wenn ihr uns helft.»

«Warum sollen wir es Ihnen nicht sagen?», sagte Eduard. «Wir halten nichts vom Rauschgifthandel. Die Rauschgifthändler sind alle Kapitalisten und Verbrecher, die Dreck zu hohen Preisen verkaufen. Marihuana und Hasch sollten erlaubt und der Rest verboten werden.»

«Bist du Kommunist?», fragte Grijpstra sanft.

«Nein. Sie denn?»

«Nein», sagte Grijpstra, «aber ich sympathisiere mit einigen Ideen der Kommunisten. Wie die meisten Menschen, denke ich.»

Eduard lächelte. «Ein kommunistischer Polizist.»

«Ich habe nicht gesagt», sagte Grijpstra, «dass ich Kommunist bin. Was wisst ihr also über Piets Rauschgifthandel?»

«Konkret nichts», sagte Eduard, «aber diese Suppenpaste, wissen Sie, was das ist?»

«Ja», sagte Grijpstra.

«Mizo-Suppenpaste sieht fast genauso aus wie Hasch», sagte Eduard. «Piet importierte sie in Fässchen aus Japan. Es kamen immer zwanzig Fässchen gleichzeitig, manchmal sogar kurze Zeit nacheinander. Und wir brauchten für das Restaurant nur ein Fass monatlich und vielleicht noch eins zum Umfüllen in Glastöpfchen, die wir dann im Laden verkauften.»

«Und wo blieb der Rest?», fragte de Gier.

«Den verkaufte er.»

«An wen?»

Eduard schüttelte den Kopf. «Keine Ahnung. Wer isst schon Mizo-Suppe? Vielleicht ein paar tausend Menschen in ganz Holland. Vielleicht noch weniger.»

«Und wie wurden die Fässchen aus dem Haus geschafft?»

«Immer durch dieselben Kerle», sagte Eduard. «Zwei Kerle, die sie in einen Kleinbus packten, in einen teuren Bus, einen Mercedes. Ich habe einmal beim Beladen mitgeholfen, und sie hatten eine Stereoanlage im Bus. Das fiel mir damals auf.»

«Kamen die Kerle auch ins Haus?», fragte Grijpstra.

«Meistens in die Bar», sagte Eduard. «Dann tranken sie ein Bier.»

«Waren sie an dem Abend dort, als Piet starb?»

«Ja», sagte Johan plötzlich, «sie waren da. Sie saßen in der Bar.»

«Hast du denn dann keinen Verdacht geschöpft?», fragte Grijpstra.

«Ach», sagte Johan und zuckte die Achseln, «ich hätte vielleicht etwas sagen können, aber Sie haben damals nicht gefragt, und warum sollte ich darin verwickelt werden. Wenn es wirklich Rauschgifthändler sind, dann könnten sie gefährlich werden. Und ich dachte damals, Piet hätte Selbstmord verübt. Ich wollte nur so schnell wie möglich weg. Die Polizei denkt offenbar an Mord, sonst wären Sie nicht mehr mit der Sache befasst.»

«Das könnte sein», sagte Grijpstra und steckte eine Filterzigarette am falschen Ende an. Er merkte sein Versehen und warf die Zigarette aus dem Fenster.

«Heh», rief Annetje, «das dürfen Sie nicht. Zigaretten in der Gracht sind schlimm, davon sterben die Fische.»

«Verzeihung», sagte Grijpstra, «du hast Recht. Ich wohne selbst an der Lijnbaansgracht und habe mich heute noch über den Dreck im Wasser geärgert.»

Annetje lachte. «Sie sind ein netter Mensch.»

«Die gibt es auch bei der Polizei», sagte de Gier. «Wir danken euch für die Gastfreundschaft. Vielleicht kommen wir noch einmal vorbei, wenn wir dürfen.»

Eduard brachte die Beamten zur Tür.

Beim Wagen sahen sie sich noch einmal zum Boot um.

Eduard winkte, de Gier winkte zurück.

Zehn

De Gier fuhr in die falsche Richtung. Das Ende der Uferstraße war eine Brücke, und sie zierte ein rotes Schild mit weißem Querstrich.

«Ha», sagte Grijpstra, «jetzt musst du wieder umkehren,

und das fröhliche Völkchen wird uns zuwinken. Und wir können zurückwinken.»

De Gier fuhr weiter und an dem roten Schild mit dem weißen Querstrich vorbei.

«Heh», sagte Grijpstra.

«Die Polizei darf alles», sagte de Gier. «Und was wollen wir jetzt tun?»

«Halte den Wagen an», sagte Grijpstra. «Dort drüben ist ein Café. Ich will etwas trinken.»

Das Café war leer, und die Beamten lehnten sich an die Bar. Es war ein langweiliges Café. Der alte Mann hinter der Theke wollte ein Gespräch über das Wetter beginnen. Die Beamten sahen durch ihn hindurch.

Nach langem Schweigen bestellte Grijpstra eine zweite Limonade. Er bezahlte. De Gier wollte schon etwas über diese unerwartete Freigebigkeit sagen, aber er unterließ es. Es war warm, die Kleidung klebte ihm am Körper.

«Eine Razzia», sagte Grijpstra.

«Wie bitte?», fragte de Gier.

«Eine Razzia», wiederholte Grijpstra. «So etwas haben wir schon seit langem nicht mehr gemacht. Der Hoofdinspecteur will, dass wir die beiden Haschhändler verhören, was eigentlich schon längst hätte geschehen müssen.»

«Aber um sie zu verhören, brauchen wir doch nicht eine Razzia zu veranstalten.»

«Vielleicht können wir sie gleich festnehmen», sagte Grijpstra.

De Gier zuckte die Achseln. «Meinetwegen. Sie sind bis jetzt die einzigen Verdächtigen, von denen wir wirklich wissen, dass sie nichts taugen.»

«Wir brauchen einen anderen Wagen», sagte Grijpstra, «dieser fällt auf. Hast du die Adresse von den Kerlen?»

De Gier sah in seinem Notizbuch nach und nickte. «Aber ich habe zwei, Vossiusstraat und Leliegracht.»

Grijpstra machte ein unzufriedenes Gesicht. «Das macht es wieder schwieriger. Es besteht die Möglichkeit, dass sie bei keiner der beiden Adressen sind, sondern ruhig in Spanien am Strand liegen. Aber wir werden es bei beiden versuchen.»

Auf dem Innenhof des Präsidiums suchte und fand de Gier den Wagen, den sie gewöhnlich benutzten. Während Grijpstra weitere Beamte zur Unterstützung holte, kontrollierte de Gier den Inhalt des Volkswagens. Inzwischen hatten andere Beamte den Wagen benutzt, aber es war noch alles an seinem Platz.

Als Grijpstra mit zwei Beamten zurückkam, fanden sie de Gier mit einem Karabiner in den Händen.

«Was willst du damit?», fragte Grijpstra. «Wir haben keinen Krieg.»

«Nein», sagte de Gier, «ich habe zu viele Filme gesehen. Aber ein Karabiner ist eine gute Waffe, die man hin und wieder einfach in die Hand nehmen muss. Unter der hinteren Sitzbank liegt sie sonst nur herum.»

«Ein Maschinengewehr Kaliber Punkt fünfzig ist auch eine gute Waffe», sagte einer der Beamten. «Ich hatte eins in Niederländisch-Indien. Rattattat machte es damals. Und danach gab es echten Nasigoreng zu essen. Das war noch etwas anderes, als den ganzen Tag lang die Straßenmärkte abzulaufen und zu schauen, ob man gestohlene Ware findet.»

«Ein Krieger», sagte de Gier.

«Nun ja», sagte der Beamte, «meine Freunde sind gefallen, und ich habe selbst auch noch eine Weile mit einem Granatsplitter im Bein im Lazarett gelegen. Natürlich war es ein holländischer Granatsplitter. Aber es war ein anderes Leben. Nicht so eintönig.»

«Dies ist auch spannend», sagte Grijpstra, «vielleicht könnt ihr gleich auf den Dächern der Vossiusstraat herumklettern.»

«Fein», sagte der Beamte, «dann haben die Hippies im Vondelpark etwas zu sehen. Dann brauchen sie nicht mit dem Finger in der Nase zu bohren.»

Aber in der Vossiusstraat waren die beiden nicht. Die Nachbarn sagten, der Gesuchte auf dem Foto wohne schon seit langem nicht mehr hier.

«Das ist schon fast ein Vergehen», sagte de Gier. «Er hat die Änderung seiner Adresse nicht gemeldet.»

«Steht darauf eine Strafe von zehn Gulden?», fragte Grijpstra. «Oder von fünfzehn?»

Er bekam keine Antwort. Für Scherze war es eigentlich zu warm.

In der Leliegracht parkte de Gier den Wagen und ging allein zum Haus, um es sich anzusehen. Ein schönes Haus, soeben durch das Stadtbauamt restauriert und in seiner Pracht des 17. Jahrhunderts wiederhergestellt.

Er ging zum Wagen und berichtete über seine Beobachtungen.

«Die Häuser haben kleine Hintergärtchen», sagte Grijpstra. «Wenn jetzt zwei von uns die Gärten beobachten würden?» Er sah die beiden Beamten auf den Rücksitzen fragend an.

«Das ist gut», sagte der Kleinere der beiden. «Wir werden bei den Nachbarn klingeln. Aber vergesst nicht, uns Bescheid zu geben, wenn es vorbei ist, sonst sitzen wir hier morgen früh noch, was mir schon einmal passiert ist.»

De Gier klingelte. Es wurde gleich geöffnet. Oben auf der Treppe sah er einen breitschultrigen jungen Mann mit vollem blonden Haar, das ihm bis auf die Schultern hing.

«Ja?»

«Polizei», sagte de Gier. «Dürfen wir eintreten?»

«Haben Sie einen Durchsuchungsbefehl?», fragte der junge Mann.

«Nein», sagte de Gier, «aber ich kann sofort einen holen, dann bleibt mein Kollege solange vor der Tür stehen.»

Der junge Mann dachte kurz nach.

«Nein», sagte er, «das will ich Ihrem Kollegen nicht antun. Kommen Sie nur mit nach oben.»

Im Wohnzimmer sah Grijpstra sich bewundernd um. Das Stadtbauamt hatte wieder einmal sein Bestes getan. Dicke Eichenbalken, prächtige handwerkliche Arbeit an Fenstern und Fensterbänken, die ganze vornehme Atmosphäre von früher wurde wieder zurückgebracht.

Er stellte sich dem jungen Mann und dessen Freund vor, der vor dem Fernseher gesessen hatte, einem Farbgerät des neuesten Modells. Er schaltete es aus und stand auf.

«Beuzekom», sagte der blonde junge Mann. «Aber meinen Namen werden Sie bereits kennen. Und dies ist mein Freund Ringma.»

«Nehmen Sie Platz», sagte Ringma und zeigte einladend auf ein Kanapee. Ringma war ein kleiner Mann mit einem Rattengesicht; ihm waren schon früh die Haare ausgegangen, den spärlichen Rest ließ er lang und ungepflegt über die Ohren herabhängen.

Grijpstra hatte sich bereits gesetzt. Er warf einen sehnsuchtsvollen Blick zur Bar hinüber, die eine Ecke des Zimmers ausfüllte. Beuzekom hatte sich hinter die Bar gestellt.

«Was darf es sein?»

«Etwas Erfrischendes», sagte Grijpstra.

«Limonade? Tonic?»

«Limonade», sagte Grijpstra.

Beuzekom schnitt zwei Zitronen halb durch und drückte sie mit routinierter Bewegung über einem kleinen Sieb aus. Eiswürfel klingelten, ein silberner Rührlöffel kam ins Glas, das er auf ein Tablett stellte.

«Sind Sie Kellner gewesen?», fragte de Gier.

Beuzekom lachte. «Ja, ich habe früher als Kellner gearbeitet, als ich studierte und für mein Taschengeld selbst sorgen musste. Sie auch Limonade?»

«Bitte», sagte de Gier.

«Sie nehmen es uns nicht übel, wenn wir etwas Stärkeres trinken?»

Er schenkte zwei Gläser halb voll mit einem teuren Whisky.

«Pur?», fragte er Ringma.

«Mit Eis», sagte der.

«Und was können wir für die Herren tun?», fragte Beuzekom. Er hatte sich auf einen mit Velours überzogenen Stuhl mit hoher Rückenlehne gesetzt und sah seine Gäste freundlich an.

«Sie sind schon einmal wegen Rauschgifthandels verurteilt worden», sagte Grijpstra, «zumindest habe ich das gehört. Stimmt das?»

Beuzekom sah ihn freundlich an. «Die Polizei ist gut informiert. Drei Monate, von denen mir einer erlassen wurde. Ringma wurde wegen Mangels an Beweisen freigesprochen. Er hat solange das Haus gehütet. Aber das ist bereits ein Jahr her. Wir hatten es schon fast vergessen.»

«Und jetzt gibt es Hinweise, dass Sie wieder ins Haschgeschäft eingestiegen sind», sagte de Gier, «Hasch in Fässchen verpackt, in die eigentlich Mizo-Suppe gehört. Und sie kommen aus dem Haus Haarlemmer Houttuinen Nummer 5, früher im Besitz des verstorbenen Piet Verboom.»

Beuzekom nickte, nahm einen Schluck und schüttelte sich.

«Der erste Schluck heute», sagte er entschuldigend, «davor schaudert mir immer.»

Es war still im Zimmer. Die Beamten sahen Beuzekom an und dieser wiederum sie. Beuzekom nahm noch einen Schluck.

«Ihre Hinweise stimmen zum Teil. Ich habe in der Tat Mizo-Suppe von Piet Verboom gekauft, weil er zu viel davon hatte und ich dachte, ich könnte sie an andere ähnliche Restaurants loswerden. Aber es ist mir nicht gelungen oder, besser gesagt, noch nicht gelungen. Alle fünf Fässchen befinden sich noch hier im Haus. Möchten Sie sie sehen?»

Krepieren sollst du, dachte de Gier, der das Gesicht des kleinen Ringma beobachtet hatte. Ringma sah ruhig aus, aber seine Augen zwinkerten.

«Ich möchte sie sehen», sagte Grijpstra.

«Hilf mir mal, Ringma», sagte Beuzekom, und gemeinsam rollten sie fünf Fässchen ins Zimmer. Die Fässchen waren noch geschlossen und mit dicken Seilen verschnürt.

«Sollen wir sie öffnen?»

Grijpstra nickte.

«Das solltest du nicht tun», sagte Ringma, «dann können wir sie nicht mehr verkaufen. Sie sind so hübsch zu mit dem Seil drum herum. Das kriege ich nie wieder so hin, wie es war. Ich bin kein Japaner.»

«Hör auf zu nörgeln», sagte Beuzekom, «mach sie selbst auf, dann weißt du mit Sicherheit, dass nichts kaputtgeht. Wenn die Polizei glaubt, es ist Hasch drin, wird sie es so lange glauben, bis sie sich vom Gegenteil überzeugt hat. Ich weiß, dass kein Hasch drin ist, du weißt es ebenfalls, aber die Herren hier wissen es noch nicht.»

«Gut», sagte Ringma und machte sich vorsichtig über die Knoten her.

Nach einigen Minuten hatte er ein Fässchen geöffnet.

De Gier untersuchte die dicke braune Paste. Es war kein

Hasch. Mit einem Löffel, den ihm der bereitwillige Beuzekom gab, grub er ein Loch in den Brei. Offenbar bestand der Inhalt bis auf den Boden des Fässchens nur aus dieser braunen Schmiere.

Ringma öffnete jetzt auch die vier anderen Fässchen.

«Überzeugt?», fragte Beuzekom.

«Dürfen wir das Haus durchsuchen?», fragte Grijpstra.

«Selbstverständlich», sagte Ringma, «wir haben nichts zu verbergen. Aber bringen Sie nichts durcheinander, ich muss es nur wieder aufräumen.»

«Sind Sie hier die Hausfrau?», fragte Grijpstra.

«So könnten Sie es nennen», kicherte Ringma.

Sie fanden nichts außer einigen teuren Sachen, Schränke voller Kleidung, antike Möbel, sehr kostbare Teppiche und Gardinen, ein paar Gemälde von weniger bekannten alten Meistern.

«Machen wir Schluss damit», sagte Grijpstra zu de Gier. «Begreifst du das?»

«Nein», sagte de Gier.

«Das ist einfach unmöglich», sagte Grijpstra, «was wollen diese Burschen mit Mizo-Suppe? Und wo ist der Rest? Laut Eduard und Johan haben sie mehrmals zwanzig Fässchen auf einmal erhalten, aber das ist natürlich nicht zu beweisen. Es sei denn, die Rechnung über den Einkauf, die Piet gehabt haben muss, ist noch zu finden. Wir könnten uns auch die Zeugenaussagen der jungen Leute vom Wohnboot geben lassen. Wenn die sagen, Piet habe monatlich nicht mehr als ein Fass für sein Restaurant gebraucht oder höchstens zwei, er aber viel größere Mengen importiert habe und der Überschuss von unseren Freunden hier abgenommen worden sei ...»

De Gier war nicht beeindruckt.

«Das ist kaum belastendes Material. Beuzekom und Ringma

geben zu, dass sie Mizo-Suppe gekauft haben, und wir haben hier fünf Fässchen gefunden. Mehr hätten sie nie gehabt, sagen sie. Wenn wir Hasch gefunden hätten, könnten wir etwas machen, aber so würde der Richter nur lachen, meinst du nicht?»

«Ja», sagte Grijpstra. «Und selbst wenn wir Hasch gefunden hätten, wäre das noch keine große Sache. Hasch macht in letzter Zeit nicht mehr viel Eindruck. Heroin müssten wir finden. Die verschwundenen 75 000 Gulden weisen im Übrigen auf Heroin hin.»

«Nicht unbedingt», sagte de Gier, der sich auf ein Bett setzte und den Kopf an die Wand lehnte, direkt unter einem Bild eines Liebespaares aus dem 17. Jahrhundert. «Vierzig oder sechzig Fässer Hasch kosten auch Geld. Aber wo sind die Fässer?»

«Nun», fragte Beuzekom, als die Beamten wieder ins Wohnzimmer kamen, «haben die Herren etwas gefunden?»

«Nein», sagte Grijpstra.

«Das ist schade für die Herren. Noch ein Glas Limonade?»

«Ich nicht», sagte Grijpstra.

«Aber ich», sagte de Gier. «Du kannst ja schon gehen. Ich werde mich mit den Herren noch etwas unterhalten, wenn es gestattet ist.»

Hinter dem Rücken von Beuzekom zwinkerte er Grijpstra zu.

«Gut», sagte Grijpstra, «dann bis morgen. Und versuche mal, pünktlich zu sein. Das ist nämlich möglich.»

Beuzekom saß gelassen auf seinem veloursbezogenen Stuhl, Ringma lag auf der Polsterbank. Grijpstra war schon seit einigen Stunden fort. Auf der Bar standen eine leere und eine halb volle Whiskyflasche.

«Darfst du eigentlich trinken, wenn du im Dienst bist?»,

fragte Beuzekom. Seine Zunge war schwer, aber er bekam die Worte noch gut heraus.

«Ich bin nicht im Dienst», sagte de Gier, der sich auf dem Kanapee ausgestreckt hatte. «Ich arbeite nur acht Stunden am Tag, genau wie die anderen Beamten. Ich sitze hier ganz einfach bei Freunden.»

«Ha», sagte Ringma, «dreckiger Bulle!»

«Na, na», sagte Beuzekom, «du sollst höflich sein zu unserem Gast, Ringetje! Mijnheer mag zwar ein dreckiger Bulle sein, aber jetzt ist er unser Gast. Auf der Straße kannst du ihn beschimpfen. ‹SS-Mann› können wir dann rufen und ‹Nazi›, aber dann nichts wie weg.»

Ringma lachte gackernd. «Mizo-Suppe, hahaha, und sie suchen Hasch. Was für Stümper, wie, Beus?»

«Halt den Mund», sagte Beuzekom. «Wir wissen nicht einmal, was die Herren suchen. Und du musst die Arbeit anderer respektieren. Wenn du in der Schule besser aufgepasst hättest, wärest du vielleicht auch zur Polizei gekommen.»

«Hör auf», gackerte Ringma und fiel vor Lachen von der Bank.

De Gier wartete, bis sich Ringmas Lachkrampf gelegt hatte.

«Das war interessant», sagte de Gier, «die Geschichte, die du mir über dein Leben erzählt hast. Du bist also studierter Psychologe, wie? Ein Doktorand?»

De Gier sprach ebenfalls mit etwas schwerer Zunge. Drei Glas Whisky war mehr, als er auf nüchternen Magen vertragen konnte.

«Ja», sagte Beuzekom, «Psychologe und Doktorand. Und das Studium in der schnellstmöglichen Zeit beendet, vergiss das nicht. Und keine Stelle. Ja, doch eine Stelle, irgendwo in einem Büro für 900 Gulden monatlich. Als Assistent des Assistenten. Aber ich bin nicht lange geblieben. Dafür hatte ich nicht studiert.»

«Du arbeitest also nicht», sagte de Gier.

«Nein», sagte Beuzekom, «ich arbeite nicht. Ich erhalte schon seit einem Jahr Arbeitslosenunterstützung. Oder Arbeitslosenfürsorgeunterstützung oder was weiß ich. Jedenfalls Geld.»

«Quatsch», sagte de Gier, «dies ist ein teures Haus.»

«Eine Wohnung», verbesserte Ringma.

«Eine teure Wohnung», sagte de Gier, «Verzeihung, aber teuer ist sie. Und ihr habt für mindestens fünfzig Mille Sachen im Haus.»

«Wo?», fragte Ringma, der aufgesprungen war und durch das Zimmer tanzte. «Wo sind die fünfzig roten Scheine? Siehst du fünfzig rote, Beus?»

«Nur mit der Ruhe», sagte Beuzekom, «wir haben nicht für fünfzig Mille Sachen im Haus. Der Mijnheer redet nur so.»

«Nichts da», sagte de Gier, «das Fernsehgerät drei Mille, die antiken Möbel zwanzig Mille, die Teppiche acht Mille, die Gemälde fünfzehn Mille. Das macht schon fast so viel aus. Soll ich noch weitermachen?»

«Mach nur weiter», sagte Beuzekom, «aber du redest Unsinn. Zehn Mille reichen auch. Nur das Fernsehgerät ist neu, aber darauf habe ich eine Menge Rabatt erhalten. Den Rest habe ich aufgestöbert. Aus zweiter Hand auf dem Markt gekauft und einiges von meinem Vater geerbt.»

«Arbeitet Ringma auch nicht?», fragte de Gier.

Beuzekom ging zur Bar, um sein Glas zu füllen. Er drehte sich auf halbem Wege um.

«Ich bin Zuhälter, Mijnheer, aber erzähl's nicht weiter. Mein Ringetje verdient viel Geld. Aber er gibt alles brav ab. Hier kommt gelegentlich mal ein süßer Onkel her. Was hast du im vergangenen Jahr für die Steuer angegeben, Ringetje?»

«Zwanzig», sagte Ringma.

«Siehst du?», sagte Beuzekom. «Mein kleiner selbständiger Unternehmer. Zwanzig rote Scheine hat er verdient, alles mit seinem kleinen Hintern. Ordentlich der Steuer gemeldet. Und davon haben wir auch einiges gekauft, was hier im Haus steht. Wir handeln nicht mit Hasch. Hasch ist gefährlich. Und im vergangenen Jahr habt ihr mich geschnappt.»

«Und der teure Mercedes-Kleinbus, mit dem ihr herumfahrt?», fragte de Gier.

«Ach, quatsch doch nicht, Kerl», sagte Beuzekom, «immer müsst ihr weiterbohren. Und dies? Und das? Der Kleinbus läuft auf den Namen meines Bruders. Er ist Chirurg und verdient zweihunderttausend. Er fährt damit in den Urlaub, und in der übrigen Zeit benutze ich ihn, weil ich sorgsam damit umgehe und ihn auf meine Kosten nachts in die Garage stelle. Seine Garage ist voll. Willst du die Zulassung sehen?»

«Gern», sagte de Gier.

Beuzekom wurde ärgerlich.

«Ich werde sie dir zeigen, aber dann kannst du dich verziehen. Ich habe nichts ausgefressen, ich fresse nichts aus und werde nichts ausfressen. Ich habe meinen Verstand nicht vergebens bekommen. Ich suche eine gute Stellung oder ein kleines Geschäft. Ich handele schon ein wenig mit Antiquitäten und ähnlichen Waren, und die Sache läuft gut. Es wird immer mehr, wenn man eifrig und treu am Ball bleibt. Ich hab dich für einen netten Kerl gehalten, als du hier hereingekommen bist, und du tust auch nur deine Arbeit, aber du darfst dir hier nichts aus den Fingern saugen.»

«Schenk mir noch einen ein», sagte de Gier und hielt sein Glas hoch.

«Ich habe Lust, ein wenig zu schwofen», sagte Ringma. «Hast du Musik gern, Bulle?»

«Ja», sagte de Gier.

«Dann darfst du dir welche aussuchen», sagte Ringma und zeigte auf das unterste Regal des Bücherschranks, wo die Langspielplatten in einer meterlangen Reihe nebeneinander standen.

De Gier betrachtete die Platten. Er fand eine mit japanischer Flötenmusik. Beuzekom legte die Platte auf. Es war eine Bambusflöte, und jeder Ton hatte Nebenklänge, wenn die eingeblasene Luft auf die feinen Härchen und Splitter im Innern des Instruments traf. De Gier ließ sich wieder auf das Kanapee sinken und schloss die Augen. Er fühlte sich fortgetragen von der seltsamen Musik, und der Alkohol half ihm, seiner Phantasie freien Lauf zu lassen. Die fremdartigen, lockeren hohen Töne ließen einen eiskalten Schauer über seinen Rücken laufen. Er sah vor sich einen Tempel und ein schlankes asiatisches Mädchen auf einem Balkon. Sie tanzte auf einer von weißem Mondlicht beschienenen Stelle. Die Vision war so wirklich, dass er sich entrückt fühlte, entrückt in eine andere Welt, die viel schöner war als die gegenwärtige, die er jetzt verließ. Dies war es: der Tempel, das tanzende Mädchen auf dem Balkon, das Mondlicht und er, der Zuschauer. Er musste seine ganze Willenskraft zusammennehmen, um wieder zurück auf das Kanapee zu kommen und wieder der Beamte zu sein, der zwei Verdächtige verhört und nur an Informationen interessiert sowie bereit ist, dafür ein wenig Theater zu spielen.

Er öffnete seine Augen und sah Ringma tanzen. Beuzekom hatte das Licht im Zimmer ausgeschaltet. Hinter dem zerbrechlichen Körper Ringmas schien das diffuse Licht der Straßenlaternen, das durch die Vorhänge gefiltert wurde. Von Ringmas Schlappohren und seinem fast kahlen Kopf war jetzt nichts genau zu erkennen. Er schlurfte mit kleinen Schritten umher, ohne die Füße zu heben; er kauerte sich zusammen und sprang unwahrscheinlich hoch und landete federnd wieder auf dem Boden. Er blieb stehen und begann ein Spiel mit seinen Armen und Händen, schwarze Silhouetten vor den unwirklich weißen Gardinen. Ringma war eine Puppe, eine verhexte Puppe, die sich mechanisch und dennoch lebendig bewegte, mit einem eingeblasenen Leben, das nicht seinem eigenen Wesen entsprang. Hinter sich spürte er die starrende Kraft der Augen Beuzekoms.

Die Musik hörte mitten in einer Note auf. In der plötzlichen Stille sank Ringma in sich zusammen und blieb liegen.

Beuzekom ging zu Ringma und klopfte ihm sanft auf den Kopf.

«Ringma hat in seinen jungen Jahren im Ballett getanzt», sagte Beuzekom. «Ein Gläschen», sagte Ringma heiser, «ein kleines Gläschen, Beus.» Er bekam ein halb volles Glas mit Whisky und legte sich wieder auf die Polsterbank.

«Das war schön», sagte de Gier.

Nach einigen Minuten kam das Gespräch wieder in Gang.

Beuzekom hatte eine dicke Kirchenkerze angezündet und betrachtete jetzt aufmerksam seinen Besucher.

«Wie viel verdienst du jetzt?», fragte er de Gier.

«Nicht viel», sagte de Gier.

«Welchen Rang hast du?»

«Brigadier», sagte de Gier.

«Das ist hoch», sagte Beuzekom. «Bei der Polizei kannst du es nicht weiter als bis zum Adjudanten bringen, nicht wahr?»

De Gier nickte.

«Und was verdienst du dann? Sechzehnhundert Gulden oder so?»

«So etwa», sagte de Gier.

«Das ist lächerlich wenig», sagte Beuzekom, «so viel kannst du bei der Stadtreinigung auch verdienen als Müllkutscher.»

«Wie viel verdienst du?», fragte de Gier.

«Ein Vielfaches von dem, was du jemals verdienen wirst, wenn du bei deinem jetzigen Brötchengeber bleibst», sagte Beuzekom. «Warum kommst du nicht zu mir? Ich habe Möglichkeiten genug, aber keine Zeit. Sprichst du Englisch?»

«Nicht fließend», sagte de Gier, «aber ich lese viel auf Englisch.»

«Wie lange bist du jetzt bei der Kripo?»

«Sechs Jahre.»

«Und vorher?»

«Fünf Jahre Dienst in Uniform.»

«Dann musst du viel Erfahrung haben. Ich meine es wirklich ernst. Ich könnte dich gebrauchen, und ich bin nicht kleinlich, wenn es um die Verteilung des Gewinns geht.»

«Und für welche Art von Geschäften hast du mich nötig?», fragte de Gier.

«Kein Rauschgift», sagte Beuzekom. «Antiquitäten. Und ein bisschen Schwarzhandel mit Restbeständen aus Fabriken, die nicht durch die Bücher laufen. Import und Export. Ich werde mir schon bald ein Geschäft einrichten mit Büro und einer hübschen Sekretärin.»

«Bah», sagte Ringma, der zugehört hatte.

«Du musst auch an andere denken, Ringetje», sagte Beuzekom.

De Gier stand auf und schaute auf die stille Gracht unter ihm. «Die Zukunft liegt nur im Handel mit Stoff», sagte er. «Wenn man wirklich Geld verdienen will, muss man es doch darin suchen.»

«In der Tat», sagte Beuzekom.

«Und dann wird wieder alles im Arsch sein», sagte de Gier. «Genauso wie früher. In China. Die Zeit der trockenen Erde, der Sandstürme, des Hungertodes, des Sklavenhandels, der Banditenkriege.»

«Ja», sagte Beuzekom, «das ist die Zukunft.»

«Und daran willst du mitarbeiten?», fragte de Gier.

«Mach dich nicht lächerlich», sagte Beuzekom. «Du weißt, dass uns diese Zukunft bevorsteht, und ich weiß es auch. Es ist eine Erscheinung, der sich niemand entziehen kann. Aber wir können ein wenig daran verdienen. Die Gegebenheiten müssen ausgenutzt werden; wenn du sie verändern willst, solltest du besser auf einen mageren Gaul steigen, einen Helm aufsetzen und gegen Windmühlenflügel kämpfen.»

«Ich habe heute Nachmittag die Leiche eines Mädchens gesehen», sagte de Gier. «Neunzehn Jahre alt. Sie hatte Stöcke statt Arme.»

«Heroin?», fragte Beuzekom.

De Gier sagte nichts.

«Okay», sagte Beuzekom. «Heroin. Heroin ist schlecht für die Gesundheit. Quecksilbervergiftung auch. Atombomben sind noch viel gefährlicher. Und Maschinengewehre und Panzer und Nervengas ebenfalls. Das ist alles sehr ungesund. Soll ich darüber weinen? Die Welt ist nun einmal, wie sie ist.»

«Ich wünsche dir gute Geschäfte», sagte de Gier und zog die Tür hinter sich zu.

Elf

Grijpstra hatte die beiden Beamten aus den Hintergärten abgeholt und war zum Präsidium zurückgefahren. Im Büro lagen noch einige Berichte, die er las. Ein uniformierter Beamter brachte ihm eine Kopie aller Fernschreiben dieses Tages, eine Kopie der Verbrechen in den Niederlanden. Er sah die Berichte durch. Das tote Mädchen von der Wohnschute wurde gemeldet und noch ein toter Junge in Rotterdam. Ein Junge von achtzehn Jahren, der durch ein Fenster im zwölften Stock eines Wohnhauses gesprungen war. Er dachte, er sei ein Vogel. Er hatte Pillen genommen.

Grijpstra hörte den Kaffeewagen kommen und stellte sich in die Tür. Während er den Kaffee trank, dachte er an de Gier, der jetzt wohl schon seinen soundsovielten Schnaps trank. De Gier war bei der Arbeit.

Komm schon, dachte er und wählte die Nummer von Constanze Verboom. Ihre Mutter meldete sich am Telefon.

«Kriminalpolizei, Mevrouw. Adjudant Grijpstra. Nehmen Sie es mir nicht übel, dass ich so spät noch anrufe. Ich würde Ihre Tochter gern sprechen. Eigentlich wollte ich noch vorbeikommen. Wäre das noch möglich?»

«Es ist noch keine zehn Uhr», sagte Constanzes Mutter. «Sie ist noch auf. Ich werde sagen, dass Sie kommen.»

Grijpstra ging zu Fuß. Die lange, enge Straße stimmte ihn nicht fröhlicher. Auf der Straße amüsierte sich noch die Jugend. Er musste vor den glänzenden Motorrädern immerzu zur Seite springen. Überall standen die Fenster offen, er konnte das Fernsehprogramm des Abends verfolgen, wenn er hin und wieder in die Zimmer schaute. Ein Krimi wurde gezeigt. Er sah schnell fahrende Wagen, hübsche Männer, die mit Pistolen schossen, und ein Mädchen mit tief ausgeschnittener Bluse.

Constanzes Vater öffnete die Tür und begrüßte ihn auf der Treppe.

«Ist Ihr Kollege nicht mitgekommen?», fragte der Vater mit etwas enttäuschter Stimme.

«Der ist sehr beschäftigt», sagte Grijpstra, «darum bin nur ich gekommen. Ist Ihre Tochter zu Haus?»

«Ja», sagte der Vater, «die zweite Tür rechts. Sie hantiert im Schlafzimmer herum. Ich habe sie den ganzen Abend noch nicht gesehen.»

Grijpstra klopfte an und öffnete die Tür.

«Nein», rief Constanzes Stimme. «O nein. Tür zu.»

Grijpstra sah nur eine Wolke von Federn. Er schloss die Tür hinter sich, aber das verursachte einen neuen Windstoß, und die Federwolke wurde womöglich noch dichter.

«Was tun Sie denn da?», fragte Grijpstra erstaunt, aber sein Erstaunen wurde zu Angst. Er konnte in den herumwirbelnden Federn nichts sehen und fühlte sich bedroht. Er zog seine Pistole, legte den Sicherungshebel herum und zog den Schlitten zurück, alles mit einer Bewegung, die ihm bei unzähligen Übungen auf der Polizeischule und später bei den regelmäßigen Wiederholungen im Schießkeller automatisch eingeprägt worden war.

«Nein», rief Constanze noch einmal.

Die Federn wirbelten jetzt zu Boden, Constanze begann zu lachen. Grijpstra machte ein dummes Gesicht, die Pistole noch in der Hand. Er hatte Federn im Haar, auf dem Schnurrbart und auf dem blauen gestreiften Anzug. Er steckte die Pistole ein.

Constanze hörte auf zu lachen.

«Ich wollte die Daunendecken meiner Eltern ausbessern und habe die Federn herausgenommen. Aber der Stoff ist zu sehr verschlissen. Ich war gerade dabei, die Federn in einen Sack zu füllen, als Sie hereinkamen. Jetzt kann ich die ganze Angelegenheit vergessen.»

Grijpstra versuchte, die Federn von seinem Anzug zu klopfen.

«Lassen Sie mich das machen», sagte Constanze und zupfte ihn sauber. «Ich werde sofort versuchen, das Zimmer mit einem Staubsauger wieder in Ordnung zu bringen. Gehen wir raus, sonst geht der ganze Rummel noch einmal los.»

Im Wohnzimmer wurde die Geschichte Vater und Mutter erzählt, und das Gelächter brach aufs Neue aus. Grijpstra lachte mit.

«Sagen Sie es aber nicht meinem Kollegen.»

«Gewiss nicht», sagte Constanze. «Wollte er heute Abend nicht mitkommen?»

«Er hat andere Arbeit», sagte Grijpstra.

Constanze sah ihn verstehend an. «Sie wollten mich noch etwas fragen?»

«Ja», sagte Grijpstra. «An dem Tag, als Ihr Mann gestorben ist, waren Sie nicht auf Ihrer Arbeitsstelle.»

Constanzes Eltern schauten auf, die Mutter von ihrer Handarbeit, der Vater von seiner Zeitung.

Constanze war nicht erschrocken. «Ich weiß. An dem Tag war ich krank. Ich bin zu Hause geblieben. Yvette habe ich noch zur Kinderkrippe gebracht, dann bin ich nach Hause gegangen und habe mich ins Bett gelegt. Ich war nicht richtig krank, nur sehr müde. Eigentlich habe ich blaugemacht. Ich habe kein Alibi.»

«Aber du bist in Paris gewesen?», fragte der Vater.

«Es gibt Flugzeuge», sagte Grijpstra.

«Ja», sagte Constanze, «aber ich habe in keinem gesessen.»

«Warum haben Sie uns nicht gesagt, dass Sie an dem Tag krank waren?»

«Sie haben mich nicht danach gefragt. Und ich dachte, Sie würden es nicht merken. Werden Sie mich jetzt festnehmen?»

«Haben Sie Piet denn ermordet?», fragte Grijpstra.

«Nein», sagte Constanze.

Grijpstra sagte nichts. Er rührte in seinem Tee, setzte die Tasse ab und zupfte noch einige Federn von seiner Hose.

Constanze fing wieder an zu lachen. «Wie komisch Sie vorhin ausgesehen haben.»

Grijpstra lächelte höflich.

«Ich habe ihn wirklich nicht ermordet», sagte Constanze. «Ich habe zwar schon daran gedacht, aber ich glaubte, er würde durch das Leben mehr bestraft als durch den Tod. Er war ein unangenehmer Mensch und hatte es deshalb schwer. Ich habe mir dann überlegt, wenn ich mich rächen wollte, sollte ich ihn leben lassen. Und ich kann auch keinen umbringen, es fällt mir schon schwer, eine Mücke totzuschlagen.»

«Das stimmt», sagte der Vater. «Sie würde eine Mücke eher mit einer Zeitung zum Fenster hinausscheuchen, als sie zu erschlagen. Ich kann mir nicht vorstellen, dass sie jemandem eine Schlinge um den Hals legen würde, aber Sie sind Polizist und wissen es wahrscheinlich besser.»

«Ich weiß nichts besser», sagte Grijpstra. «Und ich werde mich jetzt wieder auf den Weg machen. Vielen Dank für den Tee.»

«Und ich?», fragte Constanze. «Muss ich mit?»

«Nein. Bleiben Sie nur ruhig hier. Aber gehen Sie nicht nach Paris zurück, bis Sie von uns hören, dass alles in Ordnung ist. Wir brauchen Sie vielleicht noch.»

Grijpstra ging nach Hause. De Gier ging ebenfalls durch die Stadt. Der Alkohol hatte ihn benebelter gemacht, als er gedacht hatte, und er bestrafte sich, indem er den ganzen Weg zu Fuß nach Hause ging. Als er endlich nach über einer Stunde das hohe Mietshaus im van Nijenrodeweg sah, brannten ihm die Füße.

In dieser Nacht träumte de Gier wieder. Die Männer mit den Melonen auf dem Kopf tanzten um ihn herum und benutzten ihre Maschinenpistolen als Querflöten. Die Giebelhäuser in der Innenstadt waren baufällig und stützten sich gegenseitig. Dürre nackte Mädchen tanzten mit den Melonen-Gangstern und entfernten sich von Zeit zu Zeit aus dem Gewühl, um sich eine Spritze zu geben. Die Gracht war mit Mizo-Suppe gefüllt. Die alte Mevrouw Verboom war auch dabei, ebenfalls nackt, sie hatte sich eine Rhododendronblüte hinter das Ohr gesteckt. Als Grijpstra mit der Ärztin aus Bussum dahinwalzte, wurde es de Gier zu viel. Er drehte sich schwitzend um und wurde von einem piepsenden Kreischen wach. Olivier, der an seinen Füßen geschlafen hatte, fiel ihn an und biss und kratzte. De Giers Füße und Gelenke bluteten. Olivier sah ihn erschrocken an.

«Schlaf weiter», sagte de Gier, «du bist zu nervös.»

Am nächsten Morgen saßen die beiden Beamten bleich und mit Ringen um die Augen im Büro des Hoofdinspecteurs. Der Hoofdinspecteur sah sie abwechselnd an und rollte die Zigarre zwischen den Lippen hin und her. Neben ihm saß der Commissaris, ein kleiner unscheinbarer Mann.

Die Stille war bedrückend.

«Und was unternehmen wir jetzt in dieser Sache?», fragte der Commissaris mit unerwartet tiefer Stimme.

«Weitermachen», sagte Grijpstra, «was denn sonst?»

«Was meinen Sie dazu?», fragte der Commissaris und schaute zur Seite.

«Grijpstra hat Recht, glaube ich», sagte der Hoofdinspecteur. «Wir sollten Beuzekom und seinen Ballett tanzenden Freund beschatten und von Zeit zu Zeit verhören. Und die anderen Verdächtigen werden wir beobachten. Vielleicht passiert etwas. Vielleicht wird jemand nervös. Vielleicht erhalten wir einen anonymen Brief.»

«Vielleicht», sagte der Commissaris. «Vielleicht braucht ihr mehr Männer. Die könnt ihr haben. Dies sieht wie Mord aus. Und einen Mord müssen wir aufklären.»

Der Hoofdinspecteur zündete seine Zigarre wieder an. «Ich habe einen Plan», sagte er und sah Grijpstra an. «Willst du ihn hören?»

«Ja, Mijnheer», sagte Grijpstra.

«Wir werden am anderen Ende anfangen.»

Die Beamten machten ein fragendes Gesicht.

«Ich werde es erklären», sagte der Hoofdinspecteur. «Piet Verboom hat mit Hasch gehandelt. Dessen können wir jetzt sicher sein. Er hat es in Fässchen importiert, angeblich aus Japan. Wir haben die Einkaufsrechnungen gefunden. Die Mizo-Suppe kommt aus Pakistan. Aber aus Pakistan kommt niemals Mizo-Suppe, denn es ist ein typisch japanisches Gericht.»

Grijpstra setzte sich aufrecht hin.

«Aber, Mijnheer, was wir gesehen haben, war kein Hasch. Was es war, weiß ich nicht, aber es war jedenfalls kein Hasch.»

Der Hoofdinspecteur nickte.

«Was ihr gesehen habt, das war Mizo-Suppe, die Piet bei einem Großhändler in Amsterdam kaufte, der sie aus Japan importiert. Und was ihr im Vorratslager in den Haarlemmer Houttuinen gefunden habt, war ebenfalls Mizo-Suppe, die von dem Großhändler kam. Aber was Piet importierte, das war echtes, hochwertiges Hasch, und das kam aus Pakistan. Dass der Zoll nichts gemerkt hat, begreife ich nicht, denn alles, was aus Pakistan kommt, ist verdächtig. Aber vielleicht hatten die zu viel zu tun.»

«Und das echte Hasch verkaufte Piet weiter an Beuzekom und Ringma?», fragte Grijpstra.

«Genau.»

«Aber warum haben Beuzekom und Ringma das Hasch nicht selbst importiert? Gerissen genug dafür sind sie doch wohl.»

Der Hoofdinspecteur lächelte.

«Eben weil sie so gerissen sind. Sie haben keine Handelsfirma und verkaufen keine Speisen. Piet hatte dagegen die Gesellschaft, die bekannt war. Er importierte auch noch andere Waren. Und Piet hatte Kontakte mit Pakistan über Pakistanis, die in seinen Club kamen. Und außerdem ist er mehrmals in Pakistan gewesen. Wir haben es an seinem Pass gesehen. In seinem letzten Pass war zwar nichts zu finden, aber davor hatte er zwei andere, die sich im Einwohnermeldeamt befanden. Ich habe sie gesehen. Insgesamt ist er viermal in Pakistan gewesen. Vielleicht hatte er ein leeres Fässchen von der Mizo-Suppe mitgenommen und seine Freunde dort gebeten, es zu kopieren.»

«Wie viele Sendungen hat er importiert?», fragte Grijpstra.

«Bis jetzt haben wir zwei festgestellt», antwortete der Hoofdinspecteur. «Zweimal zwanzig Fässchen.»

«Und die fünf Fässchen bei Beuzekom?», fragte de Gier.

«Tarnung», sagte der Commissaris. «Sie müssen unsere Fragen nach Mizo-Suppe erwartet haben und hatten deshalb einen Vorrat im Haus. Das Hasch hatten sie längst verkauft.»

«Und die 75 000 Gulden?», fragte de Gier.

Der Hoofdinspecteur sah ihn bedächtig an.

«Bis jetzt haben wir euch Tatsachenmaterial geliefert. Ich kann zwar nicht beweisen, dass keine Mizo-Suppe in den Fässchen aus Pakistan war, aber es ist nahezu sicher. Wir haben schon Holzelefanten voller Hasch aus Pakistan gehabt und Kisten mit Früchten, die mit Hasch gefüllt waren, und jetzt haben wir die Fässchen mit Suppenpaste. Ich habe ein Fernschreiben nach Pakistan geschickt, aber die Firma, die das Zeug exportiert haben soll, gibt es nicht. Den Zoll dort wird man bestochen haben. Nein, es wird Hasch gewesen sein, was Piet an Beuzekom und dessen Kumpan verkauft hat. Aber dann.

Ich denke, Piet hat sich mal ausgerechnet, was er verdiente, und das war ihm zu wenig. Es ist riskant, immer die Fässchen zu importieren. Er wollte schneller zu etwas kommen.»

«Heroin», sagte Grijpstra.

«Ja. Heroin kann man gut in kleine Päckchen stecken, und es ist viel mehr wert als Hasch. Eine Stange Hasch bringt im Kleinhandel fünfundzwanzig bis dreißig Gulden und ein gestrichener Teelöffel voll Heroin hundertfünfundzwanzig bis hundertfünfzig Gulden. Und wenn man Hasch kaufen kann, dann kann man auch Heroin kaufen. Piet muss einen Lieferanten gefunden haben. Nicht in Pakistan, denke ich, sondern mehr in der Nähe. In Marseille wird viel Opium raffiniert, und vielleicht war er dort mal. Er war gelegentlich eine Woche fort, und in dieser Zeit kommt man bequem nach Marseille und zurück. Oder vielleicht war er in Nordafrika.»

«Gut», sagte de Gier, «er hat einen Lieferanten gefunden und wollte auf einen Schlag eine große Menge kaufen. Deshalb hat er alles Geld zusammengekratzt, was er finden konnte.»

«Das glaube ich», sagte der Hoofdinspecteur, «und kurz darauf wird er ermordet. Vielleicht von dem Mann, der ihm das Heroin brachte oder bringen sollte. Oder vielleicht von einem, der wusste, dass er das Geld im Haus hatte. Er kann sowohl vor als auch nach dem Handel ermordet worden sein. Aber im Haus haben wir keine Spur von Heroin gefunden.»

«Heroin wird meistens in versiegelten Plastikbeutelchen aufbewahrt», sagte de Gier, «der Stoff ist zu teuer, um ihn zu verschütten.»

«Beuzekom kann gewusst haben, dass Piet Heroin hatte», sagte Grijpstra, «denn er war der Kunde.»

«Beuzekom sollte dazu imstande gewesen sein», sagte der Hoofdinspecteur. «Und Beuzekom hat viel Geld. In einigen Bars gibt er über hundert Gulden in der Stunde aus. Meinetwegen könnt ihr Beuzekom festnehmen und verhören. Ich habe den Untersuchungsrichter bereits konsultiert, einige Wochen werden wir ihn wohl festhalten können. Und seinen Kumpan ebenfalls.»

«Getrennt verhören», sagte de Gier.

«Versprichst du dir etwas davon?», fragte der Hoofdinspecteur und zündete sich eine neue Zigarre an.

«Nein», sagte de Gier.

«Warum nicht?»

De Gier zuckte die Achseln. «Beuzekom hat Psychologie studiert und macht einen starken Eindruck. Den kriegen wir nicht klein, nicht einmal, wenn wir ihm das Rauchen verbieten und ihn in eine zugige Zelle sperren. Vielleicht lässt sich bei seinem kleinen Schandbuben etwas erreichen, aber es würde mich wundern. Sie haben zu viel zu verlieren. Sie leben jetzt im Luxus und wissen, dass wir ihnen nichts beweisen können; einige Wochen Unannehmlichkeiten in einer Zelle und einem Verhörzimmer wiegen eine goldene Zukunft sehr wohl auf.»

Der Hoofdinspecteur betrachtete seinen Kaktus.

«Gut, dann fangen wir am anderen Ende an. Wir werden in der Unterwelt herumstöbern und versuchen festzustellen, wer die Großen im Heroinhandel sind. Wir müssen die Lieferanten kennen lernen. Hier ist eine Liste mit Adressen, die das Fahndungsbüro erst vor kurzem zusammengestellt hat. Darauf stehen Bars und Studentenkneipen, aber auch Angaben über Bänke in Parks, Wartehäuschen an Straßenbahnhaltestellen, Wohnboote und so weiter. Die rot angezeichneten kommen am wahrscheinlichsten infrage. Ich werde die Aktion koordinieren. Ihr werdet erfahren, wann wir damit beginnen, aber ihr könnt auf der Stelle anfangen. Untersucht mal, woher der Schmutzfink von dem Wohnboot sein Heroin bezog, dieser Bursche von dem toten Mädchen, das ihr gefunden habt. Und jetzt geht erst mal Kaffee trinken.»

Die Beamten grüßten und gingen zur Tür.

«Auf Wiedersehen, die Herren», sagte der Commissaris.

Zwölf

«Olivier», sagte de Gier, als der Kater am Bett entlangstrich, «morgen bei Tagesanbruch werden wir mit dir in den Park gegenüber marschieren. Dann binden wir dir die Vorderpfoten auf dem Rücken zusammen und stellen dich an einen kleinen Pfahl. Und dann werden wir dich erschießen.»

Olivier schaute sich über seine Schulter um und schnurrte.

«Nein, nein», sagte Constanze und biss de Gier zärtlich ins Ohr. «Ich will nicht, dass du ihn umbringst. Er kann zu Freunden von mir, die einen Bauernhof haben. Und ich weiß, sie möchten gern eine Siamkatze haben. Und Olivier wäre auch glücklicher. Er könnte auf dem Hof spielen, auf Bäume klettern und Mäuse fangen. Es wäre für eine Katze ein viel natürlicheres Leben.»

«Ja», sagte de Gier und tastete auf dem Boden nach seiner Zigarettenpackung. Er nahm eine heraus und zündete sie mit einer Hand an, mit der anderen streichelte er Constanze.

«Und du könntest eine größere Wohnung nehmen, und ich würde ebenfalls arbeiten, sodass die Miete kein Problem wäre.»

«Ja», sagte de Gier.

«Und Yvette könnte in der Nähe zur Schule gehen und sich oft bei meinen Eltern aufhalten.»

«Hmm», sagte de Gier.

«Du möchtest nicht, wie?», fragte Constanze und legte ein Bein auf ihn.

De Gier befreite sich aus ihrer Umarmung und stand auf.

«Es ist Zeit fürs Frühstück», sagte er.

«Du hast mir noch nicht geantwortet», sagte Constanze.

«Ich weiß nicht», sagte de Gier, «ich muss es mir überlegen.»

Er rasierte sich, während Constanze das Frühstück machte. Der frühe Morgen war nicht die beste Tageszeit für de Gier, schon gar nicht, wenn er zur Arbeit musste. Er stöhnte, während er sein Gesicht mit einer stumpfen Klinge schabte.

«Wir könnten vielleicht sogar eine Wohnung kaufen», rief Constanze aus der kleinen Küche.

«Wohnungen sind teuer», sagte de Gier, nachdem er die Zahnbürste aus dem Mund genommen hatte.

«Ich habe Geld», sagte Constanze.

«Was für Geld?»

«Ich habe das Haus in den Haarlemmer Houttuinen mitsamt dem Inhalt verkauft und das Häuschen in Brabant, das Piet im vergangenen Jahr gekauft hatte.»

«So? Hat es viel gebracht?», fragte de Gier.

«Warum willst du das wissen?», fragte Constanze.

«Ich bin von der Polizei», sagte de Gier, «immer neugierig.»

«Zusammen hat es 100 000 Gulden gebracht.»

«Aber es war doch noch eine Hypothek darauf», sagte de Gier.

«Ja», sagte Constanze, «fünfzig Mille gehen davon ab. Aber es bleiben noch fünfzig Mille übrig.»

«Wer hat es gekauft?», fragte de Gier.

«Joachim de Kater», sagte Constanze, «unser Wirtschaftsprüfer. Er war sehr hilfreich. Es hat nur wenige Tage gedauert. Ende der Woche wollen wir den Vertrag beim Notar unterzeichnen, und dann muss ich mich entscheiden, was ich tun werde. Entweder wieder nach Paris und eine Wohnung für Yvette und mich kaufen oder hier bleiben.»

«Bei mir?», fragte de Gier.

«Bei dir», sagte Constanze leise, stellte eine Schüssel mit Rührei auf den Tisch und schaltete den Toaster ein, «wenn du willst.»

«Joachim de Kater», sagte Grijpstra und rührte in seinem Kaffee.

Der Hoofdinspecteur betrachtete seine beiden Gehilfen in der sicheren Burg seines Büros.

«Kenne ich den Namen?», fragte er.

«Ich habe einen Bericht über ihn geschrieben», sagte Grijpstra.

Der Hoofdinspecteur blätterte in seiner Akte. «Ah, hier.» Er las den Bericht.

«Ist er bei uns bekannt?», fragte de Gier.

Der Hoofdinspecteur schüttelte den Kopf.

«Wahrscheinlich nicht. Registrierte Wirtschaftsprüfer sind bei der Polizei nicht bekannt. Wenn sie etwas anstellen, sind sie ihre Lizenz los und können als Buchhalter weiter durchs Leben ziehen. Aber ich kenne vielleicht jemanden, dem Joachim de Kater schon begegnet ist. Ich werde mal telefonieren. Heute Nachmittag werde ich mehr wissen, ihr könnt ja dann vorbeikommen oder mich abends zu Hause anrufen, aber haltet mich dann nicht zu lange auf, weil ich das Fußballspiel nicht verpassen will.»

«Wen ruft er jetzt an?», fragte de Gier, als sie wieder auf dem Korridor waren.

«Die Berufsvereinigung», sagte Grijpstra, «bei der müssen alle registrierten Wirtschaftsprüfer Mitglied sein, glaube ich.

Und vielleicht ruft er einige staatliche Wirtschaftsprüfer im Finanzamt an. Vielleicht ist einer dabei, der zusammen mit Joachim studiert hat. Er findet schon etwas. Unser Hoofdinspecteur ist ein hartnäckiger Chef, wenn er sich einmal etwas in den Kopf gesetzt hat.»

«Er ist ein alter Miesepeter», sagte de Gier, «eine Eule auf einem Baum. Er sitzt nur da und sieht zu, wie wir uns Plattfüße laufen. Und wenn wir diese Geschichte hinter uns haben, bekommen wir einen neuen Fall. Und ich habe noch nie von ihm gehört, dass wir etwas gut gemacht hätten.»

«Nun, nun», sagte Grijpstra, «du bist ja nur böse, weil er heute Abend auf der faulen Haut liegen kann und du arbeiten musst.»

«Muss ich denn heute Abend arbeiten?»

«Wahrscheinlich», sagte Grijpstra, «ich will mir auch das Fußballspiel anschauen, und du hältst davon ja nichts.»

De Gier blieb stehen und verzog das Gesicht.

«Nur mit der Ruhe», sagte Grijpstra.

«Wohin gehen wir eigentlich?», fragte de Gier.

«Du hast ein kurzes Gedächtnis», sagte Grijpstra, «wir gehen auf Heroinjagd, erinnerst du dich?»

Der junge Mann öffnete nicht. De Gier drückte die morsche Tür der Wohnschute ein.

«He», rief der Junge, «was soll das?»

«Polizei», sagte de Gier, «kennst du mich noch?»

«Sie dürfen meine Tür nicht gewaltsam öffnen», sagte der junge Mann. «Dies ist mein Haus. Das Haus des Bürgers ist geschützt.»

«Verzeihung», sagte de Gier, «ich bin auf der Laufplanke ausgerutscht und gegen die Tür gefallen. Dabei ist das Schloss aufgesprungen. Dürfen wir reinkommen?»

«Nein.»

De Gier sah ihn an.

«Also gut», sagte der junge Mann, «ich ziehe ja doch den Kürzeren.»

Es war elf Uhr vormittags, aber der junge Mann lag noch in seinem Schlafsack. Es stank im Boot. Grijpstra öffnete zwei Fenster. Es kam etwas frische Luft herein, obwohl es auch draußen drückend und warm war. Am Vorabend hatte sich mit schwachem Donnern zwar ein Gewitter angekündigt, aber es hatte sich nicht durchgesetzt, und so litt die Stadt noch immer unter der Hitzewelle.

«Wie war doch noch dein Name», fragte de Gier.

«Koopstra», sagte der Junge, «Bart Koopstra.»

Er streifte den Schlafsack ab und zog die zerschlissenen Jeans und das schmutzige Oberhemd an, das er am Tag vorher schon getragen hatte.

«Haben Sie festgestellt, wer das Mädchen war?», fragte Koopstra.

«Nein», sagte Grijpstra, «du?»

Der Junge strich sich die Haare aus dem Gesicht und schüttelte den Kopf.

«Ich habe sie auf dem Dam getroffen. Ich wollte mit ihr sprechen, aber sie sagte nicht viel. Ich habe sie ganz gewöhnlich abgeschleppt und mit hergebracht. Das war dumm von mir. Ich hätte sehen müssen, dass sie schon weit weg war.»

«Tut es dir jetzt Leid?», fragte Grijpstra.

«Ja», sagte Koopstra, «ich bin ja kein Biest. Natürlich tut es mir Leid.»

«Sie ist tot», sagte Grijpstra. «Glaubst du an ein Jenseits?»

«Jetzt glaube ich daran», sagte Koopstra. «Man erlebt seltsame Dinge, wenn man anfängt zu spritzen. Aber davon wissen Sie nichts. Bei Ihnen bleibt es bei einem Bier oder bei einer halben Flasche Genever, wenn Sie abends mal versacken, aber davon wird man höchstens lebhaft und redselig.»

«Bereust du nicht, dass du mit dem Spritzen angefangen hast?», fragte de Gier.

«Und ob», sagte Koopstra, «aber dafür ist es jetzt zu spät. Ich kann nicht mehr damit aufhören. Ich hätte vielleicht besser beim Hasch bleiben sollen. Heroin gibt einem zwar viel mehr, aber es lässt von einem nichts übrig.»

«Du fühlst dich jetzt besser als gestern Nachmittag», sagte Grijpstra, «hast du danach wieder gespritzt?»

«Natürlich», sagte Koopstra.

«Und wie kommst du an den Stoff?», fragte de Gier.

Koopstra ging an ihm vorbei, wusch sich das Gesicht in einer Schüssel mit Wasser und trocknete es mit einem schmutzigen Tuch ab.

«Ich kriege meinen Stoff für umsonst», sagte er. «Ich werde behandelt. Jeden Tag eine bestimmte Dosis, aber sie verringern sie jetzt, um mich zu entwöhnen, und das ist die Pest. Ich habe daran nicht genug, und dann muss ich mich doch wieder auf die Strümpfe machen.»

«Und woher holst du den Stoff?», fragte Grijpstra.

Koopstra sah ihn ungläubig an.

«Das kann nicht Ihr Ernst sein», sagte er. «Wenn ich Ihnen das sage, kann ich ebenso gut in die Gracht springen, so wie der Kerl, den sie hier vor einigen Wochen aufgefischt haben. Der hatte ebenfalls gesagt, woher er sein Pulver holte.»

«Wir wollen es aber wissen», sagte Grijpstra.

Koopstra sah die Beamten schweigend an.

«Da ist auch noch das tote Mädchen», sagte de Gier. «Wir können dich mitnehmen und für ein Weilchen festhalten, mal sehen, ob du dich dann erinnerst. Eine Woche in der Zelle ist nicht angenehm für dich.»

«Dann bekomme ich gar nichts», sagte Koopstra.

«Du bekommst zu essen und zu trinken», sagte de Gier, «vielen Menschen genügt das.»

«Sie drohen mir», sagte Koopstra.

«Gewiss», sagte Grijpstra freundlich.

«Haben Sie einen Haftbefehl?»

«Der ist nicht nötig», sagte de Gier, «es gibt genügend belastende Umstände. Wir können dich zweimal vierundzwanzig Stunden festhalten, und der Untersuchungsrichter wird diese Frist wohl noch verlängern.»

«Verdammt!», sagte Koopstra. «Das gefällt mir nicht. Gestern das Mädchen und abends das Nachbarschaftskomitee, um mir zu sagen, dass ich innerhalb von drei Tagen verschwunden sein muss, sonst wird mein Schiff sinken. Und jetzt wieder Sie.»

«Sagst du es jetzt oder nicht?», fragte Grijpstra.

«Gut», sagte Koopstra, der sich mit zitternder Hand eine Zigarette anzündete, die de Gier ihm angeboten hatte. «Ich hole es hier in der Nähe, in einem Laden, wo sie indische Artikel verkaufen. Im Merelsteeg. Die Nummer weiß ich nicht. Es ist dort billig, und man kennt mich dort.»

«Dann komm mit», sagte Grijpstra. «Du gehst in den Laden und kaufst. Und in dem Augenblick kommen wir und schnappen ihn.»

Koopstra sprang auf. «Ich denke nicht daran. Der Kerl ist nach ein paar Tagen wieder frei und geht dann mit einem Messer auf mich los. Ich möchte noch für eine Weile heil bleiben.»

De Gier packte Koopstra bei den Schultern und drückte ihn auf die Erde.

«Hör gut zu, Kerlchen», sagte Grijpstra leise und seufzte beinahe, «du gehst jetzt hin, oder wir nehmen dich mit.»

Koopstra zog nervös an seiner Zigarette. Er sah Grijpstra an, der den Blick gleichgültig erwiderte.

«Wie die Gestapo», sagte Koopstra. «So muss es im Krieg auch gewesen sein. Was sind Sie eigentlich für Menschen?»

Die Beamten schwiegen.

«Gehen wir», sagte Koopstra.

Der Merelsteeg ist eine enge Straße, in die kaum Licht dringt. Die Bewohner haben Pflanzen vor die Tür gestellt, aber das allgemeine Bild ist armselig, erstickend, hoffnungslos. Die meisten Häuschen stehen kurz vor dem Einsturz, und eins davon ist der Laden, den die Beamten suchten. Der Laden hatte eine kleine Auslage von einigen bunten Fetzen und billigem Kupfergerät.

Koopstra ging hinein. Die Beamten warteten einige Sekunden und stürmten ihm nach. Der Verkäufer hatte das Plastikbeutelchen noch in der Hand. Koopstra hatte seine Hand ausgestreckt, um es in Empfang zu nehmen.

«Polizei», sagte Grijpstra. Der bleiche Mann hinter dem Ladentisch sah ihn gelassen an. Ein Kind stand auch noch im Laden. Aus den hinteren Räumen kam eine Frau.

«Ich habe dich gewarnt», sagte die Frau. «Das musste ja mal passieren.»

«Halt's Maul», sagte der Mann, aber er war nicht wütend.

De Gier durchsuchte den Mann, Grijpstra sah sich im Laden um. In der Schublade unter dem Ladentisch fand er acht Beutelchen mit weißem Pulver in einer Blechdose. Grijpstra ließ die Dose in seine Tasche gleiten.

«Wollen wir alles durchsuchen?», fragte de Gier.

«Wir nicht», sagte Grijpstra. «Ruf mal eben an. Wir warten dann auf sie. Bitte um zwei Männer. Die können dann alles auf den Kopf stellen. Inzwischen sprechen wir mit dem Mann hier.»

«Kommen Sie mit nach oben», sagte die Frau.

«Kann ich nach Hause gehen?», fragte Koopstra.

«Geh nur», sagte de Gier, «aber wenn du umziehst, musst du deine neue Adresse angeben, sonst werden wir dich suchen.» Er gab ihm seine Karte.

Das Zimmer oben war blitzsauber. Die Frau bot Kaffee an.

«Warum tun Sie das?», fragte Grijpstra.

«Der Laden wirft nichts ab», sagte der Mann.

«Bekommt er denn keine Unterstützung?»

«Doch», sagte die Frau, «aber die reicht ihm nicht.»

«Woher kommt der Stoff?», fragte de Gier.

Der Mann schwieg.

«Sag es doch», sagte die Frau, «dann ist es mit der Belastung vorbei. Ich hab dir doch gesagt, dass ich sie nicht ertragen kann. Ich arbeite lieber.»

«Auf den Knien Fußböden schrubben», sagte der Mann.

«Lieber als dies», sagte die Frau.

Das Verhör zog sich in die Länge. Grijpstra drohte und de Gier flüsterte. Die Frau half. Die Beamten, die unten den Laden auf den Kopf stellten, halfen ebenfalls. Sie machten Krach.

Schließlich gab der Mann nach. Er bezog das Heroin aus einer Bar in einer Nebenstraße vom Rembrandtplein. An diesem Abend sollte er eine neue Lieferung holen. Er gab eine Beschreibung seines Kontaktmanns.

Aber die Spur lief sich tot. Die Razzia abends in der Bar brachte nichts, nur viele erstaunte Gesichter.

Jemand hatte dem Eigentümer einen Tipp gegeben, jemand, der die Beamten im Merelsteeg bei der Arbeit gesehen hatte.

Die ganze Woche über arbeiteten die Beamten an den Adressen, die das Fahndungsbüro zusammengestellt hatte. Der Hoofdinspecteur leitete die Aktion, und der Commissaris bemühte sich ebenfalls. Von allen Seiten kam Hilfe. Beamte, als Landstreicher und Hippies verkleidet, warteten in Straßenbahnhäuschen, versteckten sich hinter Büschen in den Parks und durchstreiften die Gegend. Es gab Razzias in Cafés und Jugendclubs. In den Dienstzimmern wurde eifrig verhört. Die uniformierte Polizei beteiligte sich, und auch in anderen Orten entwickelte man Aktivität. Man verhaftete, nahm den einen oder anderen fest, aber es wurde keine einzige Verbindung zum Haus in den Haarlemmer Houttuinen gefunden und kein einziger überzeugender Beweis, um Beuzekom und Ringma festnehmen zu können.

«Bah», sagte de Gier und setzte sich auf einen Barschemel in einem kleinen Café am Zeedijk. «Ein Bier, Meister!»

Grijpstra saß neben ihm.

«Wieder nichts?», fragte er.

«Doch», sagte Grijpstra, «ich habe etwas. Ein wenig Stoff, er ist schon im Büro. Aber nichts für uns.»

«Wir werden auch nichts finden», sagte Grijpstra.

De Gier sah ihn erstaunt an und wischte sich den Schaum vom Schnurrbart. «Und warum nicht?»

«Der Mann, den wir suchen», sagte Grijpstra, «gehört nicht zu dem Kreis der Händler und Schacherer, die wir jetzt schnappen. Er ist ein Großer, der eine große Lieferung angeboten oder verkauft hat. Keiner kennt ihn. Nur Piet Verboom hat wahrscheinlich gewusst, wer er ist.»

«Das hättest du dem Hoofdinspecteur sagen sollen», sagte de Gier.

«Warum?», fragte Grijpstra. «Ich wollte ihm den Spaß nicht verderben. Und unsere Sache läuft noch. Wir werden ihn bestimmt noch schnappen.»

De Gier schüttelte missmutig den Kopf. «Das sehe ich noch

nicht. Ein Haufen Verdächtiger, viele Motive, aber kein einziger Beweis. Piet war zu verschwiegen. Seine eigene Frau weiß nichts. Seine Freundin weiß nichts. Die Leute, die für ihn arbeiteten, wissen nichts.»

Als sich die Staubwolken von der Aktion verzogen hatten, saßen Grijpstra und de Gier im Büro des Hoofdinspecteurs und sahen einander an. Der Commissaris war auch dabei.

«Nichts», sagte Grijpstra.

«Was heißt nichts», fragte der Commissaris. «Wir haben eine Menge gefunden, selbst ganz alte Fälle sind gelöst worden. Euer Fall ist nicht der einzige.»

Der Hoofdinspecteur bot Zigarillos an. «Geht jetzt wieder an eure normale Arbeit», sagte er. «Ich werde noch weiter in der Sache herumstochern, und wenn ich etwas erfahre, hört ihr von mir.»

«Und Joachim de Kater?», fragte Grijpstra. «Als wir an dem Abend anriefen, als es das Fußballspiel gab, wussten Sie noch nichts.»

«Ja», sagte der Hoofdinspecteur. «Dieser de Kater taugt nichts. Er hat kein Geld, dann hat er welches, aber er will nicht sagen, woher er es hat.»

Er zog an seinem Zigarillo. Die Beamten sahen ihn gespannt an. Der Commissaris machte ein gelangweiltes Gesicht.

«De Kater war ein brillanter Student», sagte er. «Er beendete sein Studium kurz vor dem Krieg. Während des Krieges bekam er keine Stellung, aber er machte eine eigene kleine Talkumpuderfabrik auf. Er verkaufte das Zeug an die deutsche Besatzungsmacht und vermischte es mit Streusand, sodass die Soldaten blutende Füße bekamen. Ein wahrer Patriot. Er wurde verhaftet, aber wieder freigelassen. Nach dem Krieg arbeitete er in verschiedenen Wirtschaftsprüfungsbüros und machte sich dann selbständig. Jetzt hat er einige feste Klienten, die ihm insgesamt etwa fünfzig Mille im Jahr einbringen. Das ist nicht viel für einen registrierten Wirtschaftsprüfer. Gewöhnlich verdienen sie mindestens viermal so viel. Und er lebt stilvoll, hat ein teures Büro, ein teures Haus und zahlt seiner geschiedenen Frau kräftig Alimente. Er hat keine feste Freundin, aber er besucht elegante Sexclubs. Er gibt doppelt so viel aus, wie er es sich bei seinem Einkommen erlauben könnte.»

«Vielleicht gibt er der Steuer nicht sein volles Einkommen an», meinte Grijpstra.

«Natürlich nicht», sagte der Hoofdinspecteur. «Heutzutage gibt keiner mehr sein wahres Einkommen an, nur die Beamten und die armen Kerle, die für andere arbeiten. Es ist aus der Mode gekommen.»

«Sie haben also wahrscheinlich den Steuerinspektor informiert», sagte de Gier lächelnd.

«Ja», sagte der Hoofdinspecteur, «aber die von der Steuer waren auf ihn schon aufmerksam geworden. Sie können ihm jedoch nichts nachweisen. Sie beobachten ihn nur.»

«Woher hatte er das Geld für die beiden Häuser, die er von Mevrouw Verboom gekauft hat?», fragte Grijpstra.

«Ja», sagte der Hoofdinspecteur, «das habe ich ihn auch gefragt, als ich ihn hergebeten habe, um mit ihm zu sprechen. Er sagte, es sei von einer amerikanischen Gesellschaft, die Häuser in den Haarlemmer Houttuinen aufkauft, um dort ein Hotel zu bauen.»

Die Beamten sahen den Hoofdinspecteur an.

«Es könnte möglich sein», sagte der Hoofdinspecteur.

Eine halbe Stunde später fuhren die beiden Beamten zu einer Großhandlung für Elektrogeräte. Ein Direktor hatte seinen besten Verkäufer bei einer Unterschlagung ertappt.

Dreizehn

Drei Wochen waren vergangen, seit die Beamten die tadellos gepflegte Leiche Piet Verbooms von einem Balken in seinem Zimmer abgeschnitten hatten. Es war Samstagnachmittag. Der Sommer näherte sich dem Ende, aber es blieb warm. Die Kriminalbeamten, die den Fall bearbeiteten, hatten dienstfrei. Aber in Gedanken beschäftigten sie sich mit der noch nicht abgeschlossenen Akte.

Der Commissaris lag in einem kochend heißen Bad. Es war das einzige Mittel, um die stechenden Schmerzen in seinen alten Männerbeinen zu lindern. Er schwitzte und dachte nach. Er war schon zu lange bei der städtischen Polizei, um frustriert zu sein. Er ordnete die Tatsachen und trennte sie von den Vermutungen. Er nahm sich vor, den Hoofdinspecteur mal wieder auf Trab zu bringen.

Der Hoofdinspecteur lief in einem himmelblauen Trainingsanzug durch den Park. Auch er schwitzte. Das Verlangen, sich hinzusetzen und eine Zigarette zu rauchen, überwältigte ihn fast. Er sagte sich, noch einmal um den Teich und dann die Zigarette. Und als er um den Teich rannte und schnaufte, dachte er an den Fall Verboom. Der Fall begann für ihn zur fixen Idee zu werden, immer sah er die Leiche am Balken hängen. Er hatte schon Albträume gehabt, aus denen er keuchend und klatschnass erwachte.

Grijpstra lehnte an einem Brückengeländer am Anfang der Looiersgracht und angelte. Der Angelkork bewegte sich, aber er sah es nicht. Die Sache dauerte ihm zu lange. Er war davon überzeugt, dass er alle Fakten kannte und damit genug Material hatte, um den richtigen Verdächtigen festzunehmen. Dass er es nicht konnte, musste an ihm liegen. Grijpstra kannte seine Unzulänglichkeiten. Er wusste, dass er nicht besonders intelligent war. Das Lernen in der Mittelschule hatte ihn viel Mühe gekostet. Auf der Polizeischule hatte er jeden Abend gebüffelt, um die Vorprüfungen und Examen zu bestehen. Aber er wusste auch, dass er viel gelernt hatte, vielleicht nicht in der Schule, sondern während der Tausende von Kilometern, die er zu Fuß durch seine Stadt zurückgelegt hatte. Und er wusste auch, dass er ein gutes Gedächtnis und die Gabe hatte, sich vollkommen konzentrieren zu können. Und zum soundsovielten Male zwang er seine Gedanken, zu dem Augenblick zurückzukehren, als er vor der Haustür von Haarlemmer Houttuinen Nummer 5 gestanden und gewartet hatte, nachdem de Gier auf die Klingel gedrückt hatte.

De Gier hatte Olivier auf dem Arm und stand auf dem Balkon, wo er die Geranienkästen betrachtete. Er fragte sich, ob das darin wachsende Unkraut ausgerupft werden sollte oder nicht. Er beugte sich vor, und Olivier streckte protestierend alle zwanzig Krallen heraus.

De Gier setzte den Kater vorsichtig ab und betrachtete noch einmal das Unkraut. Der Stängel der schwachen Pflanze hatte einen hellgrünen Streifen.

Schön, dachte de Gier und zog seine Hand zurück.

Kurz darauf hatte er seine Umgebung vergessen. Er starrte auf den freien Platz zwischen den Mietshäusern, die seine Aussicht nach hinten bildeten.

Das Unkraut war eine neue Erscheinung in seiner Welt, eine neue Tatsache. Es brachte ihn auf neue Gedanken. Und die hatte er nötig. Er brauchte neue Gedanken im Fall Verboom. Das Tatsachenmaterial war abgerundet, daraus sollte die Lösung zu destillieren sein. Eine neue Tatsache, um das Knäuel von Berichten und Protokollen zu entwirren.

Bah, dachte de Gier, denn er wusste, was jetzt kommen würde. Er kannte seine Unruhe. Diesen freien Samstag konnte er jetzt vergessen. Er würde etwas tun müssen. Er griff zum Telefon.

«Er ist angeln gegangen, Mijnheer de Gier», sagte Mevrouw Grijpstra, «aber er geht nie weit. Er wird wohl ganz in der Nähe sein. Soll ich ihn für Sie suchen?»

«Nein, Mevrouw, ich werde ihn schon finden.»

De Gier zog seine Jacke an.

«Was soll das?», fragte Grijpstra. Der schweigende de Gier hatte bereits eine volle Minute lang neben ihm gestanden.

«Nichts», sagte de Gier, «ich stehe hier und schaue aufs Wasser. Darf man das auch schon nicht mehr?»

«Brauchst du mich?»

De Gier sagte nichts.

«Du brauchst mich, sonst würdest du hier nicht stehen. Hat man dich geschickt?»

«Nein», sagte de Gier.

Grijpstra schaute wieder auf seinen Angelkork.

Das Schweigen dauerte wiederum eine Minute.

«Gut», sagte Grijpstra und holte seine Angel ein, «in dieser Brühe schwimmt sowieso kein Fisch mehr. Erzähle also.»

«Ich habe keine Ruhe», sagte de Gier.

Grijpstra fing an zu lachen, tief und aus voller Brust.

«Du bist überarbeitet, mein Bester. Du kennst doch das Rezept. Schluck Pillen und geh zum Psychiater. Du bekommst einen Monat Sonderurlaub. Und wir erledigen dann die Arbeit.»

Sie gingen jetzt nebeneinander. De Gier trug die auseinander genommene Angelrute.

«Ich bin nicht überarbeitet», sagte de Gier, «aber einen vierwöchigen Sonderurlaub würde ich annehmen. Zuerst muss ich jedoch wissen, wer Piet Verboom an den Balken gehängt hat.»

«Du solltest es wissen», sagte Grijpstra.

«Du auch.»

«Ich auch. Aber ich weiß es nicht. Und dennoch müssen wir den Fingerzeig gehabt haben. Du hast ihn gehabt und ich auch, aber wir haben nicht aufgepasst. Er ist an uns vorbeigeweht.»

«Ja, ja, ja, ja ...», sagte de Gier und blieb bei diesem «Ja», bis Grijpstra die Angel in den Korridor seines Hauses gestellt hatte und sie sich wieder in Bewegung setzten.

«Wohin gehen wir?», fragte Grijpstra.

«Ein Stückchen laufen», sagte de Gier. «Lass uns noch einmal in die Haarlemmer Houttuinen gehen, vielleicht werden wir dort inspiriert.»

Sie gingen die Prinsengracht entlang, dem Verkehrsstrom entgegen, sodass sie die Chance hatten, den Wagen auszuweichen und am Leben zu bleiben. Vor ihnen fuhr eine Frau auf dem Fahrrad, ebenfalls gegen den Verkehr, eine deutliche Übertretung. De Gier ärgerte sich. Er erinnerte sich an die Zeit, als Polizeibeamte wegen solcher Vergehen gegen die Gesellschaft noch Strafmandate austeilten. Er sah es wieder vor sich, wie er vor fünfzehn Jahren seinen ersten Dienst auf der Straße gemacht hatte. Er war stolz gewesen auf die beiden Streifen seines Rangabzeichens und auf die Dienstmarke, die ihm der Hoofdinspecteur selbst an die linke Brusttasche seines Uniformrocks geheftet hatte. Und er hatte eine Frau gesehen, die mit dem Fahrrad in einer Einbahnstraße in der falschen Richtung fuhr. Er hatte sich schneidig hingestellt, Brust raus, Hinterbacken zusammengekniffen, den Arm gehoben. Die Gesten eines Polizisten sind immer überdeutlich.

«Stopp!»

Und die Frau hatte gehalten.

Er hätte es beinahe selbst nicht geglaubt. Die Frau blieb stehen, weil er es wollte. Es war übrigens eine hübsche Frau.

Und er hatte ihr ein Strafmandat erteilt. Und sie war brav weitergegangen, das Fahrrad an der Hand. Wie viel Macht er doch hatte!

Aber jetzt fühlte de Gier sich schwach. Er hatte Mühe beim Gehen. Durch die Hitze waren ihm schon seit Tagen die Füße geschwollen. Er trug Sandalen und musste aufpassen, dass er sie beim Stolpern über einen Pflasterstein nicht plötzlich verlor.

Grijpstra ging ruhig an seiner Seite und betrachtete die Umgebung.

Grijpstra fühlte sich leidlich zufrieden. Alles andere lieber als zu Hause herumsitzen. Das Angeln am Morgen hatte ihm nicht sehr gefallen. Er bewegte sich lieber, und zwar am liebsten in einer Richtung, die den Abstand zwischen ihm und seiner Wohnung vergrößerte. Er hatte genug von den Nierensteinen seiner Frau und vom Anblick seines Sohnes, der nicht mehr zur Schule wollte und sein Taschengeld wahrscheinlich durch den Handel mit gestohlenen Motorradteilen aufbesserte.

«Heh», sagte de Gier.

Grijpstra schaute in die angegebene Richtung.

Die Frau auf dem Fahrrad vor ihnen hatte nicht viel an, nur ein Höschen und ein Tuch, das sie um ihre großen Brüste gebunden hatte. Zwei Männer, die einen Lastwagen abgeladen hatten, waren von dem wogenden Busen fasziniert und mit ausgestreckten Händen der Frau entgegengelaufen.

Die Frau, die gerade über ein sehr holpriges Stück Straße fuhr, machte eine falsche Bewegung und fiel vom Rad. Das

Tuch löste sich, der Büstenhalter darunter war offenbar durchsichtig. Die Männer, entzückt von dem Resultat ihrer Vorstellung, rannten zu ihr und begannen, sie unter dem Vorwand der Hilfeleistung zu betasten. Die Frau schrie. Die immer anwesenden Fußgänger umringten das Schauspiel und gaben ihre Kommentare dazu. Die Frau kreischte und zeigte auf den Mann, der nach ihr gegriffen hatte.

Ein sportlicher Herr versetzte dem Kerl einen Schlag. Der Kollege des neuen Schlachtopfers kam herangeschossen, um zu helfen.

«Oje», sagte Grijpstra und lief zur Telefonzelle. Er kam nur etwas zu spät. Eine alte Dame war vor ihm dort. Er wollte sie zurückhalten.

«Polizei, Mevrouw.»

Die Dame stieß mit dem Regenschirm nach ihm.

«Warten!», sagte sie und schlüpfte in die Zelle.

Grijpstra öffnete die Tür.

«Gehen Sie weg!», kreischte die Dame. «Polizei! Das sagen sie immer. Warten Sie nur einen Moment.»

Grijpstra wartete. Das Gespräch dauerte zwei Minuten. Die Keilerei war in vollem Gang, als er endlich den Hörer in der Hand hatte.

«Schlägerei», sagte Grijpstra, «Ecke Prinsengracht und Runstraat.»

«Wirst du damit fertig?», fragte eine heisere Stimme.

Grijpstra grinste. Er hatte als einfacher Bürger anrufen wollen, aber man hatte ihn an der Stimme erkannt.

«Ich bin Kriminalbeamter, mein Freund», sagte Grijpstra, «dies ist etwas für die Uniformierten, dann haben die auch etwas zu tun.»

«Wir sind schon unterwegs», sagte die heisere Stimme.

Grijpstra hängte ein.

Er ging wieder zuschauen. Die Schlägerei hatte sich ausgeweitet. Vier Männer gingen jetzt mit Fäusten aufeinander los. Die Zuschauer hatten Platz gemacht. De Gier war auf dem Kampfplatz geblieben und hatte das Geschehen mit Interesse verfolgt.

Das Polizeiauto ließ auf sich warten. Einer der Kerle war mürbe geschlagen und ließ sich zu Boden fallen. Der sportliche Herr ging wieder in Kampfstellung.

«Genug», sagte de Gier, «Polizei.» Er streifte die Sandalen von den Füßen.

Niemand hörte auf. Ein Raufbold holte aus, um de Gier einen Tritt zu versetzen. Grijpstra sprang vor und griff nach dem Bein. Der Angreifer taumelte und fiel auf den Rücken.

De Gier krümmte sich. Er hatte sich den Ellenbogen an der Tür eines geparkten Wagens gestoßen. Der Schmerz brannte in seinem Arm.

«Jetzt mal schön ruhig», sagte eine Stimme, und ein Arm umfasste ihn. De Gier sah erstaunt nach oben. Hinter ihm stand ein Mann mit einem Motorradfahrerhelm auf dem Kopf.

«So, jetzt kommen Sie mal schnell mit», sagte eine neue Stimme.

De Gier und der Mann mit dem Schutzhelm schauten auf. Die neue Stimme gehörte einem Polizisten.

«Nein, nein», sagte de Gier, «dieser Mann hat nichts angestellt. Im Gegenteil, er hat mir geholfen.»

«Verzeihung», sagte der Polizist, «ich dachte, er wollte dich umwerfen.»

«Nein», sagte de Gier, «den Mann da musst du mitnehmen und den und den und den Mann da auch, der an dem Haus sitzt und sich ausruht. Er hat seinen Anteil zwar schon gekriegt, aber du musst ihn trotzdem mitnehmen. Und die nackte Dame auf dem Fahrrad war der Anlass, die kannst du ebenfalls mitnehmen. Wenn sie künftig mehr Kleider anzieht, wird sie weniger Schwierigkeiten haben.»

«Mahlzeit», sagte der Polizist, «das sind schon fünf. Gibt es noch mehr?»

«Fünf sind genug», sagte Grijpstra.

«Dann werde ich anrufen und einen kleinen Bus bestellen», sagte der Polizist. «Kommst du gleich mit zur Wache wegen des Protokolls?»

«In einer halben Stunde», sagte de Gier. «Vorher will ich noch ein Bier trinken, zumal ich heute meinen freien Tag habe.»

Der Kleinbus kam und fuhr wieder ab. Grijpstra, de Gier und der Mann mit dem Schutzhelm blieben zurück.

«Darf ich Ihnen ein Bier spendieren?», fragte der Mann mit dem Schutzhelm.

Sie fanden ein stilles Café und stellten sich ans Büfett. Ihr neuer Freund nahm den Helm ab.

«Drei Bier», sagte er. Dann wandte er sich an die beiden Beamten: «Ich bin gleich wieder da. Mein Motorrad steht nicht gut. Ich werde es auf den Ständer stellen, damit man es nicht umstößt.»

«Den siehst du nicht wieder», sagte Grijpstra.

«Ja», sagte de Gier, «die drei Gulden hat er gespart, und dabei sah er so freundlich aus.»

Durch das Fenster sahen sie den Mann. Er kam mühsam schiebend näher und parkte das Motorrad vor dem Fenster.

«Die Marke ist bekannt», sagte Grijpstra.

«Das gleiche Modell ebenfalls», sagte de Gier.

Als der Mann wieder hereinkam, redeten die Beamten gleichzeitig über das Motorrad.

«Eine schöne Maschine, Mijnheer.»

«Die schönste, die es gibt», sagte der Mann und trank sein Glas in einem Zug leer, «aber schwer.»

«Eine Harley-Davidson», sagte de Gier nachdenklich, «von 1945, glaube ich.»

«Älter», sagte der Mann, «von 43, eine alte Kriegsmaschine. Sie hat schon einige Macken, und der Klang ist auch nicht mehr so schön, aber ich will sie dennoch behalten.»

«Haben Sie sie selbst aufgemöbelt?», fragte de Gier.

«Ja», sagte der Mann.

«Noch drei Bier», sagte Grijpstra und setzte sich vergnügt auf einen Barschemel.

«Da steckt gewiss viel Arbeit drin?», fragte er.

«Ja», sagte der Mann, «man bastelt immerzu daran herum. Und wenn man sie wirklich in Ordnung bringen will, muss man ganz schön in die Tasche langen.»

«Wie viel ist so ein Motorrad jetzt wert?», fragte de Gier.

«Sehr viel, Mijnheer», sagte der Mann, «viel mehr, als man denkt. Für ein Wrack muss man schon 500 Gulden hinblättern, und um es fahrbereit zu machen, braucht man noch einmal tausend Gulden. Und dann hat man so etwas wie ich. Die Maschine sieht zwar ganz lustig aus, aber jedes Kleinrad ist schneller. Und sie säuft natürlich Benzin.»

«Und wenn man sie in einen erstklassigen Zustand bringen will?», fragte Grijpstra.

«Sechstausend Gulden», sagte der Mann. «Dann muss man neue Ersatzteile kaufen. Man bekommt sie noch; das Werk in Amerika hat sie noch auf Lager. Und dann muss man sie zusammenbauen lassen. Wenn man es selbst macht, spart man vielleicht tausend Gulden, aber mehr nicht. Fünf- bis sechstausend Gulden wird man jedenfalls los.»

De Gier spürte sein Herz in der Kehle.

«Und das Zusammenbauen? Können Sie das selbst?»

«Doch», sagte der Mann, «aber ich bin auch vom Fach. Ich bin Automechaniker. Es ist eine Menge Präzisionsarbeit dabei, die Ventile einstellen und so. Und selbst ich habe mir von einem Experten helfen lassen, der hat noch ein paar hundert Gulden daran verdient. Aber der versteht wirklich etwas davon. Der Mann tut nichts anderes.»

«Interessant», sagte Grijpstra. «Ich habe einen Kollegen, der eine alte Harley besitzt. Ich würde ihm gern den Namen Ihres Experten geben. Wie heißt der Mann?»

«Oh», sagte der Mann, «Ihr Kollege wird den Mann kennen. Seket in der Bloemgracht. Jeder, der eine Harley hat, wendet sich früher oder später an Seket.»

«Vielen Dank», sagte Grijpstra.

«Seket», wiederholte der Mann, «Loe Seket. Ein alter Mann. Am Ende der Bloemgracht rechts. Er hat draußen ein Schild, auf dem steht ‹Harley›, und in seinem Schaufenster hängt ein herrliches Poster. Zwei nackte Frauen auf einer Harley. Man kann es nicht übersehen.»

Der Mann geriet jetzt ins Erzählen, aber de Gier schaute auf seine Uhr.

«Es wird Zeit», sagte er, «man erwartet uns im Büro. Vielen Dank für das Bier. Die anderen zahle ich.»

«Nein, nein», sagte der Mann, «Sie sind Polizisten und können nichts nebenbei verdienen. Ich habe vorhin ein gutes Geschäft gemacht, die Biere gehen auf meine Rechnung.»

«Vielen Dank», sagte Grijpstra und rutschte von seinem Schemel.

«Der Mann verschweigt der Steuer einen Teil seines Einkommens», sagte de Gier auf der Straße.

«Ja», sagte Grijpstra. «Das dürfte nicht sein, aber er hat hübsch erzählt, findest du nicht?»

«Und jetzt zuerst zum Büro», sagte de Gier, «aber dann wie

ein Hase zur Bloemgracht. Hoffentlich arbeitet Seket am Samstag.»

«Und wenn nicht», sagte Grijpstra mit einer für ihn sehr ungewöhnlichen Erregung, «dann werde ich ihn noch heute finden, und wenn ich ihn in irgendeinem Strandbad auflese.»

«Vielleicht ist er über das Wochenende auf der Insel Schiermonnikoog», sagte de Gier.

«Es gibt eine Fähre nach dort.»

«Die ist dann schon abgefahren.»

«Ein Hubschrauber von der Marine», sagte Grijpstra und beschleunigte den Schritt.

Es war später Nachmittag, als sie am Ende der Bloemgracht eintrafen.

Grijpstra klingelte.

De Gier betrachtete das Poster im Schaufenster. Es waren zwei Mädchen darauf, die einander ansahen. Das eine saß auf dem Sattel einer Harley in Tarnfarben und das andere auf dem Tank. Ihre Nacktheit wurde durch die Tatsache betont, dass sie hohe schwarze Stiefel trugen. Sie sahen einander mit einem etwas wollüstigen Lächeln an. Das Mädchen auf dem Tank hatte sich leicht nach hinten gelehnt und hatte den Mund ein wenig geöffnet.

Lesbierinnen in einer Kurve, dachte de Gier.

Er schaute noch einmal hin.

Nein, dachte er, ganz gewöhnliche Mädchen. Sie mögen Männer, aber sie tun, was ihnen der dreckige Fotograf sagt. Bah. Aber ein hübscher Anblick.

«Hast du genug geglotzt?», fragte Grijpstra.

«Ja», sagte de Gier. «Öffnet hier keiner?»

«Über das Wochenende geschlossen», sagte Grijpstra.

«Schiermonnikoog», sagte de Gier.

«Nur nicht gleich verzweifeln», sagte Grijpstra und klingelte an der Nebentür.

Jetzt wurde geöffnet.

«Was gibt's?», fragte ein dicker Mann in einem schmutzigen Overall. «Ich habe Feierabend. Wenn etwas mit Ihrem Motorrad ist, müssen Sie am Montag wiederkommen.»

«Wir sind von der Polizei, Mijnheer», sagte Grijpstra. «Es geht nur um eine Auskunft.»

Seket kam heraus und sah die Beamten misstrauisch an.

«Nun, worum geht es denn? Bestimmt kein gestohlenes Motorrad. Harleys werden nicht gestohlen, die lassen sich viel zu schwer starten.»

«Wie?», fragte de Gier. «Wenn man einmal weiß, wie man mit einer Harley umgehen muss, kann man doch auch jede andere in Gang kriegen.»

Seket lachte. «Dann sind Sie kein Harley-Fahrer. Wenn Sie einer wären, wüssten Sie, dass die sich nicht gegenseitig beklauen. Es ist ein besonderes Völkchen, ein Club, eine Brüderschaft. Die bestehlen sich nicht.»

«Gut», sagte de Gier, «Sie sind ein Idealist. Das ist schön. Aber wir wollten nur fragen, ob Sie die weiße Harley von einem van Meteren zusammengebaut haben.»

«Habe ich», sagte Seket, «vor über einem Jahr. Die schönste, die ich je abgeliefert habe, eine fahrende Reklame. Viel, viel schöner als die neuen Modelle. Das sind nur fahrende Kühlschränke. Die Liberator ist die schönste Harley. Und die von Jan van Meteren ist die schönste Liberator, die Sie jemals sehen werden. Ist etwas damit?»

«Was hat er dafür bezahlt?», fragte Grijpstra.

«Viel Geld», sagte Seket, «sehr viel Geld. Aber ich habe wochenlang daran gearbeitet, und alle Ersatzteile waren neu.»

«Wie viel?», fragte de Gier.

«6200 Gulden.»

«In bar?»

«Bei mir ist alles in bar.»

De Gier schwieg.

«Hätte ich das nicht sagen sollen?», fragte Seket. «Jetzt sitzt er natürlich in der Tinte, wie? Ich weiß auch nicht, woher er es hatte. Ich dachte, er hätte es gespart.»

Grijpstra betrachtete das Poster im Schaufenster. Es war wirklich schön. Er fragte sich, warum wohl nackte Frauen und Motorräder zusammenpassten.

«Na ja», sagte Seket und kratzte sich an der Schulter, «mich geht es ja nichts an.»

«Nein», sagte de Gier, «aber warnen Sie ihn lieber nicht, sonst machen Sie sich mitschuldig. Halten Sie für ein paar Tage den Mund. Vielleicht kommen wir noch einmal vorbei, um uns Ihre Aussage bestätigen zu lassen.»

Seket sagte nichts. Er schloss die Tür hinter sich.

«Gehen wir», sagte de Gier.

«Wir brauchen einen Wagen», sagte Grijpstra.

«Wozu?»

«Wir brauchen einen Wagen», wiederholte er. «Also zum Präsidium.»

Vierzehn

«Wie ist van Meterens neue Adresse?», fragte Grijpstra, als sie auf dem Innenhof des Präsidiums in ihr Auto stiegen.

«Weiß ich nicht», sagte de Gier.

«Was soll das heißen, weiß ich nicht? Das musst du wissen. Sie steht in deinem Notizbuch.»

«Ja», sagte de Gier, «aber mein Notizbuch steckt in der anderen Jacke. Heute ist Samstag.»

«Was hat Samstag damit zu tun?», fragte Grijpstra.

«Samstags», erläuterte de Gier, «trage ich meistens eine andere Jacke. Diese hier. Meine alte Cordjacke. Und die Innentasche dieser Jacke ist zu klein für mein Notizbuch. Deshalb lass ich es zu Hause liegen.»

«Ach, nein», sagte Grijpstra, «welch ein Unsinn. Was werden wir jetzt tun?»

«In *dein* Notizbuch schauen», sagte de Gier, «ganz einfach.»

Für eine Weile geschah nichts. Sie saßen im Wagen. De Gier hatte den Motor angelassen. Er lief nicht regelmäßig. Die Ventile, dachte de Gier, und wir haben sie gerade erst nachsehen lassen!

«Nun?», fragte de Gier.

«Mein Notizbuch liegt zu Hause», sagte Grijpstra. «In meiner anderen Jacke, glaube ich. Wenn ich zum Angeln gehe, ziehe ich diese Windjacke an. Und die hat keine Innentasche.»

De Gier schaltete den Motor aus.

«Ich bin gleich wieder da», sagte er.

Constanze meldete sich selbst.

«Du bist es!», sagte sie. «Ich habe auf dich gewartet.»

«Ja», sagte de Gier nervös, «ich meine, nein.»

«Was meinst du nun wirklich?», fragte Constanze.

«Ich weiß nicht, was ich meine», sagte de Gier, «aber hast du vielleicht van Meterens neue Adresse? Er hat mir vor einiger Zeit seine neue Adresse telefonisch durchgegeben, und ich habe sie mir in mein Notizbuch geschrieben, aber das liegt zu Hause. Ich erinnere mich, dass er in der Brouwersgracht wohnt, aber die Nummer will mir nicht einfallen.»

«Warum sollte ich seine Adresse kennen?», fragte Constanze. «Verhörst du mich schon wieder? Ich habe dir doch gesagt, dass zwischen ihm und mir nichts gewesen ist.»

«Nein, nein», sagte de Gier, «ich verhöre dich nicht. Ich wollte nur die Adresse wissen. Tut mir Leid, dass ich dich belästigt habe.»

«Warte mal», sagte Constanze hastig, «du willst doch nicht etwa sagen, dass wir uns heute nicht sehen?»

«Nein», sagte de Gier, «heute Abend nicht. Ich muss arbeiten.»

«Du hast mir gegenüber keine Verpflichtung», sagte sie eisig.

«Nein, nein. Ich meine, ja. Später vielleicht. Nächste Woche. Ist es dir recht? Nächste Woche?»

«Werde dir zuerst mal klar darüber, was du genau meinst», sagte Constanze und legte auf.

«Heh!», rief de Gier, aber das Telefon gab nur noch das Freizeichen von sich.

«Krepier doch!», sagte de Gier.

Er rannte zum Wagen zurück.

«Weißt du sie jetzt?», fragte Grijpstra.

«Nein. Wir fahren zu dir, das ist am nächsten.»

«So», sagte Grijpstra, «jetzt haben wir die Adresse. Haben wir sonst alles? Bist du bewaffnet?»

«Ja», sagte de Gier und klopfte auf sein Halfter, «aber wir brauchen keine Waffen.»

Grijpstra war nicht dieser Ansicht, aber er sagte nichts. Er dachte an die Papuas, die er in Indonesien in der niederländischen Armee kennen gelernt hatte. Die würden sich niemals einfach so ergeben haben. Er schüttelte den Kopf. Er dachte an den Abend, als sie mit van Meteren musiziert hatten, und er hörte die tiefen hypnotischen, beinahe donnernden Töne der

Urwaldtrommel. Vielleicht würde die persönliche Beziehung zu dem Mann ... Vielleicht auch nicht.

«Weißt du, wie ein Papua denkt?», fragte Grijpstra.

«Nein», sagte de Gier. «Weißt du, wie Japaner denken?»

Der Volkswagen blieb stehen. Sie befanden sich in der Keizersgracht, und der Weg war durch einen riesigen Luxusbus versperrt, der vor einem Hotel parkte. Aus dem Bus strömten Japaner, reizende Japaner, die Männer im blauen Blazer und grauer enger Hose, eingezwängt in ein Korsett aus Lederriemen von Kameras und Belichtungsmessern; die Frauen und Mädchen im Kimono mit bunten, breiten Stoffgürteln um die Taille.

De Giers Gesicht wurde rot.

«Hast du jemals so viele Japaner in Amsterdam gesehen? Die können niemals alle im Bus gesessen haben. Direkt bei der Tür muss eine Maschine sein, die Japaner fabriziert. Schau doch mal. Noch einer und noch einer und jetzt wieder zwei.»

Grijpstra schaute.

«Stell den Motor ab», sagte er. «Du verpestest die Luft. Vorläufig kommen wir hier doch nicht weiter.»

Aus dem Bus kam ein schönes, zartes Mädchen. De Gier lächelte es an. Eigentlich war es kein Lächeln, er zeigte nur seine Zähne. Das Mädchen lächelte zurück und verbeugte sich, eine kleine anmutige Verbeugung.

«Was für ein schöner weißer Hals», sagte Grijpstra, «und wie höflich die junge Dame ist. Wenn sie alle so sind, will ich hier gern noch ein wenig warten.»

«Ja», sagte de Gier, «ein liebes Mädchen.»

«Gegen Freundlichkeit kann keiner etwas ausrichten», sagte Grijpstra.

Es dauerte noch fünf Minuten, bis der Strom von Japanern versiegt war. Der Fahrer startete die schwere Dieselmaschine und setzte das Fahrzeug in Bewegung. Die Luftdruckbremsen hatten geniest, als sie gelöst wurden.

«Vorwärts jetzt», sagte Grijpstra.

Die nächste Ampel war rot. Die folgende ebenfalls.

«Sie stehen immer auf Rot», sagte de Gier, aber es sollte noch etwas dauern, ehe er seine Behauptung beweisen konnte. Es gab noch einen Aufenthalt. Eine Karambolage zwischen einem Taxi und einem Lieferwagen. Die Nase des Taxis war eingedrückt. Die beiden Fahrer hatten die Fäuste bereits geballt.

Grijpstra seufzte und stieg aus.

«Polizei», sagte er. «Fahrt die Wagen an den Rand und lasst uns vorbei.»

«Aha», sagte der Taxifahrer, «Sie kommen wie gerufen. Nehmen Sie mal eben ein Protokoll auf, ja?»

Grijpstra stellte die vorgeschriebenen Fragen und notierte die Antworten in seinem Notizbuch. Es vergingen sechs Minuten.

De Gier hatte den Motor wieder abgestellt. Er war sehr ruhig. Er zündete eine Zigarette an und beobachtete die Möwen.

«Wer hatte Recht?», fragte er, als Grijpstra wieder neben ihm saß.

«Keine Ahnung», sagte Grijpstra, «der Lieferwagenfahrer sagt, das Taxi sei von hinten aufgefahren, und der Taxifahrer sagt, er habe gestanden, der Lieferwagen habe zurückgesetzt. Keiner wollte nachgeben.»

«Ja», sagte de Gier, «aber was hältst du davon?»

«Was ist denn in dich gefahren? Seit wann denkt denn die Polizei? Der Staatsanwalt und der Richter denken. Wir schreiben nur auf, was wir wahrgenommen haben.»

«Gut», sagte de Gier, «aber was schreiben wir, wenn wir van Meteren festgenommen haben?»

«Das hängt davon ab, was er sagt, nicht wahr?»

«Er sagt natürlich nichts», sagte de Gier, «er ist selbst lange genug bei der Polizei gewesen. Und wenn er etwas sagt, wird es bestimmt kein Geständnis sein. Wenn wir ihn festnehmen, wird er ruhig mitgehen und erwarten, dass wir ihn in eine anständige Zelle stecken. So viel Vertrauen wird er in uns wohl haben. Und dann können wir ihn verhören. Er ist ein ruhiger Mensch und hat Zeit. Mehr Zeit als wir.»

«Na, na», sagte Grijpstra, «und wie soll er den Kauf des teuren Motorrads erklären? Und die Tatsache, dass er dich belogen hat? Die Harley habe ihn ein paar hundert Gulden gekostet, sagte er. Und wir können beweisen, dass er über sechstausend bezahlt hat. Woher hat er die?»

«Gefunden.»

«Ja, ja, in seiner Hosentasche, wo Piet Verboom es hineingesteckt hatte. Ehrlich verdient durch Rauschgifthandel.»

«Das vermuten wir», sagte de Gier, «und das ist alles.»

«Ja», sagte Grijpstra, «aber der Staatsanwalt wird jetzt mitspielen. Wir können van Meteren monatelang festhalten und in dieser Zeit weitersuchen. Und dann werden wir auch etwas finden. Irgendwo hat er einen Haufen Geld.»

«75 000 Gulden?», fragte de Gier.

«Brouwersgracht Nummer 17», sagte Grijpstra. «Parke hier.»

Sie parkten den Wagen hinter van Meterens Maschine, die im Licht der Straßenlaterne glänzte.

Grijpstra schaute nach oben.

«Ein hohes Haus», sagte er, «ein sehr hohes Haus. Und er wohnt im obersten Stockwerk. Sein Licht brennt.»

«Hattest du ihn verdächtigt?», fragte de Gier.

«Ja, anfangs», sagte Grijpstra, «aber dann kamen mir Zweifel, weil ich kein Motiv sah. Und ich mochte ihn, übrigens mag ich ihn immer noch. Er muss ein guter Polizist gewesen sein. Ein tüchtiger Mann und sehr vertrauenswürdig. Ich glaube, dass der Hoofdinspecteur ihn auch verdächtigt hat. Und du?»

«Ich habe ihn ebenfalls verdächtigt», sagte de Gier. «An den Selbstmord habe ich eigentlich nie geglaubt. Dazu sah Verboom viel zu ordentlich aus. Gekämmtes Haar, hübscher Schnurrbart. Ein sauberer Mann mit neuem Oberhemd. Selbstmörder sehen anders aus, unordentlich, sogar schmutzig. Sie rasieren sich nicht mehr und lassen alles verkommen. Und nachdem sie eine Weile in dem Dreck gelebt haben, machen sie ein Ende. Das Zimmer war ebenfalls sauber.»

«Und du hast gedacht, dass van Meteren ihn ermordet hat?»

«Erinnerst du dich an die Schlinge?», fragte de Gier.

«Ja, die Schlinge.» Grijpstra nickte nachdenklich. «Die Schlinge hätte er anders machen müssen. Das war die Schlinge eines Profis. Seeleute machen solche Knoten und Soldaten. Und obendrein hat er uns damals noch erzählt, wie er in Neuguinea Gefangene gefesselt hat. Das hast du doch auch gehört?»

«Ja», sagte de Gier, «er hat vergessen, dass wir seine Gegner waren. Er sah in uns Kollegen, mit denen er ein fachliches Gespräch führen konnte. Polizisten untereinander. Und eigentlich sehe ich in ihm auch einen Kollegen. Ich würde ihn lieber nicht festnehmen.»

«Wie viele indonesische Soldaten mag er in Neuguinea umgebracht haben?»

«Das war seine Pflicht, die rechtmäßige Anwendung des Gesetzes.»

«Ja», sagte Grijpstra, «wir haben prächtige Gesetze. Und sie werden hübsch angewendet.»

«Gehen wir», sagte de Gier.

Sie standen auf dem Pflaster am nördlichen Ende der Brouwersgracht und schauten wieder nach oben.

«Das Haus sieht baufällig aus», sagte de Gier. «Lass uns die Treppe vorsichtig hinaufgehen, damit es nicht einstürzt.»

An der Haustür zog de Gier den Schlitten seiner Pistole zurück. Nach einigem Zögern lud auch Grijpstra seine Waffe durch.

«Klingeln», sagte Grijpstra.

«Warum immer ich? Damals in den Haarlemmer Houttuinen musste ich auch klingeln.»

«Ich bin abergläubisch», sagte Grijpstra, «klingle jetzt!»

De Gier drückte auf den abgenutzten Klingelknopf und las die Namensschilder auf dem Türpfosten.

Laut las er: «Nelly de Jong – Hans de Graaf.»

«Die sind zusammengezogen», sagte Grijpstra. «Das ist jetzt modern. Liebe junge Menschen, die sich modern geben. Aber Streit kriegen sie doch miteinander, wenn sie sich ein Zimmer teilen, das vor Armut zerfällt.»

De Gier las noch ein Schild vor. «F. Bastiaanse.»

«Das ist ein alter Mann», sagte Grijpstra, «der auf die Einweisung ins Altersheim wartet. Er ist schon Invalide und wohnt im vierten Stock. Manchmal pinkelt er ins Bett.»

De Gier wollte etwas sagen, aber die Tür wurde geöffnet. Sie gingen die Treppen hinauf.

Grijpstra blieb in der fünften Etage stehen, er hatte Seitenstechen. «Ich werde zu alt für diese Arbeit», sagte er.

«Unsinn», sagte de Gier. Zusammen gingen sie die sechste Treppe hinauf. Van Meteren kam ihnen entgegen.

«Das ist nett», sagte van Meteren, «kommt ihr mich besuchen? Ihr habt Glück, ich habe Bier zu Hause. Kaltes Bier. Oder seid ihr im Dienst? Dies ist kein guter Abend, um Dienst zu tun. Es ist zu warm, zu feucht.»

«Wir sind nicht im Dienst», sagte de Gier, «wir kamen zufällig vorbei und sahen das Licht brennen.»

«Schön, dann könnt ihr Bier trinken. Nur noch zwei Treppchen.»

Van Meteren bot Platz an. Grijpstra ließ sich dankbar in einen verschlissenen Sessel sinken.

«Vorsicht», sagte van Meteren. «Ich habe ihn vom Sperrmüll. Man sitzt zwar gut drin, aber er ist nicht sehr stabil.»

«Du wohnst hier hübsch», sagte de Gier.

«Ja. Hier ist es eigentlich besser als in den Haarlemmer Houttuinen. Die Aussicht ist schön, aber hoch ist es. Sieben Treppen sind viel.»

«Hast du schon mal etwas vergessen?», fragte de Gier. «Ich meine, wenn du endlich oben bist und dann feststellst, dass du noch etwas brauchst.»

Van Meteren lächelte. «Heute Nachmittag noch. Ich hatte ein Päckchen Shag gekauft, und als ich oben war, hatte ich kein Zigarettenpapier. Und als ich das endlich hatte, konnte ich keine Streichhölzer finden, und die Zündflamme vom Boiler in der Küche war auch noch ausgegangen.»

Grijpstra und de Gier lachten. Van Meteren sah zufrieden aus. Er hatte einsam ausgesehen, als er sie auf der Treppe begrüßte.

«Bier», sagte van Meteren. «Ich habe es heute Nachmittag in den Kühlschrank gestellt. Es muss jetzt schön kalt sein.»

Er verschwand durch eine Tür. Die beiden sahen sich um. Die Wände waren wie in seinem Zimmer in den Haarlemmer Houttuinen weiß gestrichen, und sie erkannten auch die anderen Gegenstände wieder. Der Schädel des Wildschweins hatte einen Ehrenplatz an der Wand, an der van Meteren auch einige Bretter angebracht hatte, auf denen seine Steinsammlung lag.

De Gier betrachtete die große Karte vom Ijsselmeer, die eine halbe Wand einnahm. Grijpstra sah sich die Urwaldtrommel an, die in einer Zimmerecke stand. Auf einem sauber gescheuerten Tisch lagen Bücher. De Gier schaute hinein. Geschichtsbücher. *Der zwölfjährige Waffenstillstand. Der Aufstand von 1830.*

«So», sagte van Meteren, «hier ist das Bier. Nimm Platz, de Gier.»

De Gier setzte sich in die Nähe der Tür. Ein Verdächtiger darf keine freie Bahn zur Tür haben. Und schon gar nicht, wenn er festgenommen werden soll oder es schon ist.

Van Meteren hatte das Bier abgestellt und war wieder in die Küche gegangen.

Ich muss ihn mal fragen, ob er sein Gewehr noch hat, dachte de Gier, und ihm fiel ein, dass er die Waffenkammer nicht angerufen hatte, um zu fragen, ob van Meteren den Lauf hatte verschließen lassen.

«Vielleicht hat er sein Gewehr noch», sagte er zu Grijpstra.

«Das macht nichts», sagte Grijpstra. «Er wird es hier bestimmt nicht benutzen.»

«Gleich kommt er mit dem Ding herein.»

«Aber nein», sagte Grijpstra.

Van Meteren kam mit einem Tablett voller Käsestückchen herein.

«Prost.»

Die drei Männer hoben ihr Glas.

Grijpstra trank seins in einem Zug leer und stellte es vorsichtig auf den Tisch. Van Meteren schenkte nach.

«Es tut mir Leid, van Meteren», sagte Grijpstra, «vielleicht hätte ich das Bier nicht annehmen sollen, aber ich war sehr durstig. Wir sind heute Abend nicht als Freunde gekommen.»

Er sah zum Fenster hinaus. «Wir müssen dich festnehmen, weißt du.»

De Gier war aufgestanden und hatte sich an die Tür gestellt. Er hatte die Hand unter der Jacke, einige Zentimeter vom Griff der Pistole entfernt.

«Festnehmen?», fragte van Meteren. Er lächelte noch, aber die Mundwinkel fielen nach unten, und ein Ausdruck wirklicher Betrübnis glitt über sein breites Gesicht.

«Ja», sagte Grijpstra, «du wirst des Mordes verdächtigt.»

«Warum?», fragte van Meteren leise.

«Seket», sagte de Gier.

«Ah», sagte van Meteren.

De Gier sprang zur Seite, aber es war bereits zu spät. Das Bier aus van Meterens Glas hatte ihn voll in die Augen getroffen.

Im gleichen Augenblick brach Grijpstras Sessel zusammen. Van Meteren hatte dem alten Möbelstück einen Tritt an seiner schwächsten Stelle versetzt. Er hatte nicht einmal hart zugetreten. Grijpstras Hand, die nach seiner Waffe greifen wollte, musste jetzt seinen fallenden Körper stützen.

Als de Gier sich das Bier aus den Augen gerieben hatte und wieder sehen konnte, war er mit Grijpstra allein im Zimmer.

Grijpstra schaute zum Fenster hinaus. «Allmächtiger Gott», sagte er bewundernd.

De Gier schob Grijpstra zur Seite und schaute ebenfalls hinaus.

Drei Stockwerke unter ihnen stieß sich van Meteren soeben von der Hauswand ab. Er hielt sich an einem Seil fest, das oberhalb von den Beamten und außerhalb ihrer Reichweite an einem Kranbalken befestigt war. Van Meteren musste sich wieder wie in den Bergen von Neuguinea vorkommen. Noch ein großer, schwingender Sprung, und er stand auf der Straße. Aber darauf hatten die Beamten nicht mehr gewartet.

De Gier war als Erster draußen. Er war die Treppen eher hinuntergefallen als gerannt. Grijpstra trieb sich noch auf Höhe der dritten Etage herum.

Van Meteren fuhr davon, nicht übereilt, denn der Fußweg ist ziemlich hoch und die Federung einer Harley nicht sehr gut. Als er auf der Straße war, gab er Gas.

De Gier schaute ihm nach. Er hatte die Pistole nicht einmal gezogen. Es herrschte zu viel Verkehr. Die Chance, van Meteren zu treffen, war zu klein, und die Möglichkeit, jemand anders zu treffen, war zu groß.

Er lief zum Wagen und öffnete die Tür und hatte kurz darauf das Präsidium am Funkgerät. Sientjes Stimme gab einem Streifenwagen einen Auftrag. De Gier unterbrach sie nicht.

Er nannte die Rufnummer seines Wagens.

«Kommen», sagte Sientje.

«Weißes Harley-Davidson-Motorrad, Brouwersgracht, östliche Richtung, jetzt wahrscheinlich auf der Brücke über den Singel. Fahrer ist des Mordes verdächtig. Gefährlich, wahrscheinlich bewaffnet. Kleiner dunkler Mann. Farbiger. Kennzeichen Victoria Ferdinand 17-72. Um Festnahme wird ersucht. Ende.»

«Verstanden und Ende», sagte Sientje.

Er hörte, wie sie die Nachricht wiederholte.

Er meldete sich noch einmal. «Wir fahren ihm nach», sagte er. «Wie viel Wagen habt ihr, die uns helfen können?»

«Einen», sagte Sientje, «auf der Prins Hendrikkade. Alle anderen haben zu tun, aber wir haben das Revier Amsterdam-Nord am Apparat, die müssen dort auf jeden Fall einen Wagen vor der Tür stehen haben. Ich werde es noch mehrmals durchsagen, vielleicht erwische ich irgendwo noch einen Streifenwagen.»

«Meldet es auch der Reichspolizei», sagte de Gier.

«Ja», sagte Sientje, «das hätte ich sowieso getan. Ende.»

De Gier errötete.

Grijpstra saß jetzt neben ihm.

«Er ist nach Osten gefahren», berichtete de Gier. «Aber er kann jetzt überall sein. Vielleicht ist er durch die Haarlemmerstraat zurück.»

«Die ist gesperrt», sagte Grijpstra. «Sie sehen die Kanalisation nach und haben die Straße aufgebrochen. Vielleicht fährt er über den Fußweg. Ist er in Panik?»

«Aber nein», sagte de Gier, «er ist ein guter Polizist. Du hättest sehen sollen, wie er weggefahren ist.»

«Nun, wie ist er denn weggefahren?»

«Als ob er irgendwo einen Besuch machen wollte. Ganz ruhig, vor allem vom Fußweg herunter. Der war ihm zu hoch.»

«Ha», sagte Grijpstra.

«Was wollen wir tun?», fragte de Gier. «Geradeaus oder die Grachten absuchen?»

«Geradeaus. Bei den Grachten fällt er mit der weißen Maschine zu sehr auf. Er muss zur Stadt hinaus. Er kennt das ganze Land aus dem Effeff, weil er an jedem Wochenende hinausfährt. Er fährt die Prins Hendrikkade hinunter oder durch den Ijtunnel oder in Richtung Amersfoort. Im Osten müssen ja noch einige Streifenwagen fahren, vielleicht sieht ihn einer.»

De Gier schüttelte den Kopf.

«Warum sollten sie ihn sehen? Er fährt ruhig und bleibt an den Ampeln stehen, auch wenn sie erst gelb sind.»

«Eine weiße Harley ist wie ein weißer Elefant», sagte Grijpstra, «und Polizeibeamte sind nicht blind. Wenn sie nun eine blaue Ente oder einen weißen Volkswagen suchen müssten, aber eine Harley ...»

Sientjes Stimme meldete sich wieder.

«Euer Motorrad ist durch den Ijtunnel gefahren. Ihm folgt ein Wagen mit Sirene.»

«Aha», sagte Grijpstra, «siehst du wohl?»

«Schade, dass wir keine Sirene haben», sagte de Gier, der eine rote Ampel überfuhr. Zwei Autos hupten empört, ein Fahrer zeigte ihm den Vogel.

«Langsam», sagte Grijpstra, «ich habe Kinder.»

«Ich habe einen Kater», sagte de Gier.

Der VW fuhr in den Tunnel, Grijpstra schloss die Augen. Er mochte keine Tunnel. De Gier bremste. Im Tunnel herrschte viel Verkehr. Das Funkgerät sagte keinen Pieps mehr.

«Heh», sagte de Gier. Grijpstra öffnete die Augen wieder.

«Sientje ruft uns», sagte de Gier.

Grijpstra griff zum Mikrophon.

«Wart ihr im Tunnel?», fragte Sientje.

«Ja», sagte Grijpstra, «haben sie ihn?»

«Nein», sagte Sientje, «sie haben ihn verloren.»

«Wo?»

«In der Gegend, wo die Straßen alle Vogelnamen haben. Er ist in die Havikstraat gefahren und muss sich dort in der Gegend irgendwo herumtreiben. Der Streifenwagen sucht ihn noch. Sie hatten wohl eine kleine Schwierigkeit und haben sich dabei eine Delle am Wagen geholt.»

«Wir fahren ebenfalls hin», sagte Grijpstra.

De Gier hielt in der Koekoekstraat.

«Was machst du denn jetzt?», fragte Grijpstra.

«Dies hat keinen Sinn», sagte de Gier. «Wir drehen hier nur unsere Runden in diesen Scheißstraßen und holen uns gleich auch noch eine Delle am Wagen. Hörst du ihn?»

Grijpstra stieg aus und horchte. Es war still in dieser Gegend. Das schwere Gurgeln der Harley war nicht zu hören.

«Die Karte», sagte Grijpstra, der wieder eingestiegen war.

«Die Karte», sagte de Gier. «Du meinst die Karte in seinem Zimmer, die vom Ijsselmeer. Er hat ein Boot, das wird es sein. Wozu sollte er sonst die Karte haben? Es ist eine Seekarte mit eingezeichneten Fahrwassertonnen und Sandbänken und so.»

«Aber wo liegt das Boot?», fragte Grijpstra.

«In der Nähe.»

«Das hoffst du», sagte Grijpstra und steckte sich eine Zigarette an.

«In Monnikendam», sagte de Gier.

«Oder in Hoorn oder Enkhuizen oder Medemblik.»

«Nein», sagte de Gier, «in Monnikendam. Dorthin würde ich mein Boot legen, wenn ich van Meteren wäre.»

«Wir könnten Sientje bitten», sagte Grijpstra, «den Hoofdinspecteur anzurufen, der hat van Meteren beschatten lassen.»

«Lass nur», sagte de Gier, «das wäre Zeitverschwendung. Van Meteren wusste, dass er beschattet wurde. Er ist aus dem Fenster gesprungen, weil du den Namen Seket erwähnt hast. Wenn wir Seket kannten, mussten wir auch wissen, dass van Meteren sein Motorrad für viel Geld gekauft hatte. Hatten wir ihn erst einmal festgenommen, würde er monatelang in Untersuchungshaft sitzen, wenn er seine Unschuld auch noch so sehr beteuerte. Das Geld hätte er nicht erklären können.»

«Gut, gut», sagte Grijpstra, «das Geld brachte ihn mit Piet Verboom und dem Rauschgifthandel in Verbindung. Und irgendwo in diesem verwickelten Komplex steckt der Grund, warum er Piet ermordete. Gut. Er musste seinen Besitz verbergen, aber das Boot ist nicht weit weg.»

«Vielleicht ist er schon auf seinem Boot. Auf dem Ijsselmeer finden wir ihn nicht so schnell. Und wir wissen nicht, was für ein Boot er hat. Nach dem Motorrad wird morgen die gesamte niederländische Polizei suchen. Wenn er klug ist, bleibt er jedoch nicht zu lange auf dem Boot.»

Grijpstra schüttelte den Kopf.
«Nein?»
«Nein. Die Maschine ist ein weißer Elefant, aber van Meteren ist ein schwarzer Elefant. Er fällt auf. So viele Farbige gibt es nämlich nicht in Holland. Er hält sich also besser für eine Weile auf dem Boot auf.»
Grijpstra griff nach dem Mikrophon.
«Wir glauben, dass er ein Boot hat und damit aufs Ijsselmeer will. Wir fahren jetzt nach Monnikendam. Werdet ihr die Wasserschutzpolizei alarmieren?»
«Das werden wir», sagte Sientje. «Erfolgreiche Jagd. Ende.»
«Und das ist das Ende von Sientje», sagte de Gier. «Gleich wird sie uns nicht mehr hören können.»
«Fahr los», sagte Grijpstra.
Sie fuhren. Im Hafen von Monnikendam fanden sie nichts. Sie fuhren weiter über kleine Deiche am Wasser entlang. Wieder nichts. Sie kehrten um. Ihnen begegnete niemand, den sie hätten fragen können. Endlich sahen sie einen Mann in einem Kajütboot, das an einem langen, schmalen Landungssteg festgemacht war. De Gier zog seine Pistole, steckte sie jedoch wieder weg.
«Guten Abend.»
«Guten Abend», sagte der Mann.
«Wir sind von der Polizei», sagte de Gier, «und suchen einen kleinen dunkelhäutigen Mann, der ein weißes Motorrad fährt. Haben Sie ihn gesehen?»
«Ja», sagte der Mann, «die Maschine steht dort drüben hinter der Hecke. Und Ihr Mann ist auf dem Meer. Mit einem Fischerboot. Er ist vor einer Stunde weggefahren.» Der Mann zeigte in die Richtung.
«Das ist schön», sagte Grijpstra. «Kennen Sie ihn?»
«Nicht sehr gut», sagte der Mann, «aber sein Boot liegt hier

immer, ein Stückchen weiter an diesem Landesteg. Wir haben die Liegeplätze von demselben Bauern gepachtet. Er und ich sind die Einzigen, die hier festmachen.»

«Der Mann wird des Mordes verdächtigt», sagte de Gier. «Können Sie uns Ihr Boot leihen?»

Der Mann lachte. «Gewiss, aber dann möchte ich mit.»

«Ich kann durchaus mit einem Boot umgehen», sagte de Gier, «und unser Freund ist gefährlich.»

«Das macht nichts», sagte der Mann. «Darf ich mich vorstellen? Van Runau. Ich bin Sergeant bei den Kommandoeinheiten gewesen, vielleicht kann ich Ihnen eine Hilfe sein.»

«Gehen wir», sagte Grijpstra, «hier zieht es. Haben Sie Kaffee in Ihrem Boot?»

«Willkommen», sagte van Runau und half Grijpstra an Bord. De Gier lief zum Auto. Er grinste. Schön, dachte de Gier, da haben wir also den Karabiner, die Patronenhalter, den Scheinwerfer und den Verbandskasten und das ganze Zeug, das wir nie benötigt haben.

Er ging voll beladen an Bord.

«Ein Karabiner», sagte van Runau, «das ist eine gute Waffe. Früher konnte ich gut damit umgehen, aber ich habe schon lange nicht mehr geschossen.»

«Heute werden Sie dazu auch keine Gelegenheit haben», sagte Grijpstra, der in der Kabine herumschnüffelte. «Mein Kollege wartet schon seit Jahren auf eine Gelegenheit, den Karabiner zu benutzen. Er wird ihn nicht aus der Hand geben.»

«Macht nichts», sagte van Runau, «ich habe schon genug geschossen.»

Der Motor wurde gestartet, das Boot legte vom Landungssteg ab.

«Ein hübsches Boot», sagte de Gier und klopfte an die Wand. «Stahl. Und der Motor hat einen guten Klang.»

Van Runau stand neben ihm.

«Ich habe das Boot nur zum Vergnügen», sagte er. «Ich arbeite in Amsterdam und fahre an Wochenenden raus. Für morgen habe ich mir einen Tag Urlaub genommen, darum wollte ich schon heute Abend fahren.»

Sie waren jetzt auf dem offenen Wasser. Grijpstra hatte den Gaskocher in der Kajüte angemacht und war mit einem Kessel, Tassen und einem Glas Pulverkaffee beschäftigt. De Gier saß auf dem Rand des Boots und ließ eine Hand ins Wasser hängen. Van Runau stellte den Motor ab und lauschte.

«Ich höre ihn.»

Die Beamten lauschten ebenfalls. In der Ferne hörten sie das schwere Ploff-ploff eines alten Diesels.

«Wir haben nicht viel Wind», sagte van Runau, «und auf dem Wasser hört man weit, aber wir werden ihn bald eingeholt haben. Der alte Kahn ist nicht schnell. Aber es ist ein feines Schiff. Ich bin manchmal schon neidisch gewesen. Dieses Boot ist zwar schnell, aber es hat keine Atmosphäre.»

«Die Wasserschutzpolizei ist ebenfalls auf der Suche nach ihm», sagte de Gier, «aber die wissen nicht, wonach sie suchen sollen. Sie werden jedes Boot anhalten und damit Zeit verlieren.»

«Wie viele Boote hat die Wasserschutzpolizei hier?»

«Keine Ahnung», sagte de Gier, «vielleicht eins oder zwei. Ich glaube, sie haben eins in Monnikendam und eins in Hoorn.»

«Dann können sie lange suchen», sagte van Runau. «Schade, dass ich kein Funkgerät habe. Wir werden es allein schaffen müssen. Hat er eine Waffe?»

Grijpstra kam mit einem Tablett und drei Kaffeetassen.

«Ein Lee-Enfield-Gewehr», sagte Grijpstra.

«Das meinen Sie doch nicht im Ernst», sagte van Runau. «Wie ist er denn daran gekommen? Das ist eine lebensgefährliche Waffe, besonders hier auf dem Wasser, wo man in Ruhe zielen kann. Mit dem Karabiner können wir dagegen nichts ausrichten.»

De Gier rührte in seinem Kaffee.

«Ich werde es nie lernen», sagte er, «ich wusste, dass er ein Gewehr hatte, und habe es ihm gelassen.»

«Ja, ja», sagte Grijpstra, «wir sind nette Menschen.»

«Erzählen Sie mal», sagte van Runau.

De Gier erzählte die Geschichte. Van Runau hörte interessiert zu und schaltete von Zeit zu Zeit den Motor aus, um den Standort des Fischerkahns bestimmen zu können. Sie sahen den Kutter jetzt, den schwarzen Strich des Masts und die niedrige dunkle Silhouette auf dem Wasser. Der kleine Strich am Ruder musste van Meteren sein.

«Patronen wird er genug an Bord haben», sagte van Runau, «vielleicht mehrere Schachteln voll. Und fünf Patronen hat er jetzt im Gewehr. Wenn er es in aller Ruhe macht, behält er sogar noch zwei übrig.»

«Willst du zurückfahren?», fragte de Gier Grijpstra.

Grijpstra schenkte sich eine zweite Tasse Kaffee ein und starrte vor sich hin.

«Es ist gefährlich», sagte de Gier. «Wenn wir näher kommen, sind wir die schönste Zielscheibe, die er sich wünschen kann. Wir könnten zurückfahren und der Wasserschutzpolizei sagen, wo er sich befindet. Oder wir könnten außerhalb der Schussweite bleiben und warten, bis sie ein Flugzeug schicken. Morgen früh hätten wir ihn dann.»

«Oder auch nicht», sagte Grijpstra. «Er kann ans Ufer fahren und an Land springen. Dann kann er sich sein Motorrad holen, und wir wären wieder so weit wie vorher, oder er stiehlt ein Auto. Geschickt genug ist er. Nein, ich bleibe. Willst du zurück?»

«Ich nicht», sagte de Gier. «Sie?»

«Ihr könnt ruhig ‹du› zu mir sagen», sagte van Runau, «und ich mach ebenfalls mit. Dies ist aufregender als meine Arbeit. Mein Leben ist ziemlich langweilig, wisst ihr. Wenn es zu schlimm wird, springe ich einfach über Bord. Mit einem halben Zentimeter Wasser über dem Kopf hat man den besten Schild, den Neptun einem geben kann. Den durchschlägt keine Kugel.»

«Also vorwärts», sagte de Gier und schob Patronen in den Karabiner. «Ich werde einen Warnschuss abgeben und dann – falls er nicht beidreht – einen gezielten Schuss. Bei diesem Abstand kann ich ihn treffen.»

Van Meteren war jetzt deutlich zu erkennen. Er musste wissen, dass er verfolgt wurde.

De Gier schoss in die Luft.

Van Meteren schwankte, fuhr aber weiter.

De Gier zielte. Ehe der Schuss losging, sahen sie van Meteren vornüberfallen. Unmittelbar darauf hörten sie eine Kugel pfeifen.

Van Meteren schoss zurück. Es war ebenfalls ein Warnschuss, denn die Kugel ging mehrere Meter über sie hinweg.

Grijpstra hatte die Tassen in die Kajüte gebracht und kam mit einer Pistole zurück. De Gier hatte seine Pistole bereits van Runau gegeben. Zu dritt feuerten sie eine Salve. Der Knall des Karabiners war etwas schärfer als die Pistolenschüsse.

Der Abstand hatte sich erkennbar verringert. Die Boote fuhren in einem Abstand von sechzig Metern in der gleichen Richtung. Die Gewehrschüsse kamen jetzt in schneller Folge. Van Meteren brauchte nur wenig Zeit zum Laden.

Van Runau und die Beamten saßen in der Hocke und schauten einander an.

«Hallo», rief van Meteren.

«Ja?», sagte Grijpstra mit ruhiger Stimme.

«Du kannst ruhig aufstehen», sagte van Meteren, «ich will mit dir reden. Ich werde nicht schießen.»

«Gut, Junge», sagte Grijpstra und stand auf. De Gier und Runau folgten seinem Beispiel.

«Ich kann euch mit Leichtigkeit treffen», rief van Meteren, «und ich habe genug Patronen, um es den ganzen Tag auszuhalten, viel mehr, als ihr habt. Aber ich will euch nicht treffen. Haut ab und lasst mich gehen.»

«Das geht nicht», rief Grijpstra, dessen tiefe Stimme in der windstillen Luft weit über das Wasser getragen wurde. «Du bist des Mordes verdächtig, van Meteren, das ist das schlimmste Verbrechen, das wir im Gesetz kennen. Gib auf, sonst müssen wir dich weiterverfolgen. Wenn du uns erschießt oder anschießt, machst du es nur noch schlimmer.»

Van Meteren schwieg. Er hatte das Gewehr im Anschlag, ebenso wie de Gier den Karabiner.

«Stellt euch nicht so dumm», rief van Meteren, «ich schieße schneller und besser als ihr. Ich habe bis jetzt über das Boot geschossen, aber die nächsten Kugeln werden die Yacht durchschlagen.»

«Gib auf», rief de Gier.

«Nein. Geht in Deckung, und zwar möglichst weit nach vorn. Ich werde euer Boot jetzt leckschießen.»

Van Runau und Grijpstra tauchten als Erste weg; mit den Pistolen hatten sie auf sechzig Meter nicht einmal den Anschein einer Chance. De Gier schoss einmal, während er in der Hocke saß. Aber van Meteren hatte sich schon geduckt, ehe de Gier den Abzug durchziehen konnte. Die Kugel ging flach über die schützende Seitenwand des Kutters hinweg. Sie hörten, wie er ihr Boot im Bogen umfuhr.

Und dann sahen sie, wie plötzlich Löcher im Achterschiff entstanden, fünf rechts, dann ein Ploff-ploff-ploff des Diesels, fünf links. Die Schüsse waren gut gezielt, die Löcher befanden sich unmittelbar über der Wasserlinie.

«Gute Arbeit», sagte van Runau, «so werden wir voll laufen, und zwar schnell, wenn Wind aufkommt, gegen diese Löcher hilft kein Lenzen. Es ist leck wie ein Sieb.»

Van Meteren war noch nicht zufrieden. Es kamen noch zehn Löcher dazu.

«Kein Mangel an Munition», sagte de Gier.

Der Diesel wurde lauter. Van Meteren wollte wegfahren.

Plötzlich sprang de Gier auf und zur Kajüte hinaus. Er legte den Karabiner an und schoss ihn leer. Die Bewegung war so überraschend gekommen, dass van Meteren nicht schnell genug wegtauchen konnte. Er hatte das Gewehr in der einen Hand gehalten und mit der anderen das Ruder bedient.

«Getroffen?», fragte Grijpstra.

«Vielleicht», sagte de Gier. «Mit dem ersten Schuss, glaube ich. Aber er ist nicht tot. Er ist weggetaucht, aber nicht umgefallen.»

«Das ist eigentlich nicht nett», sagte van Runau. «Unser Freund hat nur auf das Boot geschossen, wir aber auf ihn.»

De Gier gab keine Antwort. Er starrte mit weißem Gesicht zum Kutter hinüber.

«Bist du verletzt, van Meteren?»

Die Stimme antwortete nach einigen Sekunden. «An der Schulter. Streifschuss. Ich verliere Blut.»

«Wir kommen», rief de Gier. «Nicht bewegen.»

«Ich schwimme rüber», sagte van Runau und zog sich aus. Fünf Minuten später lag der Kutter längsseits mit van Runau am Ruder. De Gier und Grijpstra gingen hinüber.

Van Meteren saß mit dem Rücken an seiner Kajüte. Er hielt seine linke Schulter fest. Seine kurze, mit Schaffell gefütterte Jacke war blutgetränkt.

Fünfzehn

De Gier sah sein Opfer erschrocken an, stellte den Karabiner zur Seite und stieß Grijpstra an.

«Halte ihn in Schach.»

Dann ging er zu der sitzenden Gestalt. Ein kranker Affe, dachte er.

«Sehr gut», sagte van Meteren.

«Was?», fragte de Gier erstaunt.

«Dass ihr mich in Schach haltet. Ein Freund von mir hat es in Neuguinea einmal vergessen. Wir hatten einen Javaner angeschossen, der blutend an einem Baum saß. Mein Freund wollte ihm helfen, und als er bei ihm war, hatte er eine Kugel im Kopf.»

De Gier hockte sich neben ihn. Grijpstra stand unerschütterlich am Ruder, die Pistole in der Hand. Van Runau hatte seine Kleider von der Yacht geholt und zog sich wieder an. De Giers Pistole lag neben ihm, weit außerhalb der Reichweite van Meterens.

«Durchsuche mich ruhig», sagte van Meteren.

De Gier tastete ihn vorsichtig ab. Er klopfte auf eine dicke Stelle unter dem linken Arm.

«Mein Revolver», sagte van Meteren, «hol ihn raus, aber vorsichtig, dort tut mir alles weh.»

«Verzeihung», sagte de Gier und zog den Revolver heraus.

«Mehr habe ich nicht», sagte van Meteren. «Ich hätte schneller runtergehen müssen, aber der Motor lief nicht richtig, und das hat mich abgelenkt. Du hast mich gut getroffen, ich glaube, das Fleisch an der Schulter ist zerfetzt, aber der Knochen wird heil geblieben sein. Du übst gewiss viel mit dem Karabiner.»

«Alle vierzehn Tage einmal, früher öfter, als ich noch Mitglied in der Schützenvereinigung war.»

«Hier ist ein Messer», sagte Grijpstra und gab ihm mit der linken Hand das Stilett.

Van Meteren zeigte seine weißen Zähne. «Eine verbotene Waffe.»

«Das macht nichts», sagte Grijpstra.

De Gier schnitt ein Loch in van Meterens Jacke und zerriss dessen Oberhemd. Die Jagd hatte länger gedauert, als ihm bewusst geworden war. Es war fast halb fünf und schon hell.

«Eine Fleischwunde», sagte van Runau, der zuschaute. «Ich werde sie verbinden, ich habe bei der Armee einen Kursus in erster Hilfe gemacht.»

«Möchtest du etwas gegen die Schmerzen?», fragte de Gier.

Van Meteren nickte und klapperte mit den Zähnen.

«Das kommt vom Schock», sagte van Meteren. «Ich hatte auch einen, als ich damals ein Messer im Rücken hatte. Wir waren von einer Patrouille zurückgekommen und schon in der Nähe unseres Lagers, als ich spürte, dass mir jemand folgte, aber ehe ich mich umdrehte, hatte er zugestochen. Die Klinge brach ab. Es war zwar keine tiefe Wunde, aber ich habe die ganze Nacht mit den Zähnen geklappert.»

Van Runau gab ihm eine Tablette aus einem Schächtelchen in der Verbandspackung. Grijpstra holte ein Glas Wasser aus der Kajüte.

Van Runau hatte den Verband mit einer Klammer befestigt.

«Du kannst dich jetzt hinlegen. Wenn du dich ruhig verhältst, wird alles gut gehen. In ein oder zwei Stunden werden wir in Monnikendam sein, dann können wir wegen eines Krankenwagens anrufen. Oder vielleicht kommt uns die Wasserschutzpolizei entgegen, die haben Funk an Bord.»

«Was war das für eine Pille?», fragte van Meteren.

«Irgendein Opiat», sagte de Gier. «Die Pillen wirken schnell. Es wird nicht mehr lange dauern, dann ist dir alles einerlei.»

Van Meteren lächelte. Van Runau startete den Diesel und stellte sich ans Ruder. De Gier hatte seine Pistole wieder eingesteckt.

«Wenn ihr etwas essen oder trinken wollt», sagte van Meteren, «ich habe alles an Bord. Ich hätte es hier monatelang ausgehalten.»

Er schloss die Augen, öffnete sie aber gleich wieder.

«Woher wusstet ihr eigentlich, dass ich ein Boot habe? Seit dem Tod von Piet bin ich nicht mehr an Bord gewesen. Und niemand wusste, dass ich ein Boot gekauft habe.»

«Durch die Karte vom Ijsselmeer in deinem Zimmer», sagte de Gier.

«Ach ja», sagte van Meteren, «die habe ich mir immer vor dem Schlafengehen angesehen. Die Karte kenne ich auswendig. Ich hätte sie zerreißen sollen, habe aber nicht daran gedacht.»

«Dann hätten wir bestimmt etwas anderes entdeckt», sagte Grijpstra. «Man findet immer etwas, wenn man lange genug sucht. Seket haben wir auch gefunden, durch Zufall.»

«Wie?», fragte van Meteren.

De Gier erzählte es ihm.

Van Meteren lächelte. «Dagegen konnte ich nichts machen.»

«Ich sage ja auch nicht, dass es deine Schuld war.»

«Nein», sagte van Meteren, «ich hätte meine Habgier beherrschen sollen, aber das Motorrad ist so schön. Ihr habt gute Arbeit geleistet, mein Kompliment. Ich würde gern mal mit euch zusammenarbeiten.»

«Sei nicht so bescheiden», sagte Grijpstra in der Kajüte, «wir haben dich nur geschnappt, weil du es zugelassen hast. Du hättest einen nach dem anderen von uns abknallen können wie Spatzen in einer Dachrinne.»

«Ich bin kein Mörder», sagte van Meteren.

Eine peinliche Stille trat ein. Grijpstra klapperte in der Kajüte mit Tellern.

«Wie bist du an den Revolver gekommen?», fragte de Gier.

«Das werde ich dir sagen», sagte van Meteren, «aber würdest du mir ein Kissen unter den Kopf legen? In der Kajüte liegen zwei, nimm sie beide, dann spricht es sich leichter. Und wenn du willst, kannst du dir Notizen machen, dann hast du nachher nicht so viel Arbeit mit dem Protokoll.»

«Gut», sagte de Gier. Grijpstra warf ihm die Kissen zu. Gemeinsam legten sie van Meteren auf die Bank.

«Ist es so besser?»

«Danke. Jetzt noch eine Zigarette.»

De Gier steckte ihm eine brennende Zigarette zwischen die Lippen.

«Okay», sagte van Meteren, «den Revolver habe ich vor einigen Jahren in Belgien gekauft. Einen Smith & Wesson, den hatte ich in Neuguinea auch. Das Lee-Enfield-Gewehr hatte ich damals geschmuggelt, das weißt du ja schon. Die Patronen habe ich ebenfalls in Belgien gekauft. Das Einzige, was mir noch fehlte, war ein Buschmesser. Meins ist mir damals verloren gegangen, und ich habe nie ein neues finden können.»

«Du hattest Heimweh», sagte Grijpstra.

«So kann man es nennen», sagte van Meteren. «In Neuguinea war ich wer. Ich hatte eine Uniform, Waffen, eine Funktion. Ich diente der Königin. Ihr lacht hier gelegentlich schon mal über die Königin, aber für uns in Neuguinea war sie heilig. Wir salutierten vor ihrem Bild. Es war der Mythos der Krone. Als Neuguinea aufgegeben wurde, konnte ich nur in die Niederlande. Mir wurde der Boden unter den Füßen weggezogen. Ich dachte, ihr würdet mich hier anerkennen. Ich hatte Orden und Papiere.»

«Wachtmeester van Meteren meldet sich zur Stelle», sagte de Gier.

«Genau. Wachtmeester der Niederländischen Reichspolizei in Übersee. Das bedeutet doch etwas. Aber es war nichts, überhaupt nichts. Genau wie die Ambonesen, die sind hier auch nichts, aber sie haben einander. Ich war nichts und allein.»

«Das meinst du», sagte de Gier, «aber es ist nicht so. Du bist hier ein Mensch. Ein Bürger. Du bist Niederländer und hast alle Rechte.»

«Ja», sagte van Meteren, «mit Altersrente, wenn ich fünfundsechzig bin. Das stimmt. Und ihr habt mir eine Stellung gegeben in Den Haag als Angestellter. Das war noch nicht einmal so schlimm. Ich schreibe ganz gern. In Neuguinea schrieb ich meine Protokolle noch einmal, wenn auch nur ein einziger Fehler drin war. Aber dort konnte ich auch noch etwas anderes tun, dort wurde ich gewürdigt. Hier nicht.»

«Komm, komm», sagte Grijpstra.

Van Meteren zuckte die Achseln. Sein Gesicht verzog sich vor Schmerz.

«Gut, gut, ich habe nur erzählt, was ich meinte. Jetzt meine ich nichts mehr. Aber damals wollte ich zur Polizei, der ich mich immer noch zugehörig fühlte. Ich bin Experte für alle Waffen, einschließlich der Bren-Maschinenpistole, ich kann mit dem Messer kämpfen und habe viel Judo trainiert. Das Gesetz kenne ich auswendig.»

«Du hättest zurückgehen können», sagte de Gier.

«Ich habe daran gedacht, aber ich hatte kein Geld für die Reise. Ich hätte es sparen können, aber dann hätte ich drüben kein Geld gehabt. Ich wollte mit Geld zurückkommen.»

Van Meteren hatte sich aufrecht hingesetzt. De Gier drückte ihn sanft auf die Bank zurück.

«Nur ruhig, wenn die Wunde wieder anfängt zu bluten, wird es nicht besser.»

«Ja, ich rege mich zu sehr auf. Wisst ihr, dass ich meine Orden angesteckt hatte, als ich mich in Den Haag meldete? Sie haben sie nicht einmal angesehen.»

«Was haben sie gesagt?», fragte Grijpstra.

«Scheißschmus. Ich sei zu alt, es seien keine Stellen frei. Ich war noch keine dreißig, und Stellen gab es genug. In jeder Zeitung stand, dass sie bei der Polizei nicht genug Bewerber hätten, aber mich wollten sie nicht. Ich war ja kein Mensch, ich war ein Kannibale mit einem Knöchelchen quer durch die Nase, der am offenen Feuer sitzt und an einem großen Knochen nagt. Und den konnten sie nicht gebrauchen.»

«Ich kenne verschiedene Indonesier bei der Polizei», sagte de Gier.

«Keine Papuas», sagte van Meteren, «die gibt es nicht bei der Polizei. Nicht einen.»

«Und dann bist du nach Amsterdam gekommen?», fragte Grijpstra.

«Ja, zur Verkehrspolizei. Und ich bekam wieder eine Schirmmütze und eine Waffe. Einen Gummiknüppel.»

De Gier wollte etwas sagen, aber van Meteren hob die Hand.

«Du bist ein guter Kerl, de Gier, aber du musst mir nicht widersprechen. Vielleicht hätte ich zufrieden sein sollen, aber ich war es nicht. Lass mich nur weitererzählen, dann hast du gleich dein Geständnis.» De Gier nickte.

«Irgendwie war ich auch zufrieden. Den Haag erinnerte mich ein wenig an einen Friedhof, an einen Friedhof voller Schatten. Niemand sah mich, keiner redete mit mir. In Amsterdam bin ich ein wenig wieder aufgelebt. In Amsterdam reden die Menschen miteinander, sogar auf der Straße. Und als mir Piet begegnete, lernte ich wieder Menschen kennen.»

«Ja», sagte Grijpstra, «wie war das mit Piet? Was hast du für ihn getan?»

«Was meint ihr wohl?», fragte van Meteren.

«Ich weiß es nicht. Hast du ihm beim Handel mit Hasch geholfen?»

«Ja. Ich war sein Leibwächter. Piet war ein Idealist. Er hatte ganze Theorien über Rauschgift entwickelt. Die Niederlande seien in sich verschlossen, sagte er. Aber dies sei die Zeit, da die Welt sich öffnen müsse. Die Menschen müssten sich selbst kennen lernen, das sei durch Mystik möglich, aber diese sei schwierig. Rauschgift mache einen frei, und dann könne man später tiefer in sich gehen. Dazu sei Hasch notwendig, sagte Piet. Die Weisheit komme aus dem Osten, Hasch ebenfalls. Aber der Handel mit Hasch ist gefährlich, dabei kommt es gelegentlich zu tätlichen Auseinandersetzungen. Und Piet hatte Angst. Ich musste immer bei ihm sein.»

«Und du bist bei der Verkehrspolizei geblieben?»

«Natürlich», sagte van Meteren, «tagsüber ist das eine ruhige Beschäftigung. Der Handel ging abends vor sich.»

Van Meteren sprach jetzt langsamer. Die Pille wirkte, er hatte einen trockenen Mund. De Gier gab ihm noch eine brennende Zigarette. Es war ruhig auf dem Wasser. Das Ploffen des Diesels gab dem Gespräch einen friedlichen Hintergrund. Van Runau saß entspannt am Ruder und hörte zu. Eine Schar Enten flog niedrig über das Meer. In der Ferne tauchte der grüne Küstenstreifen auf.

«Schön ist es hier, nicht wahr?», sagte van Meteren. «So habe ich oft im Boot gelegen, manchmal tagelang, wenn ich Ferien hatte oder an den Wochenenden. Nur so liegen und schauen. Auf dem Wasser habe ich mich immer wohl gefühlt, aber man kann nicht immer herumfahren. Ich habe hier schon geweint vor Glück.»

Die Beamten hatten ihre Jacken ausgezogen. Grijpstra hatte sich auf der Bank gegenüber van Meteren lang ausgestreckt. De Gier saß auf dem Boden, den Kopf an die Bank gelehnt.

Van Meteren schaute van Runau an.

«Es tut mir Leid, dass ich dein Boot ruiniert habe.»

«Das macht nichts», sagte van Runau, «ich werde es heute Nachmittag holen. Das wird wohl gehen, selbst wenn es gesunken ist, dort ist es nicht tief. Und es ist versichert. Übrigens wusste ich, dass etwas passieren könnte, ich bin freiwillig mitgefahren.»

«Und dann?», fragte de Gier.

Van Meteren lächelte. «Du willst die Sache abrunden, wie?» Er betastete vorsichtig seine Schulter.

«Geht's?»

«Ja», sagte van Meteren, «ich spüre nicht mehr viel. Das muss eine gute Pille sein. Ich werde den Rest erzählen. Piet war viel gereist, er kannte den Fernen Osten. Er hatte früher Pakistani kennen gelernt, die ihm Hasch angeboten hatten. Piet war ein guter Kaufmann. Er sorgte für Vorrat und ging dann auf Kundensuche. Er wollte nicht direkt an die Verbraucher verkaufen. Der Gewinn ist dann zwar höher, aber das Risiko auch.»

«Und er war ein Idealist», sagte Grijpstra.

«Das sagte er. Vielleicht glaubte er selbst daran. Aber vielleicht war es auch umgekehrt. Vielleicht wollte er viel Geld verdienen und hat sich deshalb einen Schmus ausgedacht.»

«Deshalb hast du ihn erhängt», sagte de Gier.

Van Meteren sah de Gier lange an.

«Ja. Deshalb habe ich ihn erhängt. Mit dem Hasch ging es ja noch. Ich habe es selbst geraucht, es schadet keinem. Ich habe ihm auch Kunden gebracht. Beuzekom habe ich gefunden, durch Zufall. Er hatte auf dem Fußweg geparkt, und ich verpasste ihm ein Strafmandat. In seinem Wagen waren viele Blechdosen. Ringma war dabei und wurde nervös. Ich habe eine Dose geöffnet. Hasch. Sie wollten mich bestechen, aber ich habe so getan, als ob ich sie nicht verstehe. Und abends bin ich zu ihnen gegangen und habe sie mit Piet in Kontakt gebracht. Sie kauften die ganze Lieferung, die Piet in seinem Keller hatte, und bezahlten bar.»

«Wie viel?», fragte de Gier.

«Viel», sagte van Meteren. «Dieser Beuzekom hat mindestens ein Drittel des Haschhandels in Amsterdam in der Hand. Er hat ein großes Netz von Weiterverkäufern, das sehr gut organisiert ist, aber Beuzekom hatte keinen Nachschub mehr. Der Zoll hatte eine große Lieferung abgefangen, die für ihn bestimmt war, und genau zu diesem Zeitpunkt kam ich mit Piet Verboom; besser hätte es nicht kommen können.»

«Wer besorgte das Geld?», fragte de Gier.

«Piet hatte kein Geld», sagte van Meteren, «zumindest nicht viel. Seine Einkäufe wurden durch Joachim de Kater finanziert. Piet hatte nicht viel mehr als dreißig Prozent Gewinn und zahlte dann an de Kater. Beim nächsten Geschäft lieh er sich dann wieder etwas bei ihm. Und solange das Geld oder Hasch im Haus war, musste ich den Schatz bewachen. Dann nahm ich mir einen oder mehrere Tage Urlaub oder meldete mich krank. Meistens war alles an einem Tag erledigt.»

«Wie viel blieb dabei für dich übrig?», fragte Grijpstra.

«Nicht sehr viel», sagte van Meteren, «fünfzigtausend Gulden in zwei Jahren. Piet hatte mehr. Er wollte mir noch weniger geben, aber ich hatte ihn ein bisschen in der Hand, ohne mich traute er sich nicht, auch nur einen Schritt zu machen. Ich habe mir zuerst das Motorrad und später das Boot für das

Geld gekauft. Ich hatte den Plan, hunderttausend zusammenzubekommen und dann nach Neuguinea zurückzugehen.»

«Mit einem niederländischen Pass?»

Van Meteren lachte.

«Hier bin ich vielleicht eine Null, aber in Neuguinea würde mir alles gelingen. Und vergesst nicht, dass ich dann auch noch einen Haufen Geld bei mir haben würde. Ich hätte bestimmt eine schöne kleine Insel gefunden, Pläne hatte ich genug. Wilde Pläne. Man kann dort noch Seeräuberei betreiben mit Kanus, in denen vierzig Ruderer sitzen. Ich hätte dort ein kleines Königreich errichten können.»

«König Habberdudas der Erste», sagte de Gier. «Aber warum hast du dann die vielen Bücher über die Geschichte der Niederlande gelesen?»

«Aus Neugier», sagte van Meteren, «ich wohne hier und wollte wissen, wo ich lebe. Wie alles entstanden ist. Ich habe eure Methoden in euren eigenen Geschichtsbüchern studiert. Und manchmal hatte ich auch vor, hier zu bleiben.»

«Und was blieb für Piet dabei übrig?», fragte Grijpstra.

«Ihm blieb mehr als mir», sagte van Meteren, «aber er gab es aus. Er ließ das Haus umbauen und kaufte nebenbei das kleine Haus in Brabant. Die Gesellschaft verdiente zwar auch etwas Geld, aber davon konnte er das nicht alles bezahlen. Und er hatte einen schmucken Wagen und ging zum Essen in die teuersten Restaurants. Und manchmal ging er Abend für Abend zu den Huren. Das kostet alles Geld.»

«Und Joachim de Kater hat das weiterhin finanziert?»

«Natürlich. Der verdiente dabei haufenweise Geld ohne Risiko. Das einzige Risiko war, dass Piet es nicht zurückzahlte, aber der wollte weitermachen und unterzeichnete jedes Mal einen Schuldschein. Ich glaube auch, dass er mit dem Haus in den Haarlemmer Houttuinen bürgte.»

«Und für Piet arbeiteten noch mehr Leute?»

«Nein», sagte van Meteren, «ich war der Einzige. Und er konnte gut seinen Mund halten. Seine eigene Frau wusste nichts.»

Die Beamten schwiegen für eine Weile. De Gier übernahm das Ruder von van Runau.

Eine Vergnügungsfahrt, dachte Grijpstra, ich muss mal mit den Kindern aufs Wasser. Ich werde mir ein Boot leihen.

«Es war ein ruhiges Geschäft», sagte van Meteren. «Beuzekom wusste, dass ich einen Revolver trug. Wenn wir ihm die Fässchen lieferten, habe ich nie beim Tragen geholfen, sondern blieb im Hintergrund. Ich verlor ihn nie aus den Augen. Piet war immer sehr mit mir zufrieden. ‹Du bist mein lieber kleiner Papua›, sagte er dann.»

«Aber du hast ihn ermordet», sagte de Gier.

«Ja», sagte van Meteren, «ich habe auf einen günstigen Augenblick gewartet. Ich musste ihn umbringen, aber ich musste es auf die richtige Art und Weise tun.»

«Du *musstest* ihn umbringen?», fragte Grijpstra.

Van Meteren nickte.

«Vielleicht hatten sie in Den Haag Recht, mich nicht bei der Polizei einzustellen. Vielleicht bin ich immer noch ein Wilder. Wisst ihr, das ist so: Ein Papuahäuptling wird getötet, wenn die Art seiner Regierung nicht gut ist. Niemand kann einen Häuptling verurteilen, dazu ist er viel zu mächtig. Deshalb wird er im richtigen Augenblick getötet. Niemand redet darüber. Der Stamm beschließt, aber ohne vorher darüber zu diskutieren. Es entsteht eine bestimmte Atmosphäre, in der sich alle einig sind. Und dann stirbt der Häuptling. Ein oder zwei Männer lassen ihn sterben, meistens jene, die ihm am nächsten stehen, seine eigenen Berater. Aber, und das kann ich euch vielleicht nur schwer erklären, diese Männer sind keine Mörder. Der Häuptling wird durch den Stamm getötet. Das Volk tötet.»

Die Beamten sahen van Meteren ins Gesicht.

«Versteht ihr mich?», fragte er.

«Ein wenig», sagte de Gier.

«Vielleicht kann ich es noch etwas deutlicher machen. Ein Papua ist kein Individuum, wisst ihr. Er hat zwar einen Namen, den jedermann kennt, aber er wurde ihm nur gegeben, damit man es leichter hat, wenn man ihn rufen will. In Wirklichkeit hat er keinen Namen, nicht einmal ein eigenes Gesicht. Er ist ein Bestandteil des Stammes, mehr nicht. Er ist ein Teil des Ganzen.»

Er sah die beiden Beamten an.

«Ich habe einmal einen Stamm entdeckt, der noch nie einen Weißen gesehen hatte und auch nicht wusste, was ich für einer war. Ich musste den Leuten erklären, dass ich ein Vertreter von gewissen Göttern sei, die weiße Gesichter hätten. Einer von uns hatte einen Spiegel im Gepäck und gab ihn als Geschenk an einen dieser Wilden. Der Papua war ein großer breiter Kerl mit einer enormen Nase, durch die er einen weißen Menschenknochen gebohrt hatte. Er sah in den Spiegel und fing an zu lachen. Ich fragte ihn, warum er lache. Er sagte, er habe einen Spaßvogel gesehen, der im Wasser wohne.»

«Was geschieht, wenn man von einer Gruppe von Papuas ein Foto macht und es ihnen zeigt?», fragte de Gier.

Van Meteren lächelte.

«Du hast es verstanden, wie? Wem man das Foto auch zeigt, er wird immer alle seine Freunde erkennen.»

«Bis auf einen Mann», sagte de Gier, «auf dem Foto steht immer einer, der ihm fremd ist.»

«Genau», sagte van Meteren.

Van Runau kam in die Kajüte und schenkte Kaffee ein.

«Du hast also einen günstigen Augenblick abgewartet», sagte Grijpstra.

«Ja», sagte van Meteren, «ich habe auf einen günstigen Augenblick gewartet, denn geplant hatte ich es schon lange. Thérese hatte ihm ein Buch an den Kopf geworfen, genau an die Schläfe. Als ich in sein Zimmer kam, saß er auf dem Bett, den Kopf in den Händen, halb betäubt. Ich bin sofort ins Zimmer seiner Mutter gelaufen und habe eine Palfiumpille geholt. Sie hatte davon immer ein ganzes Glas voll. Der Arzt gab ihr, so viel wie sie haben wollte. Sie sei schon alt genug, um zu sterben, sagte er. Und wenn sie die Pillen nahm, machte sie keinem Schwierigkeiten.»

«Wusste Piet, dass es Palfium war?», fragte de Gier.

«Vielleicht», sagte van Meteren, «aber er hatte zum Nachdenken keine Zeit. ‹Schluck sie runter›, sagte ich, und er schluckte sie. Er trank nie, und wenn er Hasch rauchte, hatte er an zwei Stäbchen genug. Die Pille wirkte gut bei ihm. Als ich ihn erhängte, war er wie betäubt. Ich glaube, er war tot, ehe er überhaupt merkte, was mit ihm geschah.»

«Aber warum?», fragte de Gier. «Wolltest du die fünfundsiebzig Mille haben, die wir nicht finden konnten?»

«Die hatte er nicht mehr», sagte van Meteren.

Grijpstra schüttelte den Kopf und sah aus, als wolle er etwas sagen. De Gier sah ihn verzweifelt an und bedeutete ihm mit einer Geste zu schweigen.

«Wieso hatte Piet die fünfundsiebzig Mille nicht mehr, van Meteren?», fragte de Gier freundlich.

«Er hatte dafür Heroin gekauft», sagte van Meteren. «Beuzekom hatte bereits ein Jahr lang gequengelt, er wolle Heroin haben. Aber Piet konnte nur Hasch besorgen, für Heroin hatte er keine Adressen. Beuzekom und Joachim de Kater kannten einander nicht. Piet sorgte dafür, dass sie einander nicht begegneten. Beuzekom war der Kunde und Joachim der Geldgeber. Schließlich sagte Piet zu Joachim, dass er Heroin brauche, und Joachim fand das ausgezeichnet. Heroin ist viel teurer als Hasch und nimmt nicht so viel Platz ein. Piet hatte gedacht, er könne es in Marseille kaufen, und er war einige Male dort gewesen, konnte aber nichts auftreiben. Vielleicht hat man ihn für einen Kriminalbeamten gehalten. Dann ist Joachim auf die Suche gegangen, was auf Anhieb klappte. Joachim hat Verwandte in Frankreich, und er gehört zum Establishment. So konnte er über die Spitze Kontakt zu den Gangstern in Paris aufnehmen, die gleich anbissen.»

«Aha», sagte de Gier. «Jetzt verstehe ich. Und Piet brauchte Geld, um Joachim zu bezahlen. Deshalb nahm er eine Hypothek auf sein Haus und hob sein gesamtes gespartes Geld ab. Er konnte sich schlecht Geld von Joachim leihen, da dieser der Lieferant war. Und Joachim wollte natürlich Bargeld haben.»

«Ja», sagte van Meteren, «Ware gegen Geld, fünfundsiebzig rote Scheine. Die hat er auch bekommen.»

Grijpstra hatte noch einmal Kaffee gekocht. Monnikendam kam in Sicht.

«Dort kommt die Wasserschutzpolizei», sagte van Runau.

Das niedrige graue Boot näherte sich schnell. Sie sahen die Bugwelle und die Beamten, die auf der Vorplicht standen, den Karabiner im Anschlag.

«Ich werde das Boot anhalten», sagte de Gier, «sonst schießen sie noch auf uns. Ich habe heute schon genug Pulverdampf gerochen.»

«Dann hast du das Heroin», sagte Grijpstra.

«Ja», sagte van Meteren, «den ganzen Vorrat. Und der kommt nicht in den Handel. Heroin ist das Ende von allem. Piet wollte es nicht glauben. Hasch ist etwas für Kinder, es macht nicht einmal süchtig. Aber Heroin ist der Teufel selbst, den man sich direkt ins Blut spritzt. Und für den Rest des Lebens muss man alles tun, was einem der Teufel sagt.»

«Hast du Piet deswegen erhängt?», fragte Grijpstra.

«Ja», sagte van Meteren, «aber das wird mir der Richter niemals glauben.»

Das Polizeiboot war fast längsseits gekommen. Zwei Beamte standen bereit, um an Bord zu springen.

«Was hättest du gemacht, wenn wir dich nicht erwischt hätten?», fragte Grijpstra.

«Ich hätte noch ein wenig gewartet, ein Jahr oder so, bis die Sache etwas in Vergessenheit geraten ist. Dann hätte ich das Motorrad und das Boot verkauft.»

«Und dann zurück nach Neuguinea?»

Van Meteren nickte.

«Als König Habberdudas?»

Van Meteren lachte. «Nein, das war nur ein Traum. Vielleicht hätte ich allein auf einer kleinen Insel gelebt mit einer Katze und einem Ferkel. Als Einsiedler, dann hat man seine Ruhe.»

«Und das Heroin?»

«Das hätte ich weggeworfen oder verbrannt. Aber ich habe es bis jetzt aufbewahrt. Ich habe damit gerechnet, dass ihr mich erwischt. Vielleicht können wir das Heroin noch gebrauchen.»

«Ist er das?», fragte der Beamte, der als Erster an Bord gekommen war.

Grijpstra nickte.

«Dort liegt er gut», sagte der Polizist, «wir werden über Funk den Krankenwagen rufen. Innerhalb von fünf Minuten sind wir im Hafen. Bleibt ihr beiden bei ihm?»

«Ja», sagte Grijpstra.

«Wir haben wie verrückt nach euch gesucht, aber wir haben nur braven Fischern Angst eingejagt.»

«Das Leben ist schwer», sagte de Gier.

Grijpstra sah den Beamten neidisch an. Er war braun gebrannt und sah gesund aus.

Was für ein Leben, dachte Grijpstra, den ganzen Tag lang ein wenig auf dem Wasser herumkutschieren und Fischereilizenzen kontrollieren.

Van Meteren sah ihn an und lachte. Er hatte Grijpstras Gedanken gelesen.

Sechzehn

Der Hoofdinspecteur saß an seinem Schreibtisch und betrachtete den Kaktus. Er hatte die Hände in die Taschen gesteckt und sich nach hinten gelehnt. Es war warm. Der Hoofdinspecteur holte tief Atem. Vor ihm lag ein Notizblock mit Aufzeichnungen.

Seine Gedanken ordneten sich nur mühsam.

Der Papua, dachte der Hoofdinspecteur, sie haben die Wunde desinfiziert und ihn verbunden. Und dann haben sie ihn hergebracht. Grijpstra und de Gier. Einen festgenommenen Mörder. Tüchtige Arbeit. Hat lange gedauert. Drei Wochen. Schlimmer Kerl, dieser Papua.

Er schloss die Augen und grübelte. Gedanken, die anscheinend miteinander nichts zu tun hatten, gingen ihm durch den Kopf. Er dachte an Papuas. An Wilde aus der Steinzeit. Vergleichbar den Kannenefaten und den Batavern. Aber dann kamen die Römer, dachte der Hoofdinspecteur. Und nach Neuguinea kamen die Niederländer.

Ein Papua in Amsterdam, ein Bataver in Rom.

Er stand auf und schaute zum Fenster hinaus. Grijpstra hatte ihm auf Bitten des Papuas einen Vorschlag gemacht. Der Papua hatte keine Rechte mehr, er war verhaftet. Ein Verdächtiger in Untersuchungshaft kann nicht viel erbitten.

Der Hoofdinspecteur sah seinen Kaktus an, das riesige Phallussymbol mitten im Büro, ein Phallus mit Stacheln.

Man hatte ihn gebeten, einen Mörder freizulassen, zwar nur vorübergehend, aber mit dem Risiko, dass er entwischte.

Der Hoofdinspecteur griff zum Telefon.

«Der Commissaris ist krank, Mijnheer», sagte eine Mädchenstimme.

Der Hoofdinspecteur brummte und legte auf.

Er wählte noch einmal.

«Mein Mann hat einen Anfall von Rheumatismus. Er liegt im Bad. Das ist der einzige Ort im Haus, wo er keine Schmerzen hat. Kann ich ihm etwas ausrichten?»

Der Hoofdinspecteur überlegte.

«Ich muss Ihren Mann wirklich dringend sprechen, Mevrouw», sagte er schließlich.

«Einen Augenblick.»

Der Hoofdinspecteur wartete.

«Könnten Sie vielleicht hier vorbeikommen?»

«Ich komme, Mevrouw, in zehn Minuten bin ich bei Ihnen.»

Der Hoofdinspecteur saß auf einem Holzschemel und schaute auf den Kopf des Commissaris. Wenn er wollte, könnte er den Commissaris ganz sehen, aber er versuchte, sich auf den Kopf zu konzentrieren.

«Erzählen Sie», sagte der Commissaris.

Der Hoofdinspecteur behielt das Wort für lange Zeit. Der Commissaris unterbrach ihn nur einmal, er wollte einen Zigarillo.

Der Hoofdinspecteur zündete einen an und steckte ihn vorsichtig zwischen die blutlosen Lippen des Commissaris.

«Ja», sagte der Commissaris.

«Okay», sagte Grijpstra und legte den Hörer auf.

De Gier sprang auf.

«Finden sie es gut?»

Grijpstra nickte und fuhr sich über das Kinn. Die Bartstoppeln kratzten auf der Handfläche. Er hatte sich an diesem Morgen nicht rasiert und auch noch keine Zeit gehabt, sich in die Toilette mit seiner Blechdose aus der obersten Schreibtischschublade zurückzuziehen, in der er ein Rasiermesser und Rasiercreme aufbewahrte.

«Du hast dich nicht rasiert», sagte de Gier.

«Nein», sagte Grijpstra und hatte eine tiefe Falte zwischen den Augenbrauen.

«Du hast verschlafen», sagte de Gier.

«Nein», sagte Grijpstra.

«Warum rasierst du dich dann nicht? Keine Lust?»

«Rasieren ist schön», sagte Grijpstra, «aber wenn man gerade damit beschäftigt ist, dürfen andere nicht immer dazwischenquatschen.»

De Gier nickte.

«Und sie dürfen einen schon gar nicht anschreien, wenn man damit beschäftigt ist.»

«Nein», sagte de Gier, «das dürfen sie nicht.»

«Ich werde mich jetzt rasieren», sagte Grijpstra, «hol du inzwischen van Meteren. Hoffentlich hat er gut geschlafen. Der Arzt wird auch noch einmal bei ihm gewesen sein. Er ist ein starker Bursche, gestern noch ein blutender Fetzen, heute klopft er schon wieder seine Sprüche.»

«Er hatte auch eine gute Zelle», sagte de Gier, «und ich habe ihm saubere Laken und ein Kissen mit Bezug bringen lassen. Und die Betrunkenen neben ihm wurden in andere Zellen verlegt. Er hatte seine Ruhe.»

Noch keine halbe Stunde später war er schon wieder zurück.

Van Meteren bekam eine Tasse Kaffee, eine Zigarette und ein Telefonbuch.

«Guten Tag, Mijnheer de Kater, van Meteren hier.»

Grijpstra hatte auf einen Knopf gedrückt, sodass die Beamten de Katers Antwort hören konnten.

«Guten Tag, Mijnheer van Meteren», sagte de Katers Stimme mit seiner gepflegten Aussprache. «Wie geht es Ihnen? Haben Sie eine gute Unterkunft gefunden?»

«Gewiss», sagte van Meteren, «ganz in der Nähe. Ich wohne jetzt um die Ecke, ganz oben in einem alten Haus in der Brouwersgracht; ich habe mich nicht verschlechtert.»

«Das freut mich. Es tat mir Leid, dass ich Sie bitten musste, Ihr Zimmer in den Haarlemmer Houttuinen aufzugeben, aber Sie verstehen, ich habe es nicht für mich gekauft. Ich will es wieder loswerden, und leer verkauft es sich leichter. Was kann ich für Sie tun, Mijnheer van Meteren?»

«Einen kleinen Gefallen, Mijnheer de Kater. Ich will das Land bald verlassen und brauche etwas Geld. Ich habe mir ausgerechnet, dass ich etwa zwanzigtausend brauchen könnte, in kleinen Scheinen, in Fünfundzwanzigern und Hundertern.»

«Ja?», fragte de Kater höflich.

«Ja. Und ich dachte, Sie hätten es für mich. Piet Verboom hat Ihnen unlängst einen viel größeren Betrag gegeben, und ich glaube nicht, dass Sie das Geld zur Bank gebracht haben. Ich denke, Sie haben es noch zu Hause.»

Im Mikrophon am Telefon war alles still. Grijpstra und de Gier schauten auf den grauen Plastikapparat.

«Ah, richtig», sagte die Stimme von de Kater, dessen Stimme jetzt auf einmal heiser klang. «Ja, ja.»

Grijpstra zog an seiner Zigarette. De Gier hatte die Augen geschlossen.

Van Meterens Stimme klang fröhlich. Er sprach mit einem Freund oder mit einem guten Bekannten.

«Der Betrag ist nicht so groß», sagte van Meteren.

«Vielleicht nicht», sagte de Kater. «Ich nehme an, Sie haben eine Gegenleistung zu bieten?»

«Natürlich.»

«Und die wäre?»

«Ich werde es Ihnen erklären», sagte van Meteren. «Sie haben Piet Verboom kurz vor seinem Tod gewisse Waren geliefert. Die Waren wurden bezahlt, Sie haben das Geld, damit war die Sache in Ordnung. Diese Waren sind immer noch vorhanden ...»

«Tatsächlich, Mijnheer van Meteren?» Die Stimme klang wieder voller, und man hörte ein Klicken, gefolgt von einem paffenden Geräusch.

Er hat sich eine Zigarre angesteckt, dachte Grijpstra, eine gute dicke Zigarre.

«Ich dachte mir, Sie würden die Waren vielleicht gern zurückkaufen wollen», sagte van Meteren.

«Für zwanzig Mille?», fragte de Kater.

«Stimmt. Für einen Bruchteil des Wertes. Sie gehören mir nicht offiziell, obwohl ich mir vorstellen könnte, dass ich sie geerbt habe.»

«Ha», sagte de Kater, «wer die Waren besitzt, ist in diesem Fall auch der Eigentümer. Es ist merkwürdig, dass die Polizei sie nicht gefunden hat.»

«Die haben nicht an der richtigen Stelle gesucht», sagte van Meteren.

«Gewiss, gewiss», sagte de Kater, «aber warum wollen Sie sie mir zurückverkaufen? Sie haben doch mit Piet Verboom zusammengearbeitet und müssen seine Käufer kennen, und wenn Sie die kennen, dann können Sie schöne Preise verlangen.»

Grijpstra schaute auf. Van Meteren machte eine beruhigende Handbewegung. De Gier hatte die Augen immer noch geschlossen.

«Die kenne ich auch», sagte van Meteren, «aber momentan ist es in dieser Branche ein wenig unruhig geworden. Piets Tod hat die Polizisten aufgeweckt, und die stöbern jetzt überall herum.»

«Das stimmt allerdings.»

«Und ich habe es ein bisschen eilig», fuhr van Meteren fort. «Ich will das Land verlassen. Je mehr die Polizei herumstöbert, desto näher rücken sie mir auf den Pelz. Darum mache ich diesen günstigen Vorschlag.»

«Zwanzig Mille», sagte de Kater.

«Zwanzig Mille», sagte van Meteren.

«Die Sache interessiert mich. Wann und wo, Mijnheer van Meteren?»

«Heute Abend in den Haarlemmer Houttuinen Nummer 5, um neun Uhr. Ich treffe Sie vor dem Haus.»

«Und Sie haben die Waren dann bei sich?»

«Wir übergeben Waren und Geld Zug um Zug.»

Es kehrte wieder Stille ein. De Gier öffnete die Augen und rekelte sich. Grijpstra drückte seinen Zigarettenstummel mit so viel Kraft im Aschenbecher aus, dass er das Papier zerfetzte und es sich mit den Tabakkrümeln vermischte. Van Meteren schaute aus dem Fenster, seine Augen glänzten.

«Ich bin es nicht gewöhnt, übereilt zu handeln», sagte de Kater, «aber Ihr Vorschlag ist attraktiv. Falls ich es heute

Abend nicht schaffe, müssen Sie mich noch einmal anrufen.»

Im Telefon knackte es. Van Meteren legte den Hörer vorsichtig auf.

«Wird er kommen?», fragte Grijpstra.

«Er wird kommen», sagte van Meteren, «seine Habgier wird ihn euch in die Arme treiben. Heute Abend könnt ihr ihn erwischen, wenn er das Heroin in der Hand hat.»

«Ich werde dich wieder in die Zelle bringen», sagte de Gier.

Grijpstra gab dem Papua die Hand. «Bis heute Abend. Gott beschütze mich; wenn das klappt, kriegen wir alle einen Orden.»

«Ich habe schon zwei Orden», sagte van Meteren.

Siebzehn

De Gier hockte zwischen Sträuchern gegenüber dem Haus Haarlemmer Houttuinen Nummer 5 und schaute abwechselnd auf seine Uhr und zur Eingangstür des hohen Gebäudes. Neben ihm waren zwei andere Kriminalbeamte versteckt. Sie hatten sich beide in Hundedreck gesetzt und fluchten leise. De Gier hatte mehr Glück gehabt, aber seine Beine schmerzten von dem verkrampften Hocken.

«Bah», flüsterte de Gier vor sich hin. Ihre Position war unvorteilhaft. Sie saßen auf der anderen Seite der Eisenbahnböschung hinter einem Zaun, und es war fraglich, ob sie gleich schnell genug durch das Loch schlüpfen konnten, das er kurz vorher mit einer Zange in den Hühnerdraht gekniffen hatte. Aber er hatte keine bessere Stelle finden können. Glücklicherweise war die Straße bis auf einen gelegentlich vorbeifahrenden Wagen leer. Die einzige lebende Seele auf dem Fußweg ihm gegenüber war der Hoofdinspecteur, der eine verschlissene Jacke trug und einen Schäferhund an der Leine führte. De Gier beobachtete seinen Vorgesetzten mit Bewunderung. Der Hoofdinspecteur lief ein wenig krumm und schlurfte mehr als er ging.

«Siehst du den Mann da mit seinem Hund?», fragte er den Beamten neben sich.

Der Beamte schaute. «Ja. Ein Mann, der mit seinem Hund ausgeht. Vorhin war auch einer da mit zwei Dackeln. Hier gibt es viel zu viele Hunde, diese Böschung haben sie auch schon ganz voll geschissen. Wie kommen die hier eigentlich rein? Es ist doch ein Zaun davor.»

«Weiter drüben ist der Zaun ganz kaputt», sagte de Gier, «aber der Mann, der dort geht, ist der Hoofdinspecteur.»

Der Beamte schaute noch einmal hin. «Verdammt», sagte er, «das ist er wirklich. Ich habe ihn heute Nachmittag noch im Präsidium gesehen, aber er sieht jetzt ganz anders aus. Trägt er eine Perücke?»

«Aber nein», sagte de Gier, «warum sollte er eine Perücke tragen?»

«Er sieht einfach anders aus», beharrte der Beamte.

De Gier schaute noch einmal hin. Er hätte die Veränderung nicht in den Haaren gesucht, sondern in der Kleidung. Aber das Haar sah wirklich anders aus, kraus, nicht glatt gekämmt, jedes Haar an seinem Platz festgeklatscht.

Eine gute Verkleidung, dachte de Gier, ein Mann von Ende fünfzig, der hier in der Gegend in einer armseligen Wohnung lebt, allein mit seinem Hund.

Er sah wieder auf die Uhr; es war kurz vor neun. Van Meteren war jetzt gekommen und stand auf dem Fußweg vor dem Haus Nummer 5. Der Hoofdinspecteur war weitergegangen.

Um die Ecke sollte ein alter Daf mit zwei Beamten stehen, und in der Haarlemmerstraat gingen zwei Beamte in Uniform Streife. Da diese Straße parallel zu den Haarlemmer Houttuinen verläuft, konnte die Polizei beruhigt sein. Sollte de Kater in seiner Verzweiflung durch ein Haus in der Haarlemmerstraat entwischen wollen, dann bestand eine gute Chance, dass man ihn dort aufgriff. Grijpstra und noch ein Beamter, ein kräftiger junger Mann, der notfalls eine Hauswand emporklettern konnte wie ein Bergsteiger, hatten sich im Hintergarten des Hauses versteckt. Die Nachbarn hatten ihnen den Zugang zum Garten verschafft.

Der Beamte legte de Gier die Hand auf den Arm.

«Ist das unser Mann?»

Joachim de Kater kam mit kräftigen Schritten näher. Er ging auf van Meteren zu. Auf dem Fußweg entspann sich ein kurzes Gespräch. Van Meteren zeigte auf die Haustür, und de Kater schien einige Fragen zu stellen. Nach einigen Minuten waren sie sich offenbar einig geworden. De Kater öffnete die Tür mit seinem Schlüssel. Die Tür ging auf und wieder zu. Die Straße war wieder wie vorher. Der Schäferhund des Hoofdinspecteurs pinkelte an einen Laternenmast, während sein Herr geduldig wartete.

«Und jetzt?», fragte der Beamte flüsternd.

«Sei still», fuhr ihn de Gier an.

De Gier versuchte sich vorzustellen, was jetzt in dem Korridor passierte. Das Heroin war in der Buddhastatue versteckt, in der billigen Kopie, die Piet Verboom auf dem Flohmarkt in Paris gekauft hatte. De Gier wusste jetzt, dass die Buddhastatue hohl war, weil van Meteren es ihm gesagt hatte. Metallstatuen können, auch wenn sie hohl sind, meistens nicht geöffnet werden. Und die Beamten, die das Haus durchsucht hatten, waren nicht auf den Gedanken gekommen, dass sich der Kopf der Statue abdrehen ließ.

De Kater war, seit er das Haus gekauft hatte, auch der Eigentümer von allem geworden, was sich darin befand. Laut Constanze gab es in dem Kaufvertrag eine Klausel, wonach die gesamte Einrichtung zum Haus gehörte. Auch die Statue. Auch das Heroin in der Statue. De Gier hatte noch an die Statue gedacht, als Constanze von der Einrichtung gesprochen hatte.

De Gier seufzte. Er dachte an Constanzes Körper, an das lange Bein, das über seinem gelegen hatte, an ihre warmen Brüste, an ihre sanfte Stimme. Und jetzt hockte er hier, und ein Zweig von dem Strauch vor ihm kratzte seinen Nacken, und der Hundedreck um ihn herum stank, und neben ihm saß ein schlecht gelaunter Beamter.

Er hätte sich denken können, dass die Buddhastatue hohl war, aber er hatte nur daran gedacht, dass die östliche Gottesverehrung populär geworden war und die Statue ihr Geld wert sein würde. Er hatte gedacht, dass de Kater ein geschickter Bursche und der Handel eine hübsche Art war, um schnell reich zu werden.

Das Original der Statue hatte einst in einem Tempel in Ceylon gestanden, sagte Constanze. Eine berühmte Statue, die gestohlen und wahrscheinlich an einen Sammler in Amerika weiterverkauft worden war. Man hatte noch Kopien davon angefertigt. Wahrscheinlich sind alle hohl, dachte de Gier. Dabei spart man Bronze, die teuer ist. Wie van Meteren sagte, hatte Piet entdeckt, dass die Statue hohl war, weil der Kopf ein wenig schief stand. Piet hatte sich das genau angesehen und das Gewinde entdeckt. Er hatte die Statue zu einem Schlosser gebracht, der den Kopf losbekommen und das Gewinde erneuert hatte. Und dann war die Statue ein Behälter, der kurz darauf mit einem Pulver gefüllt wurde, das die menschliche Seele den Himmel erblicken lässt. Einen Scheinhimmel, dachte de Gier, und dann die wirkliche Hölle. Aber die kann man sich nicht nur betrachten, in die muss man ganz hinein.

Und de Kater würde jetzt neben der Statue stehen, das mitgebrachte Köfferchen geöffnet in der Hand, gierig wartend, während van Meteren die Heroinpäckchen hervorzauberte und eins nach dem anderen übergab. Dieser de Kater hatte die Absicht, noch einmal einen Coup zu landen. Schließlich würde das Opiumpräparat in das Blut der Amsterdamer Jugend geraten, in das Blut argloser Trottel, die nach höheren Sphären suchten.

Aber diesmal nicht, dachte de Gier. Zu seinem Erstaunen spürte er, wie ihn eine Welle der Zufriedenheit überlief.

Pass auf, dachte er. Sein rechtes Bein verkrampfte sich. Ein Muskel war dabei, sich zu verhärten, er massierte ihn vorsichtig. «Dein Leben wird noch ein Ziel haben», sagte er leise.

«Wie bitte?», fragte der Beamte.

«Nichts», sagte de Gier, «bleib ruhig sitzen. Wir greifen ihn, wenn er nach draußen kommt.»

«Brauchen wir den Schwarzen nicht?», fragte der Beamte.

«Den haben wir bereits.»

«Ein Spitzel?», fragte der Beamte.

«Eine Art von Spitzel», sagte de Gier.

«Der sollte lieber aufpassen», sagte der Beamte. «Wenn er sich so offen zeigt, wird er nicht mehr lange herumlaufen. Dann können wir ihn aus der Gracht fischen.»

«Der passt schon auf sich auf», sagte de Gier.

Die Tür wurde geöffnet. De Kater kam heraus. Das Köfferchen hing an seiner linken Hand. Es war anscheinend nicht schwer.

«Heroin wiegt nicht viel», flüsterte der Beamte, der sich

langsam erhob, «aber wenn das Köfferchen voll ist, hat er Ware für hunderttausend Gulden bei sich.»

«Jetzt!», sagte de Gier und stieß einen Pfiff auf den Fingern aus.

Es war alles ganz leicht. De Gier rannte, gefolgt von seinen beiden Helfern, quer über die Straße. In diesem Augenblick herrschte kein Verkehr. De Kater ließ sein Köfferchen fallen und versuchte wegzulaufen. Die Beamten, die um die Ecke im Daf warteten, waren durch de Giers Pfiff alarmiert worden und versperrten den Weg. De Kater lief in die andere Richtung und traf auf den Hoofdinspecteur. De Katers Pistole fiel auf den Boden, als die Beamten hinter ihm einen Warnschuss abgaben. Der Hund des Hoofdinspecteurs knurrte und zeigte seine Zähne. Der Hoofdinspecteur selbst hatte sich nicht einmal die Mühe gemacht, seine Pistole zu ziehen.

Junge, dachte de Gier, als er de Kater die Hand auf die Schulter legte, sechs Mann und ein Hund. Was für ein Schauspiel.

De Kater fing an zu weinen. Keiner war überrascht. Verdächtige weinen häufig, vor allem im Augenblick der Festnahme.

«Nur ruhig», sagte de Gier, «wir tun Ihnen nichts. Haben Sie für die Pistole einen Waffenschein?»

«Nein», schluchzte de Kater.

«Und was ist in dem Köfferchen, das Sie haben fallen lassen?»

«Heroin», schluchzte de Kater.

«Dann kommen Sie mal mit», sagte de Gier.

Achtzehn

Die beiden Beamten, die in dem alten Daf gewartet hatten, nahmen de Kater mit. Van Meteren kam heraus auf den Fußweg, als das wackelige Auto gerade in einer Nebenstraße verschwand.

«Gute Arbeit, van Meteren», sagte der Hoofdinspecteur.

«Gern geschehen, Mijnheer.» Der Papua lachte. «Er war überhaupt nicht misstrauisch.»

«Das haben wir dann dir zu verdanken», sagte Grijpstra, der zusammen mit seinem Assistenten ebenfalls aus dem Haus gekommen war, «du musst ihm ganz schön etwas vorgemacht haben.»

«Hat er bezahlt?», fragte der Hoofdinspecteur.

Van Meteren klopfte auf seine Brusttasche. «Den vollen Betrag. Er wollte noch etwas herunterhandeln, aber darauf habe ich mich nicht eingelassen. Er war natürlich bewaffnet, aber ich nehme an, dass er das auch von mir dachte.»

Er zog einen großen braunen Umschlag aus seiner Jacke.

«Alles in Hundertern, kleiner habe er es nicht, sagte er. Zweihundert Scheine, ich habe sie gezählt. Bitte, Mijnheer.»

Der Hoofdinspecteur steckte den Umschlag in die Seitentasche seiner Jacke.

«Vielen Dank.»

«Das ist ein Haufen Geld», sagte einer der Beamten, «und er war bewaffnet, sagtest du. Das ist das Elend bei Heroin, heutzutage haben sie alle eine Waffe. Zu Räubern und Mördern werden sie, und ehe man weiß, was einem geschieht, hat man selbst eine Kugel erwischt und liegt für einige Monate wieder auf dem Bauch.»

«Das gehört dazu, Meister», sagte Grijpstra freundlich. «Gehen wir jetzt nach Hause, Mijnheer?»

«Was mich betrifft, ja», sagte der Hoofdinspecteur.

«Ich würde Sie, Grijpstra und de Gier gern noch kurz sprechen, wenn das möglich ist», sagte van Meteren, «vielleicht drinnen, falls Sie keine Einwände haben.»

«Gewiss», sagte der Hoofdinspecteur. «Dann können die drei anderen noch ein Bier trinken, am besten in der Haarlemmerstraat bei Tante Jet, an der Ecke Oranjestraat, dort komme ich dann gleich auch noch vorbei.»

«Ja, Mijnheer», sagten die drei Beamten im Chor.

«Was wolltest du sagen?», fragte der Hoofdinspecteur. Sie waren in die ehemalige Bar der Hindistischen Gesellschaft gegangen. Van Meteren stand hinter der Theke, die drei Polizisten saßen auf Hockern.

«Drei Bier», sagte de Gier.

«Das wird nicht gehen», sagte van Meteren, «aber hier stehen noch Flaschen mit Erfrischungsgetränken und auch Gläser.»

«Auch gut», sagte Grijpstra.

Van Meteren säuberte die Gläser mit einem Geschirrtuch und öffnete Colaflaschen.

«Hier gibt es noch alles», sagte de Gier.

«Kein Bier», sagte van Meteren, «das hält sich nicht in einem offenen Fass. Aber in der Einrichtung dieses Hauses steckt noch eine Menge Geld. De Kater hätte viel Geld daran verdienen können, wenn er es in eine Auktion gegeben hätte.»

«De Kater haben wir jetzt ja», sagte der Hoofdinspecteur und nahm einen Schluck Cola, «schade, dass wir die beiden anderen laufen lassen müssen, aber vielleicht laufen sie uns noch einmal in die Arme. Bah, ich mag dieses Zeug nicht.»

«Spucken Sie es doch aus», sagte van Meteren, «hier ist auch noch Soda. Über die beiden anderen wollte ich gerade sprechen.»

Er öffnete eine andere Flasche und schob sie über die Theke. «Hier ist auch noch ein anderes Glas. Bitte.»

«Danke», sagte der Hoofdinspecteur. «Du meinst Beuzekom und seinen Freund, nicht wahr?»

«Ja, Mijnheer.»

«Dann müssen wir uns beeilen», sagte Grijpstra. «Bis jetzt ist es gut gegangen, aber die Journalisten werden allmählich Wind von der Sache bekommen. Falls Beuzekom weiß, dass wir de Kater haben, können wir die Angelegenheit vergessen.»

«Mich habt ihr auch», sagte van Meteren. «Die Verfolgungsjagd auf dem Ijsselmeer kann auch in die Zeitung kommen. Habt ihr die Zeitungen schon gesehen?»

«Ich habe sie gesehen», sagte der Hoofdinspecteur, «bis jetzt weiß keiner etwas. Ihr seid so früh in den Hafen von Monnikendam eingelaufen, dass ihr dem Auge der Presse entgangen seid. In Monnikendam werden außerdem nicht viele Journalisten herumlaufen. Was wir hier heute Abend getan haben, ist viel gefährlicher. Die meisten Zeitungen haben Leute in der Stadt und zahlen darüber hinaus noch für einen Tipp. Falls jemand aus der Nachbarschaft angerufen hat, dass hier etwas im Gange war, werden sie schnüffeln kommen.»

«Deshalb muss schnell etwas geschehen», sagte van Meteren. «Ich schlage vor, dass ich Beuzekom von hier aus anrufe. Wenn wir Glück haben, ist er zu Haus. Dann lasse ich ihn herkommen. Das Heroin kommt wieder in die Statue, und wir machen das gleiche Spiel noch einmal.»

Er trank einen Schluck Cola und sah die drei nacheinander an.

De Gier begann zu grinsen.

«Wie findest du die Idee, de Gier?», fragte der Hoofdinspecteur.

«Gut, Mijnheer, es ist eine prächtige Idee, aber sie ist zu

gut, um zu klappen. Zweimal an einem Abend, das wäre zu schön.»

«Und du, Grijpstra?»

«Eine gute Idee», sagte Grijpstra.

«Haben wir noch genug Leute?»

«Wir könnten die drei Biertrinker zurückholen», sagte de Gier.

«Eigentlich müsste ich den Commissaris vorher anrufen», sagte der Hoofdinspecteur, «aber er ist krank, und für den ersten Akt hat er seine Zustimmung ja gegeben.»

Alle schwiegen.

«Gut», sagte der Hoofdinspecteur.

«Ich werde die drei Spaßvögel holen», sagte de Gier und sprang von seinem Hocker. «Van Meteren kann inzwischen anrufen.»

«Gut, aber beeile dich. Wenn Beuzekom zu Haus ist, kann er gleich kommen. Bringe sie her, aber warte, bis van Meteren das Telefongespräch beendet hat. Klopf ans Fenster, wenn ihr hier seid. Gibt es hier ein Telefon, van Meteren?»

«Ich habe es soeben versucht, es ist noch angeschlossen.»

«Also los.»

De Gier verschwand. Van Meteren wählte, die Nummer kannte er auswendig. Das Telefon wurde sofort abgenommen.

«Beuzekom.»

«'n Abend, Beus, van Meteren hier.»

«Ha», sagte Beuzekom überrascht, «nett, deine Stimme zu hören. Wir haben uns eine Weile nicht gesehen, wie geht's? Bist du noch im Geschäft, oder ist es damit vorbei, seit Piet von uns gegangen ist?»

«Ich bin noch im Geschäft, Beus, und wie geht's euch?»

«Ach, was soll ich sagen? Es geht so, nur Ringetje ist in letzter Zeit etwas langweilig. Er müsste mal wieder Urlaub machen, aber man muss vorher etwas verdient haben, bevor man sich in die Sonne legen kann. Die Sonne ist gegenwärtig teuer.»

«Geht das Geschäft denn nicht?»

«Das kleine wohl», sagte Beuzekom, «da gibt es noch Nachschub, obwohl man aufpassen muss, dass man nicht geneppt wird. Gegenwärtig machen sie den Stoff aus Henna nach. Die Schufte machen daraus Pressplatten, die so echt aussehen, dass man schwören könnte, man hat den richtigen Stoff in der Hand, sogar den Duft machen sie nach. Allmählich muss man schon Chemiker sein, um nicht beschissen zu werden, aber bis jetzt bin ich noch nicht reingefallen.»

«Und das richtige Geschäft?»

«Du meinst mit Zucker?», fragte Beuzekom. «Tja, damit ist es zur Zeit ganz aus. Piet ist ja nicht damit übergekommen. Wo mag die Partie nur geblieben sein? Ihr solltet liefern, und da Piet gestorben ist, muss sie ja irgendwo liegen.»

«Ja, ja», sagte van Meteren.

«Heh», sagte Beuzekom, «rufst du deswegen an? Falls ja, ist das eine gute Nachricht.»

«Deswegen rufe ich an», sagte van Meteren.

«Dann hast du den Stoff?»

Van Meteren schwieg.

«Du hast ihn, wie? Ich würde ihn gern abnehmen. Wie viel soll er kosten?»

«Du hast Glück», sagte van Meteren, «ich habe ihn und will ihn loswerden. Du weißt ja, was du Piet dafür geboten hast.»

«Hundertzwanzigtausend», sagte Beuzekom.

«Das war der Preis. Aber der Stoff ist jetzt mehr wert.»

«Mehr gebe ich nicht.»

«Hast du das Geld zu Haus?» Van Meteren wartete.

«Ja, ich habe es noch.»

«Bring's mit, Beus, dann machst du das Geschäft. Aber dann musst du jetzt kommen, weil ich auf dem Stoff sitze. Jetzt sofort, dann hast du auch keine Zeit, Verstärkung mitzubringen, denn ich bin allein.»

«Allein mit einem großen Ballermann», sagte Beuzekom, «und den Kopf voller Urwaldtricks. Ich unterschätze dich nicht, alter Buschneger.»

«Ich bin kein Neger», sagte van Meteren, «ich bin Papua.»

«Noch schlimmer», sagte Beuzekom, «ich habe vor kurzem ein Buch über euch gelesen. Ihr hängt Schädel an die Haustür.»

«Deinen nicht», sagte van Meteren. «Kommst du, oder kommst du nicht?»

«Darf ich Ringetje mitbringen?»

«Ja.»

«Okay, wo bist du?»

«Bei der alten Adresse.»

«Haarlemmer Houttuinen?»

«Ja.»

«Wohnst du dort noch?»

«Nein, ich bin umgezogen, aber jetzt bin ich in den Haarlemmer Houttuinen. Und wenn du innerhalb einer Viertelstunde hier bist, machst du das Geschäft. Sonst bin ich weg, und du musst wieder eine Weile warten.»

«Wir kommen», sagte Beuzekom, «aber keine Tricks, van Meteren. Wir sind bewaffnet. Vielleicht werden wir mit dir nicht fertig, aber versuchen werden wir's, falls du Hintergedanken haben solltest.»

«Ich habe euch nie beschissen», sagte van Meteren.

«Das stimmt. Du bist ein guter Kerl. Aber eine Viertelstunde ist zu kurz. Eine halbe.»

«Zwanzig Minuten.»

«Gut. Bis gleich.»

Van Meteren legte auf.

«Herr Jesus», sagte der Hoofdinspecteur, «wir haben kaum noch Zeit. Wo ist de Gier?»

Jemand klopfte ans Fenster. Grijpstra lief zur Tür und öffnete. «Kommt rein, aber schnell. Sie sind bereits unterwegs.»

Die Männer versammelten sich in der Bar.

«Gut», sagte der Hoofdinspecteur, «ich werde mit Hector wieder auf die Straße gehen. De Gier geht mit denselben Beamten wie vorhin auf die andere Seite. Oder nein, de Gier geht allein. Die beiden anderen können sich in der Nachbarschaft in Hauseingänge stellen. Aber gut verstecken, denn diese Kerle sind gefährlicher als vorhin unser Freund de Kater.»

«Welche Kerle?», fragte einer der Beamten.

«Beuzekom und Ringma, zwei Rauschgifthändler, junge Kerle, beide bewaffnet. Beuzekom ist groß mit langen blonden Haaren und Ringma ein kleiner Schwuler, der kahl zu werden beginnt.»

«Von mir aus können sie schießen», sagte der Beamte, der an Fassaden hochklettern konnte, «das wird spannend, dann brauche ich in dieser Woche nicht ins Kino zu gehen.»

«Tarzan der Mächtige», sagte Grijpstra.

«Na, na», sagte der Hoofdinspecteur, «wir haben keine Zeit für Scherze. Du kannst mit Tarzan hier wieder in den Garten gehen. Van Meteren wartet hier.»

«Ja, Mijnheer», sagten alle.

De Gier saß wieder zwischen den Sträuchern. Derselbe Zweig kratzte ihn im Nacken. In der Aufregung hatte er nicht aufgepasst und war in den Hundedreck getreten, dem er beim ersten Mal so gut ausgewichen war.

«Bah, brrr», sagte de Gier, aber er grinste dabei. Er hoffte ebenso wie Tarzan, dass es zum Kampf kommen werde. Wenn er mir die Chance gibt, schlage ich ihm eins rein, dachte de Gier und sah das schimpfende Gesicht Beuzekoms wieder vor sich, mitten in seine Schnauze. Soll er ruhig noch ein bisschen bluten.

Er schaute auf die Straße vor sich. Es hatte eine Verkehrsstockung gegeben; eine lange Wagenschlange fuhr jetzt langsam vorbei. Die Aussicht auf die andere Straßenseite war ihm versperrt.

Aber ich schlage nur zu, wenn er als Erster angreift, dachte de Gier, und ich werde ihn nicht herausfordern.

Die Autos waren vorbeigefahren, auf der anderen Straßenseite war der Fußweg zu sehen. Der Hoofdinspecteur hatte Schwierigkeiten mit Hector, der eine Katze gesehen hatte und an der Leine zog.

«Da sind sie», sagte de Gier zu sich selbst.

Beuzekom fuhr seinen Kleinbus auf den Fußweg. Gleich darauf standen die beiden Händler vor der Tür von Nummer 5. Sie wurde geöffnet. Auch Beuzekom hatte wie de Kater ein Köfferchen. Beuzekom ging als Erster hinein. Ringma blieb noch für einen Moment draußen und schaute sich um.

Es vergingen drei Minuten, ehe der Schuss ertönte. De Gier rannte zur anderen Seite und wäre fast von einem Linienbus angefahren worden, der so weit nach links auswich, dass er beinahe ein entgegenkommendes Auto gerammt hätte. Das Geschrei der Fahrer und das tiefe Tönen der Bushupe störten de Gier nicht. Zusammen mit den beiden Beamten trat er die Tür ein, die krachend an einer Angel hängen blieb.

Im Korridor sahen sie zuerst Ringma, der an der Wand lehnte. Er hatte eine Pistole in der Hand, aber der Arm hing schlaff herunter, der Lauf der Pistole zeigte zum Fußboden.

Einer der Beamten schlug ihm aufs Handgelenk und fing die Pistole auf.

Beuzekom lag stöhnend auf der Erde, die Hände zwischen den Beinen.

«Der Schuft. Er hat mir in die Eier getreten. Ich war überhaupt nicht darauf gefasst.»

«Wo ist das Heroin?», brüllte Grijpstra, der von hinten aus dem Korridor gekommen war.

«Hier», stöhnte Beuzekom, «im Köfferchen. Er hat mir den Stoff gegeben, aus der Statue dort. Und als ich alles hatte und ihm das Geld gegeben hatte, kriegte ich den Tritt.»

Beuzekom wurde durchsucht. Seine Pistole verschwand in der Innentasche de Giers.

«Wo ist van Meteren?», fragte der Hoofdinspecteur.

Ringma, dessen Hände auf dem Rücken gefesselt waren, zeigte mit dem Kopf auf eine Tür.

«Durch die Tür ist er gelaufen.»

«Ach nein», sagte der Hoofdinspecteur.

Neunzehn

«Soso», sagte der Commissaris.

Sie saßen hinten im Garten des großen Hauses in der Innenstadt, das der Commissaris bewohnte. Es war ein warmer Abend. Überall in der Nachbarschaft genossen die Menschen die frische Luft. Die Frau des Commissaris hatte Gläschen mit kaltem Genever und eine Schale mit gemischten Nüssen gebracht und sich dann diskret zurückgezogen. Der Commissaris und der Hoofdinspecteur rauchten Zigarren. Der Commissaris rieb sich das rechte Bein. Er hatte tagsüber im Bett gelegen. Die

Schmerzen hatten etwas nachgelassen, nur gelegentlich verzog er das Gesicht bei einem plötzlich auftretenden Stechen.

«Wer hat geschossen?», fragte der Commissaris.

«Ringma, Mijnheer. Als van Meteren Beuzekom zwischen die Beine trat, hat Ringma geschossen, um seinen Freund zu beschützen oder ihn zu rächen.»

«Seinen Freund und Geliebten», sagte der Commissaris. «Ein Tritt in die Eier ist unangenehm, man kann daran sterben. Und Beuzekom konnte noch reden, sagst du?»

«Ja. Van Meteren hat nicht zu stark zugetreten. Der Arzt, der Beuzekom in der Zelle besucht hat, sagte, er habe keinen bleibenden Schaden davongetragen, aber es werde noch für eine Weile schmerzen.»

«So», sagte der Commissaris und hob sein Glas. «Prost.»

«Prost», sagte der Hoofdinspecteur und nippte an seinem Glas.

«Aber warum sollte van Meteren überhaupt getreten haben?»

«Um Verwirrung zu stiften, denke ich», sagte der Hoofdinspecteur. «Er wusste, dass wir jeden Augenblick reinkommen konnten. Und wenn wir die Herren auf der Straße mit ihrem Köfferchen und ihren Waffen festgenommen hätten, wären wir ebenfalls in der Nähe der Haustür geblieben, und die Hintertür bewachten Grijpstra und sein Kollege. Beuzekom und Ringma saßen in der Falle, aber van Meteren selbstverständlich auch. Er musste sehen, dass er sich davonmachte, ehe wir auftauchten, und er konnte nicht plötzlich wegrennen, wenn er Beuzekom und Ringma auf den Fersen hatte, die obendrein beide nervös und mit Pistolen bewaffnet waren.»

«Ja», sagte der Commissaris, «die musste er ausschalten. Und es war für ihn am besten, wenn sie auch noch schossen, daneben, natürlich. Falls sie schossen, würdet ihr heranstürmen und euch um sie bemühen. In der Aufregung konnte er dann verschwinden. Er ist also durch eine Seitentür verschwunden, sagst du.»

«Ja. Sie führt zu einem Korridor, der an der Hintertür endet. Von dort aus kommt man in den Garten. An einer Stelle führt auch noch eine Treppe nach unten in den Keller. Dieser hat wiederum zwei Ausgänge, einen zur Straße und einen zum Garten. Diese alten Häuser haben überall Korridore und Treppen und Türen, unten und oben. Man kann in jede Richtung, in die man will. Und wenn man verfolgt wird, dann erwischt einen keiner. Kein einziger Korridor ist ohne Ausgang.»

«Und van Meteren wurde nicht einmal verfolgt», sagte der Commissaris. «Er ist wahrscheinlich in aller Ruhe davonspaziert.»

«Mit hundertzwanzigtausend Gulden in der Tasche», sagte der Hoofdinspecteur.

Der Commissaris lachte.

«Mit Geld, das sich die Herren fleißig verdient haben. Mit dem gesamten Betriebskapital von Beuzekom & Co. Zu schön.»

Der Hoofdinspecteur nahm eine Hand voll Nüsse und steckte sie in den Mund.

«Zu schön», sagte er.

«Wie bitte?», fragte der Commissaris.

Der Hoofdinspecteur zeigte auf seinen Mund und begann eifrig zu kauen.

«Nur mit der Ruhe», sagte der Commissaris, «an den Nüssen kann man sich gemein verschlucken. Meiner Frau ist das vor kurzem passiert. Ich musste ihr eine ganze Weile auf den Rücken klopfen.»

Der Hoofdinspecteur kaute zu Ende und nahm noch ein Schlückchen Genever.

«Nimm noch ein Gläschen», sagte der Commissaris und schenkte aus der Steingutflasche nach, die seine Frau neben seinem Stuhl hatte stehen lassen. «Und die Beamten in der Haarlemmerstraat haben nichts gesehen?»

«Aber ja. Das ist ja noch die Höhe von allem. Sie haben gesehen, wie er davonspazierte, aber sie haben gedacht, dass er zu uns gehört. Er hat sogar anscheinend noch gewinkt, aber das können sich die beiden ausgedacht haben, um uns zu ärgern.»

«Hattest du den Beamten nicht gesagt, dass van Meteren ebenfalls ein Verdächtiger ist?»

«Nein», sagte der Hoofdinspecteur und nahm noch eine Hand voll Nüsse.

«Aha», sagte der Commissaris.

«Es war meine Schuld. Ich dachte, es sei nicht nötig. Es waren immer mehrere Beamte in van Meterens Nähe.»

«Nein», sagte der Commissaris.

Der Hoofdinspecteur sah ihn fragend an.

«Das war es nicht», sagte der Commissaris, «ich glaube nicht, dass dich oder irgendeinen anderen viel Schuld trifft. Van Meteren ist ein Polizist, ein richtiger. Ich hatte immer das Gefühl, dass er zu uns gehörte, auch noch, als er als Verdächtiger im Büro saß. Und wenn jemand dazugehört, passt man auf ihn nicht auf.»

Eine Stunde später, als sich die Steingutflasche zu leeren begann, gebrauchte der Commissaris den Ausdruck «höhere Gewalt».

Der Hoofdinspecteur war froh darüber, aber er ging nicht darauf ein.

Das Gespräch hatte eine andere Richtung genommen. Sie erörterten die Möglichkeiten, wie der Papua seine Flucht fortsetzen könne.

«Er kann mit einem gestohlenen Wagen über die Grenze nach Belgien fahren», sagte der Commissaris, «Schleichwege gibt es genug.»

«Und er hat viel Geld», sagte der Hoofdinspecteur. «Er kann sich einen Pass kaufen und von Paris aus nach Indonesien fliegen oder nach Hongkong, das ist sicherer. Interpol ist informiert, deshalb wird man überall nach einem schwarzen Mann ausschauen, der nach Djakarta will.»

«Er wird einen Umweg machen», sagte der Commissaris. «Dieser Mann überlegt sich alles gut. Einen großen Umweg, vielleicht über den Westen. Er kann als Neger nach Surinam und von dort aus weiter.»

«Daran haben wir auch schon gedacht», sagte der Hoofdinspecteur.

«Wenn wir daran denken, dann denkt er ebenfalls daran», sagte der Commissaris. «Er wird bestimmt einen originellen Weg finden. Ich denke, es wird ihm gelingen. Es wird nicht lange dauern, dann ist er in Neuguinea. Dort laufen noch einige Millionen Papuas herum, unter denen ihn keiner mehr finden wird. Sagtest du nicht, dass er auf einer kleinen Insel den Einsiedler spielen will?»

«Das hat er gesagt.»

Der Hoofdinspecteur starrte vor sich hin. «Aber er hat noch mehr gesagt. Wie de Gier sagte, wollte er König werden, König Habberdudas der Erste. Und Admiral einer Kanuflotte, Kriegskanus, sie haben dort große, jedes mit vierzig Mann an Bord. Vielleicht will er versuchen, das Land unabhängig zu machen.»

Der Commissaris setzte sich vorsichtig anders hin.

«Nein, nein», sagte der Commissaris, «er ist viel zu klug, um mächtig werden zu wollen. Ich nehme an, dass er bald ganz allein als Einsiedler auf einer kleinen Insel wohnen wird, auf einem unwirtlichen Eiland, wo ihn keiner jemals belästigen wird.»

«Und was soll er dort?», fragte der Hoofdinspecteur.

Die Steingutflasche war ganz leer, als der Hoofdinspecteur die Frage wiederholte.

«Nun», sagte der Commissaris, «was tun Einsiedler schon? Sie meditieren. Sie sitzen ruhig auf einer Stelle. Er war doch auch Mitglied dieser religiösen Gesellschaft?»

«Von einer Nepp-Gesellschaft», sagte der Hoofdinspecteur, wobei er das Wort sorgfältig aussprach.

«Alles ist Nepp», sagte der Commissaris leise.

Der Hoofdinspecteur hatte es nicht gehört.

«Höhere Gewalt», sagte der Hoofdinspecteur. «Das haben Sie vorhin gesagt. Höhere Gewalt macht uns schuldlos, sie spielt sich über uns ab. In England spricht man von einer Handlung Gottes.»

«Ah, ja», sagte der Commissaris, «Gott.»

3005/11